호랑이 선생님

강성률 장편소설

호랑이 선생님

1판 1쇄 인쇄_2019년 08월 15일
1판 1쇄 발행_2019년 08월 30일

지은이_강성률
펴낸이_홍정표
펴낸곳_작가와비평
등록_제2018-000059호
이메일_edit@gcbook.co.kr

공급처_(주)글로벌콘텐츠출판그룹
대표_홍정표 이사_김미미
편집디자인_김봄 박주은 권군오 홍명지 기획·마케팅_노경민 이종훈
주소_서울특별시 강동구 풍성로 87-6
전화_02-488-3280 팩스_02-488-3281
홈페이지_http://www.gcbook.co.kr

값 13,800원
ISBN 979-11-5592-234-7 03810

강성률 장편소설

호랑이선생님

작가와비평

머리말

초등학교 5학년 어느 봄날, 그날도 나는 수업이 오전에 들었는지 오후에 들었는지 알 길이 없어 일찌감치 집을 나섰다. 학년 초. 채 한 달이 못되어 담임선생님은 온다간다 말 한 마디 없이 어디론가 떠나간 뒤였고, 새로운 선생님이 정해진 것도 아니어서 반 임원들과 함께 뒷동산에 올라 이른 점심을 먹었다. 느릿느릿 운동장 쪽으로 나오는데, 철봉대 아래에서 반 아이들이 손짓을 하였고, 부반장인 나는 어떤 사내 앞에 불려가 혼쭐이 났다. 학급 임원들이 무책임하게 돌아다녔다는 이유였는데, 그 후에 나타난 반장 대신 야단을 맞은 것이다. 그 사내가 바로 이 책의 주인공 '호랑이 선생님'이시다.

아이들을 쥐 잡듯 하던 그가 내성적인 나를 지목하여 웅변연습을 시켰고, 달리기 시합에서는 1등으로 골인할 때까지 계속 연습을 시켰다. 나에 관한 일이라면 지나친 간섭(?)으로 일관하던 그였기에 내심으론 무척 싫어했다. 그러다 중학교 2학년 때 자살을 하려는데, 어머니와 함께 그의 얼굴이 떠올랐다. 번민과 방황의 사춘기 때 갑자기 정신적 지주로 떠오르기 시작한 것이다.

그 후로 난 인생의 겨울이 닥칠 때마다 그를 찾았다. 매년 크리스마스카드를 보냈고, 결혼식 주례를 그에게 부탁하였다. 광주교육대학 교수가 되고 철학박사가 되었을 때 가장 먼저 생각난 사람은 초등학교 때의 담임선생님, 바로 그였다. 그리고 20여 년의 세월이 흐른 후, 이번에는 그의 장남 주례를 내가 맡았다. 중학교 교장선생님으로 퇴직하시어 고향의 전원생활을 즐기고 계시는 그가 있어서 내 마음 한쪽이 든든하다. 중요한 일을 놓고 상의할 수 있는 그가 있어 나는 행복하다. 초등학교 선생님과 학생의 관계로 만났다가 세월이 흐르면서 인생의 스승과 제자의 관계가 된 이 아름다운 이야기가 세상에 나올 수 있다면 얼마나 좋을까. 상상만 해도 가슴이 벅차오른다.

문학은 어렸을 적 꿈이었고, 이 꿈을 이루기 위해 사실 십수 년 전부터 자서전적 소설을 준비해 왔었다. A4 용지로 2천 장이 넘는 방대한 분량이었지만, 아쉽게도 출판해주는 곳이 없었다. 수많은 철학 저서를 내고 그 가운데 베스트셀러도 들어 있었지만, 문학적으로는 검증이 되지 않았다는 것이 그 이유였다. 그 와중에 전남문학을 통하여 단편소설로 등단하게 되었고, 이어 국제문인협회와 미주 한국기독문인협회 등에서 연이어 문학신인상을 받았다. 어느덧 4권의 장편소설을 내고 한국문인협회의 정회원으로 등록되어 있는 이때, 『호랑이 선생님』이 많은 독자들의 호응을 받기를 소망해본다.

차 례

등장
인물

민수: 자서전적 소설인 이 작품의 주인공. 서해안 바닷가 마을에서 태어난 베이비부머로서, 초등학교 5학년 때 만난 담임선생님을 '인생의 스승'으로 삼아 50년 이상 아름다운 스토리를 전개해 나감.

천진한: 호랑이 선생님. 법과대학을 졸업하고 사법시험 준비를 하다가 초등교원 발령을 받았음. 첫 부임 학교에서 제자로 만난 민수에게 큰 꿈을 심어주고, 평생 동안 사랑과 지도를 아끼지 않음.

김복동: 주인공 민수의 부친. 대학을 졸업한 후 고향에서 농민운동을 전개, 지역을 위해 정치 및 사회활동을 활발하게 전개함.

박씨: 주인공 민수의 모친. 매사에 신중을 기하는 지혜롭고 현명한 여인.

수진: 민수의 첫사랑이자 아내.

명재남: 민수의 대학원 석사과정 지도교수. 민수 부친인 김복동의 중학교 동창생.

박주동: 민수의 대학원 박사과정 지도교수.

1. 호랑이와의 만남

민수의 경우, 다른 아이들보다 한두 살 빠른 일곱 살에 초등학교에 입학하였기에 물정에 어두웠고, 3학년까지는 공부건 운동이건 제대로 하는 것이 없었다. 그런데 4학년에 올라가자 담임이 갑자기 챙기기 시작했다. 공부시간마다 발표기회를 주고, 잘하건 못하건 입에 침이 마르도록 칭찬하며 아이들의 박수를 유도했다. 엉겁결에 시작한 공부는 5학년에 올라갈 무렵 끝내 우등상까지 거머쥐게 만들었다. 천지가 개벽할 만한 이 변화는 신기하게도 아버지 김복동 씨가 기성회장직을 맡고서부터 일어난 일이었다.

4백년 가까운 상하사리 역사상 최초로 사각모를 써보았다는 긍지와 자부심, 그럼에도 고향 동네에 파묻혀 있다고 하는 자괴감이 뒤섞인 탓인지 김씨는 장남인 민수의 교육에 집착했다. 하지만 민수의 경우, 워낙에 숫기가 없었던 데다 학교에서는 유독 말수가 적었다. 국어책을 읽어보라 하면 말을 더듬었고, 산수 문제를 풀라고 하면 몸을 비비 꼬았다. 그 때문이었을까? 4학년 때부터 늘 후보순위 1위였음에도 반장에 당선되어 본 적은 없었다. 아니, 임명을 받아보지 못했다는 말이 더 정확할 터. 담임은 추천된 후보의 이름을 칠판에 죽 적은 다음, 모두 눈을 감게 한다. 그리고 호명(呼名)에 따라 추켜든 손의 숫자를 세어 당선자를 공표하는 바, 막상 발표 때에 순위가 뒤바뀐다는 것. 이 일은 뒤쪽에 앉은 기표의 입에서 흘러나온 것이었다.

"내가 실눈을 뜨고 봤그든. 니 표가 제일 많이 나왔는디, 영섭이 새끼가 반장이 되야버린 거 있지 이. 야, 선생도 되게 양심불량허드라 이."

"영섭이는 몇 표디야?"

"다섯 표가. 그것도 지 껏까지 해서. 근디 어째서 너까지 영섭이 그 새끼한테 손을 들었냐?"

"나? 그냥…."

스스로에게 손을 들어준다는 것이 쑥스러웠을 뿐만 아니라 내심 녀석의 반장 당선을 원하기도 했었다. 영섭으로 말할 것 같으면 나이도 세 살이나 더 많았고, 키나 덩치는 그보다 더 차이가 났다. 목소리도 우렁차 구령도 곧잘 했고, 더욱이 1학년 때부터 반장을 도맡아 한 경력까지 있었으니.

"에라이, 미런 천치 같은 놈. 나 같으먼, 부반장도 안 해 버리겄다."

"야, 누구는 부반장을 허고 싶어서 허냐?"

담임의 일방적인 임명에 반기를 들지 못했을 뿐이고, 그나마 구령을 할 필요는 없으니 다행이라 여겨 받아든 임명장이었다. 이상하게 '차렷! 경례!' 구령은 입안에서만 맴돌았고, 교무실로 불려 다니는 일 역시 싫었다. 누구와 싸움질해 본 적도 없고 다투어본 적도 없었다. 앞에 나서기를 싫어했고, 놀이나 운동에서도 항상 뒤에 쳐지는 쪽이었다. 여자아이들의 고무줄을 끊는다거나 치마를 들어 올리는 일 등은 상상조차 할 수 없었다. 복도에서 덩치 큰 여학생과 마주칠 때에는 한쪽으로 몸을 사리며 지나다녔다. 자신에 대해 여자아이들의 지지율이 높았던 건 최소한 맞을 염려가 없었기 때문일 거라 지레 짐작하고 있었다.

'그보다 왜 나는 용감하지 못할까? 왜 나는 사내답지 못할까? 혹시 전생에 여자였을까?'

손위로 누이가 하나 있었다. 그런데 생후 여섯 달이 되는 어느 날. 원인을 알 수 없는 병으로 죽고 말았다(녹이 슨 가위로 탯줄을 자른 것이 화근이 되어 파상풍을 앓았던 것이 아닐까 짐작된다). 그 일이 있은 후, 채 1년이 못되어 민수가 태어났단다. 어머니 박씨로부터 그 이야기를 들을 때마다 막연히 누이를 그리워하며 어쩌면 그 혼이 자신의 몸속에 들어와 있을지도 모른다는 공상에

사로잡히곤 했었다.

운명의 그 날 오전. 민수는 여느 때처럼 학교에 나와 있었다. 5학년에 올라오자마자 한 달도 채 안 되어 담임은 온다 간다 한마디 말도 없이 전근을 가버리고, 벌써 1주일이 지나 있었다. 봄볕이 내리쬐는 운동장 곳곳에 많은 아이들이 뛰어 놀고 있었다. 옹기종기 모여 공기놀이*를 하는 아이들, 치마를 펄럭이며 고무줄을 뛰어넘는 여자아이들, 좌충우돌 뛰며 고함을 지르고 다니는 사내아이들. 그 가운데 민수네 반 아이들도 눈에 띄었다.

반장인 영섭, 부반장인 민수에 미화부장 철호, 학습부장까지 대 여섯 명이서 북편 뒷동산에 올랐다. 칠산의 바닷바람을 막아주는 소나무들이 듬성듬성 솟아 있고, 여인의 속살을 닮은 모래밭에는 드문드문 '뗏장'이 덮여 있었다. 누구랄 것도 없이 달려들어 '뚜꿀'을 뿌리째 뽑아 올린 다음, 흙을 대충 털어 우적우적 씹기 시작했다. 오전 10시도 되기 전에 '벤또'의 뚜껑들이 열렸고, 이번에도 미화부장 철호의 반찬이 집중포화를 당했다. 계란말이와 멸치볶음은 순식간에 동이 났고, 녀석은 끝내 욕설과 함께 그릇을 뒤집어엎었다.

엉덩이를 털며 일어서려는 바로 그 순간, '땡땡' 하는 종소리가 들렸다. 교무실 남쪽 창가에 매달린 종은 수업의 시작이나 끝을

* 공기놀이: 공기알을 바닥에 쫙 깐 다음, 공기알 하나를 위로 던지고 나머지 공기알을 잡은 후 던졌던 공기알이 땅바닥에 떨어지기 전에 잡는 놀이.

알리기 위해 늙은 소사가 치도록 되어 있었다. 노신사의 중절모를 연상시키는 종의 한 중앙에는 추가 달려있고, 이 끝에 이어진 노끈을 잡아당길 때마다 목쉰 소리가 작은 운동장에 울려 퍼졌다. 영섭이 철호를 돌아보며.

"야, 몇 번이디야?"

"내가 아냐? 씨벌 넘들이…."

"아따, 새끼는. 귀때기를 멋으로 달고 댕기냐?"

"그러는 너는 폼으로 달고 댕기냐?"

"아따, 저 새끼는 반찬 쪼까 집어먹었다고, 시방까지 구시렁거리네 이…야, 느그덜 중에 누구 변소 안 갈래?"

"너나 칙간에 가서 빠져 버러라. 구데이나 우르르 물어 가게."

학교건 집이건 변소는 늘 구더기로 우글거렸고, 비 오는 날의 마당은 아기들이 싸 놓은 똥과 개똥, 쇠똥이 널려 있었다. 밥상에는 파리가 단골손님으로 날아들었고, 여름밤에는 수많은 모기에게 혈액을 제공해야 했다. 쥐들은 마당, 헛간, 부엌, 안방 할 것 없이 아예 사람들과 동고동락하였거니와, 사람의 거처와 동물의 서식지가 구별되지 않는 공간 속에서 이와 벼룩, 빈대가 더불어 살았다. '위생'이라는 단어는 교과서에서나 접해봤을 뿐, 밖에서 들어올 때 손을 씻는다거나 식사 후에 양치질한다는 말은 들어보지도 못했다. 대신 회충약을 먹자마자 뱃속의 것들이 몽땅 쏟아져 나왔다거나 심지어 입으로 넘어왔다는 이야기는 종종 들었다.

건물 모퉁이를 돌아서는데, 철봉대 아래에서 손짓하는 아이들의 모습이 눈에 들어왔다. 포플러 나무의 그림자가 드리워진 철봉대 앞에는 풀 죽은 아이들이 앉아 있었고, 그 앞에는 누런 외투를 걸친 낯선 사내가 서 있었다. 민수는 서서히 다가가며 그를 노려보았다. 운동장만큼 널따란 이마는 햇빛에 번쩍거렸고, 양쪽 끝이 위로 올라간 작은 눈은 폐부를 찌르는 듯 예리했다. 오만하게 벌려진 두 다리 위에 그리 크지 않은 몸집과 다부진 어깨가 얹혀 있었다.

"반장, 누구야?"

"……."

슬그머니 뒤꽁무니에 가서 앉으려던 민수는 후다닥 놀라고 말았다.

"느그덜 중에 반장 없어?"

"밴소에 갔는디……요?"

재수 없는 눈빛을 감당하지 못해 엉겁결에 튀어나온 말이었다.

'아따! 새끼는 무슨 똥을 그렇게 오래 싸냐?'

"그러먼 부반장은 누구야?"

아이들의 시선이 자신에게로 쏠림을 감지하며 민수는 몽유병자처럼 흐느적거렸다.

"니가 부반장이야? 야, 임마. 반 아이들을 놔두고 어디를 쏘아댕기는 거야? 간부란 놈들이 한 놈도 읎이, 어디 갔다가 인자사 나타나는 거냐고?"

"……."

처음 듣는 '간부'란 말도 그렇거니와 사내의 모든 행동거지가 생소했다. 듣도 보도 못한 사람이 느닷없이 나타나 악다구니를 써대다니. 그것도 아무 죄 없는 사람에게. 잔뜩 볼이 부은 채 그를 노려보았다.

"반장이 읎으면, 부반장이라도 통솔해야 할 거 아니야?"

이쯤 되고 보니 뭔가 있긴 있는가 보다는 생각이 들었다. 아니나 다를까.

"에! 내가 오늘부터 여러분을 맡게 된 담임선생님이다. 앞으로 똑바로 하지 않으면 용서하지 않겠다. 알겠나?"

바람처럼 사라진 전임자처럼 후임자 역시 소리 소문도 없이 나타났다. 6.25전쟁*이 끝나고 아이들의 숫자가 급격히 불어났다. 그 결과 민수의 학교에서도 1학년에서 6학년까지 전체 학생 수가 800명에 육박한 때도 있었다. 민수는 이른바 '베이비붐 세대'에 속했다. 한국전쟁 직후인 1955년부터 1963년 사이에 출산붐을 타고 태어난 아이들, 1인당 국민소득이 100달러에도 미치지 못했던 나라에서 그야말로 춥고 배고픈 시절에 태어난 '불행'한 아이들이었다. 갑자기 늘어난 학생 수를 따라가지 못한 교사 수와 교실. 그러다보니 고학년이 되면서부터는 간혹 2부 수업이

---

* 6.25전쟁: 민수가 태어나기 6년 전인 1950년 6월 25일 일요일 새벽 4시, 북한은 '폭풍'이라는 작전명으로 북위 38선 이남 대한민국을 기습 남침하여 민족 간의 대전쟁이 발발하였다. 3년 1개월 동안 벌어진 치열한 전투 끝에 1953년 7월 27일, 정전협정이 체결되어 오늘에 이르고 있다.

진행되기도 하였다. 1주일 내내 오전만 수업하든지 혹은 오후 수업에만 참가하든지. 한 클래스에 70명이 들어찬 콩나물 교실. 그보다 오늘은 오후반인데 갑자기 이런 일이 벌어진 것이다. 무엇보다 '최악의 대타'를 만난 것 같다는, 불길한 예감. 호통을 쳐대던 기세가 수그러들려는 찰나, 영섭이 나타났다.

"반장이 되야 갖고, 인자 오먼 어떻게 해?"

"……."

"짜식! 앞으로 주의해. 앞으로 너희들과 1년 동안 동고동락을 함께 할 작정이다. 그리 알고 잘 따라주기 바란다. 이상!"

절묘한 타이밍으로 소나기를 피해 가는, 억세게 재수 좋은 녀석의 운명에 시샘이 났다. 이럴 줄 알았으면 변소에나 따라 갈 걸.

그와의 인연은 그렇게 느닷없는 시간과 장소에서, 어처구니없는 방식으로 맺어졌다. 잠시 후. 교실로 들어간 아이들은 조금 전의 상황을 망각한 듯, 왁자지껄 떠들어대기 시작했다. 아니나 다를까. 그의 회초리가 교탁을 강타했다.

"야! 조용히 못해? 이 자식들이 왜 이리 떠드는 거야? 엉?"

"……."

찬물을 끼얹은 듯, 교실은 이내 조용해졌다. 민수의 불길한 예감은 적중했다. 그는 책상과 걸상 줄을 똑바로 맞추도록 강요했고, 조금이라도 틀어지는 날에는 가만두지 않겠다고 경고했다. 대답소리가 작다고 호통을 쳐댔기에 교실은 아이들의 단말마적인 절규로 떠나갈 듯 했다. 어떤 녀석은 얼굴이 빨개지다 못해 목을 캑캑거렸고, 민수의 눈에서는 눈물이 핑 돌기까지 했다.

그는 왕조시대의 제왕처럼 군림하였고, 아이들은 그 앞에서 설설 기었다. 평화로웠던 교실은 삽시간에 '철창 없는 감옥'으로 둔갑했고, 학교에 머무는 시간은 고통의 시간으로 변질되었다. 교실 안에는 원칙도, 법도 없었다. 그의 말 자체가 법이고 규정이었다. 황야의 무법자를 맞이한 아이들은 미처 총 뺄 겨를도 없이, 벌집이 된 몸뚱이를 부여안은 채 비틀거렸다.

그의 편집증*은 악화일로를 내달았다. 책, 걸상의 앞줄은 물론이려니와 옆줄, 대각선까지 그 영역을 확장해나갔다. 정면에서 감시의 눈길을 번득이던 그가 옆으로 비켜서서 실눈을 뜰 때 아이들은 줄을 맞추느라, 아니 그의 비위를 맞추느라 진땀을 뺐다. 꾸부정하게 앉아 있는 자세 역시 허용되지 않았다. 허리를 곧게 펴고 고개는 반듯이 들되, 눈은 정면을 응시하고 턱은 뒤로 바짝 잡아당기도록 요구받았다. 구부러지는 것을 가만두고 보지 못하는 그의 성벽(性癖-굳어진 성질이나 버릇)은 연필의 각도를 항상 90도로 유지하게 강요했고, 그때 몸이 숙여지거나 기우뚱해지지 않도록 신경을 곤두세워야 했다.

잡담은 당연히 금지되었고, 옆으로 눈을 돌린다거나 심지어 눈을 깜박이는 것조차 허용되지 않았다. 그가 글씨를 쓰기 위해

---

* 편집증(偏執症-Paranoia): 대상에게 저의가 숨어 있다고 판단하여 끊임없이 자기중심적으로 해석하는 증상. 예전에는 망상장애로 불리었음.

칠판 쪽으로 몸을 돌렸을 때에도 절대로 자세가 흐트러져서는 안 되었다. 이 순간이 악용(?)되지 않도록 그는 아이들 쪽으로 잽싸게 몸을 돌리는 묘한 짓을 되풀이했고, 적발된 아이들에게는 날벼락이 떨어졌다. 기침이나 재채기, 딸꾹질, 방귀 등의 생리적인 현상 역시 온 힘을 다해 막아내야 했다.

그렇다고 하여 그가 무지막지하게 두들겨 패거나 매를 때린 것은 또 아니었다. 아니, 구태여 그럴 필요조차 없었다. 조폭의 보스를 연상시키는 울퉁불퉁한 얼굴, 세밀한 마음의 움직임까지 꿰뚫어볼 것 같은 예리한 눈빛, 폐부를 찌르는 촌철살인의 언어들, 어쩌다 한 번씩 질러대는 고함소리만으로도 '촌닭'들을 요리하기에는 충분했고 그들의 복종심을 이끌어내는 데 부족함이 없었던 것이다. 그런 그에게 아이들은 '호랑이'라는 별명을 붙여주었다.

호랑이의 교육목표는 학습능력 배양이라든가 인격도야, 덕성 함양과는 한참이나 동떨어져 있었다. 아이들을 잘 훈련된 부대로, 군사혁명*을 맞이하여 장군의 명령 한마디에 목숨을 초개같

* 5.16 쿠데타: 민수가 초등학교 입학하기 1년 전인 1961년 5월 15일 저녁부터 18일 정오 무렵까지 전국 대도시를 중심으로 일어난 유혈 군사반란. 주동자 박정희는 수십 명의 장성 및 핵심 영관급 장교들과 치밀하게 사전모의를 했으며, 참여 병력으로는 해병 제1여단, 제5사단, 제12사단 등, 수만 명에 이르렀다. 1명의 민간인과 10여 명 이상의 군인이 죽거나 다친 쿠데타의 결과, 제2공화국은 와해되고 국가재건최고회의가 권력을 장악하였다. 당시 미국은 4.19 혁명을 반미(反美)혁명으로 판단해, 조속히 친미혁명을 일으켜야 한다고 판단했다고 한다. 박정희는 원대복귀하겠다던 애초의 공약을 번복하고 1963년 대통령 선거에 출마하여 당선된 이후 1979년

이 바치는 정예 사병으로 만드는 것이 유일한 목표인 것처럼 행동했다. 아이들이 힘들어 끙끙거리거나 비명을 지를 때 그의 입가에는 악마의 형상을 닮은 야릇한 미소가 맴돌았고, 그 장면을 목격할 때마다 민수의 머릿속에는 그가 아이들의 고통을 즐기고 있을지도 모른다는 생각이 떠오르곤 했다.

'우린 그의 화풀이 대상이다. 그는 우리의 고통을 통하여 자신의 행복을 만끽하고 있다!'

영원할 것 같던 하루가 앞만 보고 달려가는 우직한 태양의 덕으로 겨우 마감되고 나면 질곡과 인고의 시간을 보낸 아이들은 자유의 소중함을 실감하며 귀가를 서둘렀다. 그러나 해방의 기쁨도 잠시, 어느새 얼굴에는 수심이 가득하고 발걸음은 무겁기만 했다. 악몽과 같은 날이 오늘로서 끝나지 않는다는 사실, 내일의 태양이 또다시 떠오른다는 엄연한 현실이 끔찍했던 것이다. 잠자리에 누워서도 통 잠이 오지 않는 것은 민수 역시 다른 아이들과 동일했다. 인생무상이랄까, 삶에 대한 회의감 같은 것이 밀려왔다. 어떻게 해야만 이 비극에서 벗어날 수 있을까? 아무리 궁리해도 탈출구는 보이지 않았다. 그의 이마가 눈앞에 어른거리는 순간, 가위 눌렸을 때처럼 가슴이 답답해지며 목이 조여왔다.

김재규의 총에 사망할 때까지 무려 18년 동안 권좌를 지키게 된다.

'내일, 꾀병이나 부려볼까?'

하지만 그럴만한 베짱이 있는 것도 아니고, 때를 맞추어 아파주는 몸뚱이일 리도 없을 터. 고통의 시간을 줄이는 방편으로 최대한 등교시간을 늦춰볼까도 궁리했다. 그러나 '지각하는 놈은 각오하라!'는 그의 협박이 떠오르며 도리어 지각하는 불상사가 발생할까 봐 자다가도 몇 번씩 깨야 했다. 악몽에 시달리다가 화들짝 깨어 보면 오밤중, 선잠이 들었다가 다시 일어나 보면 여전히 밖은 어두운 채였다. 아! 인생이란 이렇게 처절한 고통인 것을.

'날이 새지 않는다면, 차라리 내일이 오지 않는다면… 얼마나 좋을까?'

실현 불가능한 공상인 줄 뻔히 알면서도 요행수를 바라는 도박꾼처럼 그것이 간절히 소망되었다. 깜박 잠이 들었다 느끼는 순간, 방문 쪽이 환해져 있었다. 잔인한 햇살 앞에서 머릿속이 텅 빈 것 같은 느낌. 비몽사몽간에 세수를 하고 후들거리는 손으로 책보를 싸며 부엌 쪽을 향해 버럭 소리를 질렀다.

"빨랑 밥 주어!"

"…."

"빨랑 밥 주란게!"

"알았어야. 쪼끔만 지달르란게. 뜸이 들어야제에."

만만한 게 순덕이었다. 길룡리 고아원에서 데려온 열다섯 살짜리 '누나 겸 식모'. 하지만 요즘 들어 그녀의 행동이 유독 굼뜨고 그 대답 또한 한가롭게 느껴졌다. 짜증. 수많은 설전이 오간 끝에야 물기를 잔뜩 머금은 뜨거운 밥과 쉬어 빠진 김치 한 포기, 깍두기 몇 개가 상 위에 놓였다. 급히 떠 넣는 밥이 식도를 타고 내려가면서 양 벽을 긁어내기라도 하듯, 따끔거렸다.

'에이 씨발!'

수저를 내팽개치고 집을 나섰다. 잿빛 하늘처럼 마음이 찌뿌듯했다.

'야, 전쟁이 나든지 지진이 일어나든지, 아니면 비가 억수같이 쏟아져서 길이 막히든지 어떻든 학교에 가지 않을 핑계만 있으면 좋겠다.'

아! 그러나 불행하게끔(?) 모든 것이 너무나 정상이었다. 연필과 공책, 색종이를 사기 위해 가게 앞에 몰려서 있는 조무래기들, 여전히 눈코 뜰 새 없이 바쁘기만 한 박씨, 소를 앞세우고 쟁기를 등에 업은 채 들로 향하는 아저씨, 소쿠리를 머리에 이고 호미를 든 채 그 뒤를 부리나케 좇아가는 아낙네 등.

영광읍에서 서쪽으로 10여 리를 달리면 만곡. 그곳에서 오른쪽으로 꺾어 산천 경계 좋은 곳으로 들어가다 보면, 원불교 성지인 길룡리가 자리 잡고 있다. 대신 만곡에서 곧장 달려가노라면 백수면 소재지가 있고, 이곳을 지나쳐 10여 리를 또 가다 보면 대전리. 여기에서 언덕을 숨 가쁘게 오르노라면 영화 〈서편제〉* 의 촬영장소가 되기도 하였던 소봉메가 나오는데, 그곳에는 선

사시대의 신비를 한 몸에 간직한 고인돌이 하늘을 향해 누워있다. 그 언덕배기에서 똑바로 서쪽을 응시하노라면, 서해 칠산 바다의 광막한 물 천지가 펼쳐진다. 칠산(七山)이라는 이름은 바다 위에 점점이 떠있는 일곱 개의 섬에서 유래한다. 비 개인 날 오후면 해수탕으로 유명한 석구미와 하얀 소금을 가마니로 걷어내는 광백사 염전 사이에 놓인 그 섬들 위로, 일곱 빛깔 무지개가 떠오르곤 했다.

소봉메를 조심스럽게 내려오노라면 터진게 다리, 인공(6.25사변) 때 '터진게(터지니까, 터지므로)' 사람들이 많이 죽었다고 하여 붙여진 이 수문 다리 아래로, 물이 흐른다. 불갑 저수지에서 흘러나온 한 줄기는 군서, 군남의 전답들 사이로 굽이굽이 돌아 염산 앞 바다로 빠지고 다른 한 줄기는 백수 들녘을 휘감아 칠산 바다로 들어가는데, 터진게 다리는 바로 이 길목에 위치해 있었던 것이다. 그런즉 일제강점기에 만들어졌다는 이 다리가 아니라면, 여남은 개의 촌락으로 이루어진 상하사리는 영락없는 섬이 되어버린다.

터진게 다리에서 오른쪽으로 꺾어 북쪽으로 바닷길을 따라가

---

* 〈서편제(西便制)〉: 이청준 원작, 김명곤 각색, 임권택 감독의 영화. 정일성이 촬영하였다. 득음(得音-소리꾼의 음악적 역량이 절대적인 경지에 오른 상태)을 위해 자식의 눈까지 멀게 한 아버지의 소리에 대한 집념과 결국 득음에 이른 딸 등 2대에 걸친 소리꾼의 애환을 담아낸 영화. 1993년에 개봉되어 관객 113만 명 이상을 동원하면서 한국영화의 새로운 경지를 개척했다는 평을 받았다. 제31회 대종상 최우수작품상, 감독상 외에 수많은 상을 수상하였다.

다 보면 석구미가 나오는데, 바위거북이 바다를 향해 들어가는 형상이 도드라져 보이는 이곳으로 민수는 가을 소풍을 여러 차례 왔었다. 그곳에는 하얀 백사장 위에 그림같이 얹어진 초가집과 눈앞에 펼쳐진 푸른 바다가 있었다. 초가집 지붕에는 노랗게 익은 호박이 널려 있었고, 백사장을 마당삼아 어부들은 한가로이 그물을 기웠다. 이 석구미의 산 위쪽 동네가 나중에 영화 〈마파도〉*의 무대가 되었던 동백마을. 또한 이곳에서 백수해안도로**를 따라 북쪽으로 한 바퀴 휘돌아 가면 맞은편 법성 항구와 숲쟁이 공원이 한눈에 들어오고, 조금 더 지나면 창시자 소태산 박중빈의 생가 등 이른바 원불교의 성지(聖地)가 똬리를 틀고 있다.

터진게 다리를 건너 서쪽으로 계속 달리면 오른쪽(북쪽)에 바

---

* 〈마파도(Mapado)〉: 추창민 감독 데뷔작. 남의 복권 당첨권을 갖고 도망친 여자를 잡기 위해 외딴 섬에 들어간 두 남자의 섬 생활기를 그린 코미디. 관객 310만으로 2005년도 한국영화 흥행순위 9위, 역대 한국영화 흥행 순위 38위. 1편에 이어 만들어진 이상훈의 〈마파도 2〉(2006)도 100만 관객을 돌파했다.

** 백수해안도로: 칠산 앞바다의 구불구불한 해안을 따라가는 도로로 2003년 5월에 완공되었으며, 석구미 마을 입구에서 시작돼 길룡리 원불교 성지 입구에서 마무리되는데 총 연장거리는 16.3km에 이른다. 해당화와 벚꽃이 흐드러지게 피는 길로 일명 '해당화 꽃 30리 길'이라고도 불리며, 곳곳에서 낙조를 감상할 수 있는 명소로서 '한국의 아름다운 길', '경치 좋은 길' 등 여러 개의 별칭을 갖고 있다. 해안에는 거북바위, 모자바위 등의 멋진 바위들이 솟아 있고 고두섬을 비롯한 암초들도 여기저기에 보이는, 그야말로 한국의 대표적인 해안드라이브 코스로 손꼽힌다. 도로 쪽에서 바다로 시선을 돌리면 칠산도를 비롯하여 석만도·안마도·송이도·소각이도·대각이도 등이 보여 드라이브의 맛을 한층 더해 준다. 답동마을에서 바다를 왼쪽에 끼고 시멘트 도로를 따라 북쪽으로 조금만 가면 동백마을에 닿고, 답동마을에서 바닷가로 곧장 내려가면 '석구미 전통 해수찜'이란 곳을 만난다. 도로 주변에 노을전시관, 목책 산책로, 365계단, 영광 해수온천 랜드 등이 있다.

다를 향한 논들이 전개되고, 왼쪽(남쪽)으로는 밭들이 엎드러져 있다. 밭 사이에 드문드문 솔밭 언덕들이 눈에 띄고, 그 언덕을 바람막이 삼아 여남은 개의 촌락으로 이루어진 상하사리가 자리하고 있다.

백수면 상하사리에는 모두 10여 개의 자연부락이 있다. 먼저 상사리에는 상촌(上村)이 있는데, 이 마을은 1592년 임진왜란 직후에 난을 피하기 위하여 정착한 장덕춘이 가정을 이루고 살아왔다. 모래가 많아 상사리(上沙里)라 이름을 붙였으며, 제일 위쪽에 위치했다 하여 상촌(上村)이라 불렀다. 상사리에 속한 백신(白新)은 일본사람 아부가 농지(간척지)를 조성하여 백수읍 학산리에 살고 있는 유영환을 토지 관리인으로 정하였던 바, 그 후 그의 인척이 들어와 살면서 마을이 형성되었다. 1920년대 백수(白岫)에 새로 형성된 마을이라고 해서 백신(白新)이라고 칭하였다. 상사리 가운데 마지막으로 형성된 곳은 한성 마을이다. 1961년 5.16 쿠데타 이후 귀농 정착민으로 형성되었고, 정착민 대다수가 서울 지역에서 왔다 하여 한성(漢城)이라 이름 붙였다. 정착민 140세대 가운데 101세대는 한성 마을에, 39세대는 평산에 정착하였다.

다음으로, 하사리(下沙里). 세모래가 깔려있어 이런 이름이 붙었다. 이 중심 마을은 중촌(中村)인데, 1600년경 형성된 5개 마을 가운데 가장 중앙에 위치한 까닭에 중촌(中村)이라 불렀다. 상하사리에는 1592년 임진왜란 때 난을 피해온 3개의 성씨가 있는데,

전주 이씨, 인동 장씨, 진주 강씨가 바로 그들이다. 이 3성(姓)의 원래 첫 정착지는 해안가 유황금(油黃金)이었다. 그 후 전주 이씨는 지금의 송산(松山)에, 인동 장씨는 상촌에, 진주 강씨는 중촌에 자리를 잡았다. 전주 이씨의 큰 딸이 인동 장씨와, 그 둘째 딸이 진주 강씨와 결혼한 결과이다. 그리하여 상촌, 중촌, 하촌(송산)을 합쳐 '장강리'라 부르기도 하였다.

중촌의 서쪽에 자리한 송정 마을은 임진왜란 때 경상도 진주 강씨가 왜놈에게 쫓기다가 하사리 모래밭에 숨어들어 현재의 마을을 형성하였다고 한다. 마을 뒷산에 소나무가 무성하게 많고 바다에 다니는 사람들이 이곳을 지날 때마다 쉬어가는 곳이라 하여 송정(松亭)이라고 이름을 붙였다. 평산 마을은 본래 1592년 임진왜란 중 세 성씨가 유황금에 정착해 원래 송정과는 한마을이었다. 그러다가 근방의 염전이 형성되면서 송정 바닷가와 8가구가 함께 마을을 형성하게 되었다. 그 후 5.16 쿠데타 정부가 귀농 정착사업을 펼쳐 그 가운데 39세대가 정착해 마을을 형성하였다. 옛 사람들은 이 마을을 보고 평산락안(平山樂安)이라 불렀다. 평산(平山)이란 말은 '마을 안에 있는 터가 좋은 땅'이라는 뜻이고, 평산락안이라는 말은 '평평한 산에 까마귀가 앉아 쉬고 있는 땅이 좋은 해안가'라는 뜻이다. 이곳에 마을을 형성하면 좋은 마을이 될 것이라 하여 붙여진 이름이다.

사등은 조선 말엽 백수에서 거주하던 김해 김씨, 울산 김씨의 두 성(姓)이 가난을 극복하고자 넓은 경작지를 찾던 중, 지금의 마을에 안주하면 앞으로 잘살 수 있다고 생각하여 자연적으로 발생한 마을이다. 마을 전체가 모래언덕으로 이루어진 조그마한 산이라 해서 사등(沙登)이라 불렀다. 염전(監田)마을은 1952년 염전이 개발되기 시작하면서 형성되었다.

상하사리 가운데 가장 큰 동네는 상촌, 그 다음은 중촌, 그 다음은 하촌(송산)이었다. 민수가 태어난 중촌 마을은 4백여 년 전, 진주 강씨의 조상들이 언덕을 바람막이 삼아 모래 위에 집을 짓기 시작하여 마침내 120여 호에 이르게 되었다. 동편의 대절산 위로 떠오르는 태양과 서해바다로 자지러드는 해를 동시에 볼 수 있는 곳, 북쪽이 툭 터진 바닷가이면서도 제법 널따란 농지를 가지고 있는 곳. 모래밭에는 보리나 고구마, 땅콩을 심고 미국의 원조 밀가루로 개펄을 가로질러 형성된 북쪽의 간척지 논에 모도 심었다. 틈틈이 바다에 나가 새우나 게, 숭어를 잡고 바지락도 캤다. 중촌은 다시 세 구역으로 나뉘었다. 북풍을 막아주는 언덕배기의 아래, 동네의 아랫목에 해당하는 아내미와 남서쪽의 개정리(개를 잡았던 것에서 유래), 동쪽으로 새로이 뻗어 나간 새태(새터).

그런데 바로 이 중촌 한복판에 모친 박씨가 가게를 열었다. 민수가 일곱 살 때였다. 결혼 후 김씨가 영광읍에서 벌인 연탄공장 사업에 실패하고 중촌 동네에 들어온 이후 접방살이를 전전하다가 동네 한가운데 있는 뽕밭을 기증받아 열일곱 평짜리 초가집을 지었다. 아내미와 개정리, 새태가 만나는 삼거리, 새집으로 이사 온 지 얼마 되지 않아 박씨는 방의 윗목에 빈 사과 궤짝을 엎어놓고, 누가사탕 한 봉지, 연필 한 타스, 공책 다섯 권을 올려놓았다. 남편이 외출한 틈을 타 조금씩 장사를 시작한 것인데, 호기심 많은 아이들이 모여들기 시작했다. 눈치만 살피던 어른들도 하나둘 나타났다. 민수는 그 궤짝들 위에서 박씨로부터 한글 '가갸거겨'와 아라비아 숫자 '1234'를 배웠다. 연필 깎는 방법과 지우개 쓰는 법도 배웠다. 동네 어른들에게 인사 잘하고, 동생들 때리지 말고, 학교에 가면 선생님 말씀 잘 들으라는 교훈도 들었다. 절대로 거짓말하지 말고 양심에 어긋나는 일을 하지 말라는 충고도 들었다.

그러나 모자(母子) 사이에 흐르는 끈끈한 사랑의 정은 밖에서 돌아온 김씨에 의해 무참히 짓밟히곤 했다. 여러 차례 궤짝이 엎어졌다. 하지만 그 다음날에는 다시 궤짝이 놓이고 전보다 더 많은 물건이 진열되었다. 자식들은 자꾸 늘어나는데, 재산이나 땅 가진 것 없고 배운 기술도 없는데 대학 나온 자랑만 하고 앉아 있으면 누가 밥 먹여주느냐는 박씨의 악다구니에 결국 김씨는 항복을 했고, 가게는 아연 활기를 띠었다. 전체 상하사리 가운데 상사리를 제외한 하사리 전체, 그러니까 중촌뿐만 아니라 하촌(송산), 송정, 평산, 염전에서도 물건을 사러 사람들이 몰려왔다. 민수는 명절도 없고 휴일도 없이 1년 365일 가게를 보는 박씨가 영 맘에 들지 않았었다. 그럼에도 작은 효심(孝心)이 작동했든지,

일요일에나 방학 때는 대신 가게를 봐주기도 했다.

명색이 경제학과를 졸업했다고 큰소리치는 김씨의 주장에 따라 박리다매(薄利多賣)를 모토로 내건 가게는 급속히 번창하기 시작했다. 나중에는 북쪽 큰길 쪽으로 나 있던 창고를 아예 터 버린 다음, 제법 번듯하고 널찍한 점포를 마련하기에 이르렀다. 과자나 사탕, 문방구는 물론, 신발과 장갑, 삽과 호미, 술과 담배에 이르기까지 그야말로 만물 잡화상이 되었다. 벽마다 선반을 달아내어 물건들을 진열했고, 남쪽 마당 쪽에 따로 헛간을 마련하여 소주나 과일 궤짝들을 잔뜩 쌓아 두기도 하였다. 자본이 모이자 전답들을 사들였고, 마침내 동네에서 가장 규모가 큰 대농을 이루었다.

이 무렵부터 김씨는 농민운동이다, 학교 기성회 일이다, 지역사업이다 하여 매일 어디론가 출근하기 시작했다. 고아원에서 나이 어린 순덕을 급히 데려온 것도 눈코 뜰 새 없이 바빠진 집안의 형편에 연유한 것이거니와 호랑이와의 조우는 용트림하는 가세의 분위기 속에서 이루어진 일이었다. 으르렁거리는 호랑이를 피할 길이 천재지변 외에 몇 가지 더 있긴 했다. 어느 날 갑자기 그가 전근을 가든지, 졸지에 횡사를 하든지, 하다못해 감기몸살 때문에 출근이라도 못하든지. 하지만 의욕이 넘치는 그의 얼굴로 보든지 그동안 겪었던 민수 자신의 운세로 보든지 그처럼 엄청난 '행운'은 일어날 것 같지 않았다.

그러던 어느 날, 참으로 신기한 일이 일어나고 말았다. 호랑이의 웃는 장면이 포착된 것. 민수는 자신의 눈을 의심했다. 헛것을 보았나 싶기도 했다. 굳은 표정, 성난 얼굴에만 익숙해있던 아이들에게도 묘하게 일그러진 낯과 더욱 작아진 눈, 깊게 패인 입가의 주름살은 기괴한 느낌을 안겨주기에 충분했으리라. 그가 웃을 수 있다는 사실 자체가 하나의 충격으로 다가왔다. 잠수함처럼 가라앉은 교실의 분위기를 띄워보려는 듯 그는 객쩍은 농담을 해댔다. 하지만 따라 웃는 아이는 하나도 없었다.

'저 웃음 뒤에 어떤 흉계가 들어있을지 몰라. 허락 없이 웃었다고 트집을 잡든지 감히 선생님을 비웃었다고 다그칠지도….'

그와 아이들 사이에 놓인 심연은 제법 깊어 보였다. 사력을 다해 웃겨보려던 그의 처절한 노력은 실패를 거듭했고, 멋쩍어하는 그를 바라보며 아이들은 새로운 불안감에 사로잡혔다. 어느 대목에선가는 웃어주어야 할 것 같은데 그 타이밍을 잡기가 쉽지 않았다. 결국 그는 제풀에 지쳐 화를 내는 본래의 모습으로 돌아갔고, 범처럼 포효하는 그를 바라보며 아이들은 비로소 안도의 한숨을 내쉬었다.

그는 밀림의 제왕처럼, 백성 위에 군림하는 군왕처럼 마음 내키는 대로 행동했다. 기분이 좋을 때에는 수업 중 엉뚱하게도 노래를 시켰고, 화가 났다 하면 느닷없이 운동장으로 불러내 몇 바퀴씩 뛰게 했다. 무엇보다 황당한 건 그가 '게임'을 걸어올 때.

"야, 내가 중학교 때 축구선수였넌디, 시방부터 한번 뺏어 봐."

"……."

축구선수가 아니었더라도 감히 그에게 태클을 걸 아이는 없을 터. 천하무적이 된 그는 허허벌판이 된 운동장을 혼자 소리치며 뛰어다녔다. 앞을 가로막는 아이도 없었고, 그의 슛을 막아낼 골키퍼도 존재하지 않았다. 슛은 곧바로 골로 연결되었고, 골대 근처에 도열해있던 아이들은 다섯 번, 여섯 번씩 목이 터져라 만세를 불렀다. 순치(馴致)된 아이들은 그의 원맨쇼 앞에서 환호성을 질러댔고, 어느새 아부의 달인이 된 반장은 만세삼창까지 선창해가며 일편단심의 충성심을 과시했다.

아이들은 그의 일거수일투족, 시시각각 변화하는 그의 표정을 읽어내는 데 여념이 없었다. 그나마 마음을 놓을 수 있었던 것은 신빙성에 의심이 가는 과거의 무용담을 한 시간 내내 늘어놓으며 그가 자아도취에 빠졌을 때다. 중학교 시절 축구대표팀의 센터포드였다느니, 밴드부장으로서 고적대의 최선두에 서서 호루라기를 불며 시내를 행진했다느니, 그때 광주시내 여고생들이 모두 자기만 쳐다보았다느니, 광주로 대학을 가게 된 여동생과 함평 손불 다리 위에서 영화의 한 장면처럼 슬프고도 아름다운 이별을 했다느니, 아버지가 국회의원 선거에 나와 두 번이나 떨어졌다는 둥, 침을 튀겨가며 장광설을 늘어놓을 때 아이들은 잠시 행복할 수 있었다.

2. 학예회와 웅변

하루는 대여섯 명의 학급 임원들을 불러낸 다음, 종이뭉치를 내밀었다.

"에… 느그덜은 방금 내가 나눠준 원고를 내일까장 다 외워와야 헌다. 만약에 한 자라도 틀리는 날이면, 각오해. 알겄냐?"

"예에이!!!"

누르스름한 종이 여섯 장에 빼곡하게 들어찬 글자들은 민수를 절망케 하기에 충분했다. 성적으로야 1등을 내달리는 중이었지만, 암기에는 별반 자신이 없던 터. 그렇다고 '각오하라!'는 그의 엄포를 무시할 수도 없는 노릇이고 하여, 이판사판의 심정으로 앉은뱅이책상 앞에 앉았다. 침침한 호롱불 밑에서 눈이 시리도록 원고를 들여다보았지만, 한자가 섞인 추상적인 단어들은 개념파악 자체를 불가능하게 만들었다. 무슨 뜻인지도 모르는 판국에 쉽게 외워질 리가 만무. 암호처럼 느껴지는 단어들은 입안에서만 뱅뱅 돌 뿐 머릿속으로의 입력을 완강히 거부했고, 무정한 시간의 흐름에 따라 눈꺼풀은 점점 내려앉기 시작했다. 그때마다 '호랑이'의 흉포한 얼굴을 상상하며 허벅지를 꼬집어보기도 하고 눈을 비빈 다음 또 다시 부라려 보기도 했다. 두레박으로 우물물을 떠 세수도 해보았다.

"민수야, 밥 먹고 학교 가그라."

장독대의 항아리 깨는 것 같은 순덕의 고함소리에 눈을 떴다. 어느새 봉창은 밝아 있었다. 책상에 엎드린 채 잠이 들었고, 밤새 흘러내린 침으로 원고 위의 글씨는 얼룩이 져 있었다. 모래알처럼 밥알이 서걱거렸다. 수저를 내동댕이친 다음, 집을 나섰다.

회초리를 든 그 앞에서 영섭은 한 장 남짓 띄엄띄엄 외웠고, 미화부장 철호는 아예 시작하지도 못한 채 멍하니 서 있었다. 첫 구절을 까먹고 만 것이다. 민수의 차례.

"오곡백과가 무르익어 넓은 들판에는 황금물결이 출렁이는 수확의 계절에…."

그렇게 시작되는 원고를 비몽사몽간에 주절대기 시작했다. 중간에 끊어지다가 이어지고, 이어지다가 끊어지기를 몇 차례 반복하면서 두어 장쯤 진도가 나갔을까? 머릿속이 하얀 종이처럼 비워지고 말았다. 남은 아이들 역시 오십보백보이자 피장파장.

“좌우간 느그들도 다 들었다시피, 제대로 외운 사람은 하나도 읎었다. 어저께 약속헌대로 매를 맞기로 헌다.”

“…….”

아이들은 황급히 바짓가랑이를 걷어 올렸고, 그는 신들린 사람처럼 자신의 일방적인 ‘약속’을 준수해나갔다. 그러던 중 갑자기 그가 회초리를 집어던지는 것이 아닌가?

“에라이, 이 똥 돼야지 같은 놈들. 민수만 남고 나머지 전부 들어가 버러!”

“…….”

“퍼뜩 들어가란 게, 시방 뭣허고 자빠졌냐? 대그빡 속에 똥만 하나 차 갖고는. 그래도 젤 많이 외웠은게, 오늘부터 니가 웅변연습을 헌다.”

“……?”

“에. 학예회*는 한 달 남짓 남었제마는 가을을 맞이하여 여름내내 농사짓느라 땀을 흘린 학부형들을 모셔놓고 벌이는 잔치이기 땜에, 각별히 준비를 잘해야 헌다 그 말이여. 김민수, 너는 당분간 공부를 안 해도 갠찮허다. 대신 부지런히 연습을 해야 해. 알았냐?”

---

* 학예회(學藝會): 전교생 또는 일부 학생을 대상으로 연극이나 합창 등 학예에 관계되는 특별한 프로그램을 편성하여 실시하는 교육행사. 학생의 창조성을 자극하고 학습을 종합적으로 표현하며 집회를 통한 훈련의 기회를 제공할 뿐만 아니라 학교의 교육내용을 지역사회에 이해시킬 수 있는 기회도 된다.

아! 맑은 하늘에 이 무슨 날벼락이란 말이냐? 이해하기도 어려운 원고를 언제 암기할 것이며, 또 그 많은 사람들 앞에서 어떻게 연설을 한단 말이냐? 이럴 줄 알았으면 처음부터 외우지 말아버릴 걸. 더 절망스러운 것은 수업이 끝난 뒤에도 아이들을 돌려보내지 않겠다는 그의 발언. 실전연습에 있어서 청중 역할이 필요하다나 어쨌다나.

"민수는 앞으로 나오고, 느그덜은 지금부터 학부형의 입장에서 웅변을 듣는다. 그런게 박수를 쳐야 할 대목에서는 크게 박수를 치고, 웃을 대목에서는 모두 웃어야 헌다 그 말이여어. 만약에 우두거이 안거 있는 사람은 각오해라. 알겄냐?"

"예!…"

"대답소리 크게 허고. 제대로 들어주는 사람이 있어야 연습이 제대로 될 거 아니냐? 내 말 알아 듣겄냐?"

"예에이!!!"

억지춘향 식으로 앉아있어야 할 녀석들이 얼마나 나를 욕할까? 민수는 바로 그 점이 맘에 걸렸던 것이다. 이마를 찡그리고 서 있는 민수를 돌아보며.

"너는 진짜로 학부형들이 니 앞에 안거 있다 생각허고, 허는 것이여. 니가 잘허면 찐빵이 100개고, 못허면 매가 100댄 줄 알어. 시작해 봐."

그러나 떨리는 목소리가 펴져나가는 순간부터 그의 간섭은 생겨나기 시작했다. 책을 읽듯 원고를 읽어 내려가면 '가급적 들여다보지 말라' 했고, 목소리가 조금 낮아지면 '목소리를 키우라' 하고, 몸을 움츠리면 '어깨를 펴라'고 소리를 질렀다. 한 가지가 교정되면 다른 자세를, 그 자세가 고쳐지면 또 새로운 제스처를 요구했다. '두 손을 더 높이 올려라', '주먹을 쥐어서 탁자를 탁 내려치지 말고, 팔꿈치 부분을 포함하여 팔 전체가 탁자에 닿도록 하라', '내리친 다음, 관중들의 박수가 그칠 때까지 몸을 수그린 채 기다려라'는 둥, 지시사항은 한도 끝도 없었다. 식지 않는 그의 열정은 아이들에게도 파편이 되어 튀어나갔다.

"야이 놈들아! 멍청허게만 안거 있지 말고, 연사가 탁자를 탁 치면 박수를 치란 말이다. 박수도 띄엄띄엄 치지 말고 한 뻔에 모타서 짝짝짝 쳐야 헐 것 아니냐? 딱 칠 때 치고, 그칠 때 딱 그치란 마다. 질서정연허게. 그러고 슬픈 내용이 나올 때에 웃는, 미친 놈덜이 간혹 있단게는. 하이고, 그 대목에서 웃으면 쓸 것이냐? 쓸개 빠진 놈들. 아이, 그럴 때에는 쪼끔 인상을 찌푸리든지 우는 얼굴을 해야 헐 것 아니냐?"

"……."

"그러고 그 통에도 조는 놈덜이 있단게. 시방 이 판국에 졸음이 오냐?"

아! 싫다. 꼭두각시 역할이 싫다. 몸에 맞지 않는 헐거운 옷을 걸치고 억지 춤을 춰야 하는 어릿광대 노릇이 싫다. 인내심의 한계라 여겨지는 순간, 기적처럼 그가 자리에서 일어섰다.

"그만. 오늘은 이만 허자. 도저히 내 양에는 차지 않는다. 그런게 약속대로 매를 백 대 맞어야 헌다."

설마 했다. 하지만 그는 에누리 없이 백 대를 다 때렸다. 손바닥에 와 닿는 매의 강도가 약하긴 했으되, 약속은 약속대로 지켜야 한다나 어쩐다나. 역시 독종.

"자, 인자 나눠먹자. 많이 틀려놔서 안 줄라고 했넌디, 식어버린 빵을 도로 무를 수도 읎고. 어쨌든 고상했은게, 너부터 하나 먹어라."

반장이 학교 앞 가게에서 사 온 찐빵을 보는 순간, 입안에 침이 고였었다. 하지만 잔뜩 긴장한 데다 속이 상해버린 지금, 식욕은 벌써 저만큼 달아나 있었다. 반면 아이들은 빵이 주어질 때마다 환호성을 질렀다.

'속창아리(철) 없는 놈들… 그 까짓 빵에 히히거리다니….'

60년대 농촌아이들에게는 먹거리가 많지 않았다. 때문에 논밭에서 나는 '식물'을 공략하는데 때와 종류를 가리지 않았다. 막 패기 시작한 밀과 보리를 밭 한가운데에 들어가 모닥불에 그슬려 먹는 아이, 길 옆 고구마 밭에 뛰어 들어가 뿌리 채 캐내는 아이, 아궁이 속에 감자와 고구마를 넣어두었다가 부지깽이로 끄집어내 먹으며 입이 까매진 아이, 옥수수 대 껍질을 벗겨먹다가 입가를 베이고, 사과 깎는 옆에서 도르르 말려나오는 그 껍질을 경쟁적으로 받아먹는 아이, 햇볕에 말려놓은 땅콩을 겨냥하여 경계선을 넘는 아이, 이들은 '보통'의 아이들이었다. 가을이

오기도 전에 올기쌀*을 먹는 아이, 호주머니에 생쌀을 집어넣고 다니며 조금씩 끄집어내어 먹는 아이, 시제 지내고 나면 떡을 하나라도 더 얻어먹기 위해 줄을 서는 아이, 뽕나무 끝에 달린 오디를 잔뜩 따먹고 입술이 까매진 아이 또한 '특별한' 경우가 아니었다.

'채식'으로 채워지지 않는 단백질을 보충하려는 듯 '육식'을 향해 돌진하는 아이들도 있었다. 넓은 마당에 줄을 서 차례로 번데기**를 받아먹는 아이들, 논두렁에서 잡아온 개구리를 바스켓에 넣어 삶은 후 뒷다리를 뜯어먹는 아이, 교회 처마 밑에서 겨울잠자는 참새를 슬그머니 끄집어내어 짚불에 구워먹는 아이, 둠벙***을 '막고 품어' 파닥파닥 뛰는 붕어를 잡아 집으로 가져가는 아이, 가을철 메뚜기를 잡아 아궁이 짚불에 구워먹는 아이, 아버지 심부름으로 새끼줄에 돼지고기를 끼워 들고 오다가 다 떼어먹고 반절쯤 남겨온 아이 등등. 그에 비하면, 칼국수나 수제비, 찐빵, 지축을 뒤흔드는 폭발음 소리와 함께 주어지는 튀밥은 제법 수준이 높은 음식문화에 속했다. 허기진 뱃속에는 초가지붕에서

---

* 올기쌀: 올벼쌀, 찐쌀. 풋나락을 미리 베어내 가마솥에 찐 다음 말려 절구에 방아를 찧어 먹던 쌀. 맛은 부드럽고 색은 약간 노란색.

** 번데기: 누에는 뽕잎을 먹고 자란다. 이 누에가 점점 자라 번데기가 될 때, 제 몸을 보호하기 위해 스스로 실을 토해낸다. 그리고선 제 몸 바깥을 감싸는 집을 만드는데, 이를 누에고치라 부른다. 이 누에고치를 끓는 물에 넣어 실 끝을 풀어 자새나 왕챙이 등의 기구를 이용하여 실켜기를 하여 실을 만들어내는데, 이렇게 하여 나온 실이 바로 명주실이다. 그리고 이 과정에서 번데기가 '생산'되는 것이다.

*** 둠벙: 못 따위의 작은 저수지를 가리키는 말. 웅덩이의 사투리.

땅을 향해 내리꽂힌, 노랗게 물든 고드름도 들어가고, 아버지 심부름으로 받아오다가 홀짝거린 막걸리도 들어갔다.

보리밥이 주식이고 쌀밥은 제사 등 특별한 날에나 먹을 수 있는 특별식에 해당하던 시절, 아이들이 밀려오는 잠을 뿌리치며 젯밥 먹는 시간을 기다렸던 그 시절. 정부는 쌀이 부족하다며 혼분식(混粉食)을 장려했다. 초등학교 4학년 때의 점심시간. 제대로 혼, 분식을 하는지 검사한다며 담임이 도시락을 열라고 했을 때, 밥 대신 고구마를 싸온 아이들도 있었다. 학교에서는 결식아동들을 위해 급식소를 운영하고 있었다. 아지랑이 가물거리는 봄날이나 태양이 이글거리는 한 여름철에도, 그 앞은 아이들로 장사진을 이루었다. 네모반듯하게 잘려진 노란 옥수수떡, 늘 탄 냄새가 났던 뜨거운 우유, 간혹 분말우유를 도시락 뚜껑에 퍼주기도 했다.

부족한 건 먹거리만이 아니었다. 병원이나 약국이 없던 시절, 아이들의 몸에 이상이 생기면 자가 치료 내지는 '담방약'이 기다리고 있었다. 치과의사 대신 엄마나 누나가 흔들리는 치아에 실을 끼워 이마를 탁 쳐서 빼낸 다음 지붕 위로 던졌고, 부스럼이 나면 머리칼을 자른 다음 '이명래 고약'을 붙여주었다. 상처가 나면 된장을 갖다 붙이거나 모래를 상처부위에 흘러내리게 했으며, 머리 아플 때에는 '한숨 자라' 하고(나중에 '뇌선'이 나왔음) 배 아프면 변소에 가라 일렀다(한참 후에 '가스명수'나 '활명수'가 나왔음). 코피가 터지면 코 입구를 종이로 막고 뒤로 머리를 젖혀주는 것이 고작이었다.

가난한 시절, 그래도 비교적 부유한 축에 들었다고 자부하는 김씨는 입버릇처럼 이런 말을 했었다. "올해 쌀 한 가마니를 빌어먹으면 내년에는 두 가마니, 그 다음 해에는 네 가마니로 갚아야 허니, 기가 맥힐 일 아니냐? 겉보리 한 말을 얻어먹은 대가로 나무 서른 짐을 해주어야 허기도 허고. 왜냐? 식량은 귀하고 노동력은 풍부한 때라. 새벽부터 아침 내내 소막간(변소) 똥물 퍼주고 아침 한 끼 얻어먹는 것으로 끝이여. 느그 큰집 정기(부엌)에는 동네 여자들이 깍 들어차고 해서, 늘 시끌사끌허고."

겨울철 아이들은 학교 뒷산에 올라 난로에 필요한 솔방울을 따거나 눈 덮인 솔가지를 꺾었고, 봄철에는 대나무젓가락과 깡통을 들고 산에 올라 송충이를 잡았다. 끄떡하면 '농번기 봉사활동'이라는 미명하에 벼 베기나 보리 베기에 동원되었다. 교과 과정이나 수업시간이 제대로 지켜지지 않던 시절, 비나 눈이 많이 내릴 때에는 주저 없이 휴교령이 내려졌다. 보통의 아이들은 집에 돌아가자마자 마루에 책보 던져놓고 말표 검정 고무신을 야윈 맨발에 걸치고 소 풀을 먹이러 들로 가든지, 꼴을 베러 야산으로 향했다. 일요일이나 방학 때에는 20여 리 떨어진 칠산바다 분등의 개펄까지 걸어가 호미로 꼬막을 캐기도 했다. 쑥대머리* 에 버짐**이 피어난 얼굴, 등 터진 손으로 바지런히 손을 놀렸던

* 쑥대머리: 쑥대강이. 머리털이 마구 흐트러져 어지럽게 된 머리.
** 버짐: 백선균에 의하여 일어나는 피부병. 마른버짐, 진버짐 따위가 있는데 주로

것이다. 독서에는 거의 관심이 없었거니와 책을 보고 싶어도 마땅한 읽을거리가 없었다. 이웃동네에까지 '원정'을 가 만화를 보거나 빌려왔다. 『새농민』 책의 4컷짜리 만화를 보는 것이 큰 즐거움 중의 하나였거니와 민수의 경우 대학 졸업한 김씨의 유일한 도서 7권짜리 두툼한 『세계백과사전』의 사진들을 보고 또 들여다보았다. 어떻든 집에 가봐야 변변한 먹거리도, 놀거리도 없었던지라 아이들의 경우, 기합이나 매만 아니라면 학교에 머무는 일이 그리 나쁘지만은 않았던 것이다.

하지만 학예회가 내일로 다가와 있는 이 엄중한 시국에 쉬이 잠이 올 리 없었다. 단상에 오르다가 넘어지거나 웅변을 하는 중에 쓰러지는 사태, 원고 내용을 까먹은 채 우두커니 서 있다거나 도중에 배탈이 나 쩔쩔매는 상황, 비웃고 손가락질하는 청중들, 성난 얼굴의 호랑이 선생님, 실망하는 아버지, 온갖 실패의 장면들이 오버랩 되었다. 몸을 뒤척이다가 거의 뜬눈으로 밤을 새고 말았다.

원고를 꼭 말아 쥐고 학교로 향했다. 운동장에 설치된 무대를 보는 순간, 심장이 쿵쾅거렸다. 사람들은 어김없이 모여들었고, 교장선생님의 개회사에 이어 기성회장인 김씨의 축사가 이어졌다. 원고도 없이 즉석연설을 유창하게 해냈다. 달변인 데다 거칠

얼굴에 생김.

것이 없는 성격의 소유자, 그를 볼 때마다 민수는 늘 이질감과 열등감을 느끼곤 했었다.

이 무렵 나라에서는 '경제개발 5개년 계획'을 발표하였고, 세계적으로 유래가 없는 경제성장을 구가하고 있다고 선전했다. 정부에서는 여세를 몰아 한일협정* 조인을 밀어붙였고, 맹호부대가 월남에 파송되어 '따이한'의 용맹성을 전 세계에 뽐내고 있었다.** 가게가 번창하는 중에 김씨 부부는 나락 장사, 새우젓 장사까지 겸하게 되었다. 가을 수확철에 값이 내려간 나락을 수매하여 춘궁기에 비싼 값을 받고 방출하는 사업, 바다에서 막

---

* 한일협정(韓日協定): 1965년 6월 22일 체결된 한국과 일본 간의 조약. 중앙정보부장 김종필과 일본 외무장관 오히라 마사요시 간 비밀회담을 통해 추진되었던 바, 이에 반발하는 대규모 시위가 일어나 비상계엄령이 선포되고 모든 학교에 휴교령이 내려지기도 했다. 그럼에도 불구하고 마침내 조인되고야만 이 조약은 일본의 침략 사실 인정과 가해 사실에 대한 진정한 사죄가 선행되지 않았고, 청구권 문제, 어업문제, 문화재 반환문제 등에서 한국 측이 지나치게 양보했다는 점에서 국내에서 크게 논란이 되었다. 특히 일제강점하 피해자 보상과 위안부 보상 문제 등은 오늘날까지 양국 간에 논란이 되고 있다.

** 베트남 전쟁: 1964년 본격적으로 월남전에 개입하기 시작한 미국이 우방국에 월남전 지원을 호소하자 한국정부는 "6.25전쟁 시 참전한 우방국에 보답한다."는 명분과 "베트남 전선은 한국전선(戰線)과 직결되어 있다."는 국가안보의 차원에서 국회의 동의를 얻어 파병을 결정한다. 1964년부터 1973년까지 8년 5개월 동안 32만여 명을 파병함으로써 한국은 미국 다음으로 가장 많은 병력을 보낸 나라가 되었다. 베트남전 파병은 한국에 경제적으로는 월남 특수를 통한 고용증대와 경제성장을 가져다주었다. 그러나 5천여 명이 사망하고, 1만 5천여 명이 부상한 것으로 알려져 있다(민간인을 포함한 베트남인 150만 명 사망, 미군 사망자 6만여 명). 특히 참전한 한국 장병과 근로자들이 남기고 온 현지인 2세(속칭 '라이따이한') 문제와 고엽제 피해 등은 아직도 후유증으로 상존해 있는 실정이다. 또한 베트남에는 한국군 주둔지마다 '한국군 증오비'가 세워져 있다. 그러나 이제 베트남에 있어 한국은 적에서 친구로, 사돈네 나라로 탈바꿈하고 있다.

잡아 올린 새우들을 소금으로 절여 놓았다가 젓으로 만들어 파는 일종의 가공무역은 당시로서는 매우 획기적이었다. 부가가치의 극대화. 대부분의 사람들이 '막고 품는 식'으로 살아가던 시절, 김씨는 특유의 사업적 수완을 발휘하기 시작한 것이다. 상업으로 일구어진 가정경제는 농업으로 확대되었고, 얼마 가지 않아 동네에서도 손꼽힐 만한 대농(大農)이 되었다.

이때를 기다렸다는 듯 김씨는 사회활동에 뛰어들었다. 명분은 '못 배우고 가난한 지역주민'을 위한다는 것이었다. 당시 상하사리 사람들은 수확한 벼, 보리를 내다팔기 위해 20여 리나 떨어진 백수 단위농협을 이용해야 했고, 그러다 보니 시간과 비용이 많이 소요되었다. 이에 김씨는 친구들 몇 명과 더불어 백수농협 상하사리 지소를 개설했다. 농산물을 공판하거나 농자금을 대출받는 등의 웬만한 업무를 다 처리할 수 있었기 때문에, 주민들은 쌍수를 들어 환영했다. 이에 힘을 얻은 김씨는 이른바 농민운동에 박차를 가했고, 결국 몇 년 후 정식으로 독립한 백수농협 상하사리 지소의 소장이 되었다.

다음으로 김씨가 착수한 공공사업은 모래땅에 대한 경지정리. 넓게 펼쳐진 밭들 사이, 꾸불꾸불한 길을 지나다닐 때, 아이들은 가뭄과 홍수를 수없이 목격해야 했다. 모를 심어놓은 밭의 바닥이 쩍쩍 갈라지는가 하면, 어느 때는 앞을 가로막은 강 때문에 옷을 동동 걷어 올린 채 건너기도 했다. 가뭄이 들면 농작물이 타버리고 비가 조금만 내려도 홍수가 지는 이 '물둠벙' 벌판을 평평하게 고르는 작업이 시작된 것이다. 이 일에 추진위원장을 맡은 김씨는 우선 자신의 명의로 군(郡) 소유의 국유지를 불하받았는데, 이때에도 '내 땅이 먹어 들어간다'며 결사적으로 반대하는 사람들이 있었다. 터무니없는 오해와 비난, 욕설을 무릅쓰고 김씨는 뚝심으로 이 일을 밀어붙였다. 천신만고 끝에 경지정리가 마무리되고 전국 최초로 땅속 수백 미터로부터 지하수를 끌어올리는 200여 개의 관정*이 곳곳에 설치되자 '물둠벙'은 전천후농업이 가능한 문전옥답으로 거듭났다. 일이 그렇게 되자 여론 또한 일시에 바뀌어 김씨의 노고를 칭송하는 소리가 들려오긴 했지만. 이밖에 버스노선을 끌어오거나 연장하는 일, 전기 및 전화선을 끌어오는 일, 동네 수도를 놓는 일 등에도 김씨의 손이 미치지 않은 곳은 없었다. 동네에서 일어나는 대소사, 예컨대 싸움질을 하여 지서에 끌려간 사람 빼오는 일이나 젊은이들을 취직시켜 주는 일 등에도 김씨는 나름대로 열과 성을 다했다. 반면 집에 들어와서는 '절대군주'로 군림하였다. 지엄한 존재 앞에서

* 관정(管井): 지하수를 이용하기 위하여 만든, 둘레가 대통 모양으로 된 우물. 충적층 또는 암반층까지 깊이 파서 우물관의 아랫부분에 뚫린 공극(孔隙: 토양 입자 사이의 틈)을 통하여 지하수를 모으고, 이를 퍼내어 관개수로 사용하기 위한 소규모 수원공급시설. 1967년부터 1968년 사이의 영·호남지역의 큰 가뭄이 계기가 되어 한해(旱害) 대책으로 지하수 개발이 추진되면서 등장했다. 이 무렵 상하사리 일대의 들녘에 약 200여 개의 관정이 파졌는데, 이는 나주 남평과 더불어 전국 최초의 일이었다. 노천에 관정을 방치하지 않도록 하기 위해 그 주변을 뻥 돌아가며 콘크리트 건물로 에워쌌다. 이 때문에 관정 1기를 완성하는데 당시 시세로 200만 원 이상 소요되었다고 한다.

그 누구도 감히 반대하는 목소리나 항거하는 몸짓 한 번 내지 못했다. 가정사에는 상대적으로 무심한 듯 보이는 그를 '공공의 적'으로 간주해야 마땅함에도 모친 박씨는 애매모호한 태도를 취하기 일쑤였다. 한 술 더 떠 남편을 감싸기까지 하는 그녀의 행태는 민수의 눈에 불가사의 그 자체였다.

"느그 아부지가 승질이 쪼까 급해서 그러제, 문 흠이 있냐? 놈(남)보다 배우기를 못했냐, 인물이 못 났냐? 놈만큼 잘살기를 못허냐, 놈보다 말을 못허냐? 그러고 양심 좋고 깨끗허다고 소문이 났지 않냐? 느그 할메한테도 잘허고. 나는 니가 느그 아부지 절반만 따라가도 좋겄다."

'아버지, 과연 그 분 앞에서 내가 해낼 수 있을까? 호랑이 앞에서, 그리고 동네 사람들이 보는 앞에서 과연 내가 잘해낼 수 있을까? 아버지와 나, 무용을 하는 1학년 여동생까지 무대에 선다는데 혹시 가족잔치라 흉을 보지는 않을까? 무대 위를 걷다가 바닥을 비집고 나온 못에 걸려 넘어지지나 않을까? 원고가 탁자 아래로 떨어지거나 날아가 버리지는 않을까? 박수가 나와야 할 대목에서 청중들이 물끄러미 쳐다만 보고 있으면 또 어떡하지?'

어젯밤 내내 시달렸던 걱정과 두려움, 염려가 새삼 작은 몸뚱이를 덮쳐왔다.

"다음은 5학년 1반 어린이의 웅변이 있겠습니다!"

스피커 소리가 가슴을 때리는 순간, 민수는 '호랑이'의 얼굴을 치어다보았다. 놀랍게도 그는 웃고 있었다. 나무계단을 올랐다.

'침착하게, 되도록 천천히 걸어야 한다!'

그러나 마음속 다짐과는 달리 몸은 따로 놀았다. 물속을 걷는 것도 같고, 허공을 떠다니는 것 같기도 했다. 아무 것도 보이지 않고, 어떤 소리도 들리지 않았다. 한없이 높은 무대 위로 사시나무 떨 듯 하는 두 다리를 끌어올렸다. 원고를 탁자 위에 펴놓은 다음, 청중을 찬찬히 살펴보았다. '먼저 눈빛으로 청중을 제압해야 한다'는 호랑이의 지론에 따른 것이었지만, 도리어 압도당할 지경. 청중들의 얼굴이 해처럼 빛나는 통에 눈을 뜨기조차 버거웠다. 그래서 그들을 무시하기로 했다.

'저 사람들은 나라는 아이에게 관심조차 없다!'

두 손을 들어 올리는 모양도 취하고, 고함을 지르며 탁자를 내리치는 흉내도 냈다. 하지만 몸과 마음은 여전히 각각. 자신의 몸속에 다른 사람이 들어와 있는 것처럼 느껴졌다. 아니나 다를까. 클라이맥스에 도달할 즈음 대사를 까먹고 말았다. 충혈된 두 눈으로 아무리 원고를 들여다봐도 연결되는 대목은 발견되지 않았다. 청중 쪽에서 웅성거리는 소리가 들려왔다. 주저앉고 싶었다. 그때 전광석화처럼 '빨리 끝내는 것이 상책'이라는 생각이 머리를 스쳤다. 아예 중간대목을 빼버린 채 웅변을 이어나갔다. 될 대로 되라는 배짱으로 마무리를 지었고, 울고 싶은 심정으로 무대를 내려왔다. 꿈속에서처럼 박수소리가 들리는 것 같다 여겨질 즈음, 등을 두드려주는 '호랑이'의 손길이 감지되었다. 그리고 하얀 물그릇을 받쳐 든 박씨의 웃음 띤 얼굴이 나타났다.

"고상했다. 물 쪼까 먹을래?"

"……."

고개를 가로저었다. 한참 시간이 흐른 후에야 화사한 한복이 눈에 들어왔다. 하얀 바탕에 엷은 색 분홍꽃이 수놓인 치마, 파마머리의 박씨가 무척이나 세련돼 보였다. 가게 일로, 농사 일꾼 부리는 일로 항상 바쁘다고만 하던 어머니, 봄가을 한 차례씩 남쪽의 봉덕산과 북동쪽의 바닷가 석구미로 소풍을 갈 때에도 미처 썰지 못한 기다란 김밥과 10원짜리 지폐를 쥐어주며 동행하지 못함을 아쉬워하던 그녀에게 이런 모습이 있었다니.

"그래도 목마를 턴디, 한 모금 허제 그러냐?"

"……."

"느그 아부지가 연설허고, 니가 연설허고, 또 느그 여동상까정 춤을 추는디 을마나 좋은 날이냐?"

무용 순서가 끝났는지, 거짓말처럼 민숙이 앞에 서 있다. 분홍색 원피스 끝에 달려있는 레이스가 어린아이의 작은 손처럼 앙증맞다. 방 벽에 붙여놓은 껌을 떼어먹었다가 발길질에 채이기 일쑤였던 코흘리개 여동생이 오늘은 세상에서 제일 예뻐 보였다. 비로소 목을 축였다. 그러면서도 끝내 '나, 잘했냐?'고 물어보진 않았다.

"너도 너제마는, 느그 아부지도 징허게 말 잘허드라. 꼭 입에다가 발통기* 달아놓은 것 같어야."

"피…."

"뭇이 '피'여야? 이 중에서 느그 아부지같이 잘난 사람 있는가 봐라. 눈꼽 띠고 찾어봐도 읎제. 자고로 식구들한테 존경 받는 사람 읎다고 했다. 빠자마 바람으로 돌아 댕기고, 칙간에 가서 똥이나 싸고, 또 밥 먹고 나서 이빨 사이에 꼬치가리나 끼여 있고 그런다고 무시허면 못써. 다지금(각자) 집에서는 다 그러제 어찐 디야?"

"아부지는 밥 먹다가도 똥을 끼는디? 구령내도 징허고…."

"킬킬킬…. 그것이사 몸이 건강허다는 증거라고, 느그 아부지가 글 안 허디야?"

기실 민수의 불평은 그의 독선과 비민주성, 아집에 대한 것이었는지도 몰랐다. 김씨의 아전인수식 사고는 실로 경탄을 자아낼 만 했으니. 어느 날. 민수는 바둑을 두는 김씨 옆에 앉아 있었다. 상대는 그보다 수가 높은 당숙. 그러나 상대가 누구든, 반드시 백(白, 바둑의 하얀 돌)을 고집하는 것이 김씨의 버릇이었다. 그리고 몇 수 진행하다가 판이 불리해지면 물러주기를 요청하고, 상대가 응해주지 않을 시 '분란'이 일어난다.

"어이, 자네는 고것 쪼까 물러주라고 헌 게, 고로코 고집을 피운가?"

"아따! 성님도. 어디 한두 번이라야지라우? 원…."

---

* 발통기: 발동기의 사투리. 연료를 에너지로 변환시켜 경운기나 방아 등의 기계를 작동시키는 장치.

"어이, 바둑이란 것이 서로 물르기도 허고 물려주기도 험시로 디는 것이제. 고로코 인정머리 읎이 싹 씻어 버리면 쓴 단가?"

"차코 물려주면 재미가 읎은게 그러지라우. 정 그러면… 몇 점 깔고 디면 될 거 아니요?"

"쓰잘디기 읎는 소리 허지 말고. 아까 어디다 놨든가? 빨리 걷어내소."

그러나 한두 수면 몰라도 다섯 수, 여섯 수까지 거슬러 올라가다보면 상호간에 하얀 돌과 검은 돌을 걷어내느라 정신이 없고, 나중에는 뒤죽박죽, 엉망이 되고 만다. 이럴 경우, 김씨는 처음부터 다시 시작하자며 무승부를 선언한다. 만약 상대가 끝까지 고집을 피우면 두 손으로 바둑알을 싹싹 쓸어버린달지 판을 들어 엎어버리는 사태로까지 발전한다. 그러나 상대방으로부터 물러달라는 요청이 들어올 경우, 김씨의 태도는 싹 달라진다.

"바둑을 디는 사람이 차코 물러싸면 문 재미란가? 자네는 일수불퇴라는 말도 못 들었는가? 일수불퇴! 한 번 디면 고것으로 끝이란 소리여."

"아따, 성님도 아까 물렀지 않소?"

"그때는 그때고…."

"어째서 나는 물려 주었넌디, 성님은 안 물려주요?"

"좌우간 안 된단게. 정 그러면 이 판에 졌닥 허고, 새로 한판 디세. 그러면 간단헐 것을 갖고 그래싼가?"

"시상에, 요로코 안면몰수허는 법이 어디 있다요?"

"자네는. 사람이 짜잔허게 그러면 못 쓰는 법이여. 아이, 남자가 졌으면 사내대장부답게 깨끗이 졌닥 허고 새로 디자고 허먼 될 것을, 어째서 여러 소리를 해싼가?"

이런 행태가 식구들에게 적용될 경우, 민수는 진저리를 쳤다. 물론 김씨가 위대한 모습으로 다가온 때도 있었다. 동네 콩쿠르의 심사위원장으로서 마지막 순서에 나와 심사평과 함께 멋들어진 노래를 불러 젖힐 때, 대보름날 집에 들이닥친 농악패 앞에 두둑한 돈을 내놓은 다음 장구를 치며 묘기를 부릴 때, 운동회날 본부석에서 교장선생님과 나란히 앉아 있을 때 민수는 '훌륭한' 아버지를 둔 데 대해 무척이나 뿌듯해했다. 장남의 손을 꼭 잡고 가설극장을 향해 어두운 밤길을 걸을 때, 광주에서 『빨강머리 앤』*이라는 책을 사들고 나타났을 때, 그는 세상에서 가장 다정한 아버지였다.

---

* 『빨강머리 앤』: 캐나다의 여류소설가 루시 모드 몽고메리에 의해 1908년 4월 발표된 소설. 빨간 머리에 주근깨가 있는 고아소녀 앤의 풍부한 상상력과 밝은 성격, 수다스러움은 무미건조하던 커스버트 남매의 삶뿐만 아니라 에이번리 마을의 사람들에게도 큰 영향을 끼치는데, 이 소설은 100년이 넘게 독자들의 사랑을 받는 베스트셀러가 되면서 9권의 후속편들을 만들어냈다. 영화나 TV 시리즈, 애니메이션으로도 제작되었으며, 현재까지 전 세계의 독자들을 매료시키고 있다. 두 살 때부터 외조부모 밑에서 자랐던 작가 자신의 어린 시절이 반영된 자전적 소설로, 캐나다의 아름다운 프린스에드워드 섬을 배경으로 한다.

3. 운동회 날의 추억

“어메, 우리 운동회 허는 날, 올란가?”

“똥구녁 뜰썩도 못허게 바쁜디, 어쭈고 가야?”

“아따, 점빵 쪼까 보지 말소!”

“점빵 안 보먼, 이 많은 식구덜 니가 벌어서 맥애 살릴래?”

민수의 입장에서 운동회는 이래저래 반갑지 않았다. 박씨의 퉁명스런 대답도 그렇거니와 평소에도 체육시간을 무척 싫어했던 터. 본디 운동에 소질이 없었던 데다 사람들의 눈에 띄기를 싫어하는 내성적인 성격 탓도 컸다. 통통한 몸에 배와 엉덩이 부분이 꽉 끼는 체육복을 입는 일도 고역이었던 바, 하얀색 포플린 바지는 길이가 짧아 발목이 훤히 드러나 보이는 데다 까칠까

칠한 천 탓에 가랑이가 쓰라리기 일쑤였다. 그나마 자칫 실밥이라도 터지는 날이면 그야말로 낭패.

이 날은 아이들보다 어른들의 잔칫날에 가까웠다. 운동장 하늘에는 만국기가 휘날리고, 트랙을 뺑 둘러선 학부모들 틈새에서 엿판을 얹은 리어카 모서리에 고무풍선을 잔뜩 매달아놓은 엿장수가 신명나게 가위질 소리를 내는 날이다. 뛰고, 던지고, 밀치고 넘어지는 와중에 고함소리와 왁자지껄한 웃음소리가 뒤범벅이 되었다가 해질 녘에는 막걸리에 취한 아버지들이 멱살을 잡고 싸우는 날이기도 하다.

"너는 뭣에 들어가기나 했냐?"

"100미터 달리기도 허고, 기마전도 허고, 오자미도 땡기고…."

네 명이 한 조를 이루는 달리기의 경우 잘해야 3등, 대개는 꼴찌였다. 기마전에서도 키가 크지 않은 데다 힘이 부쳐 말 구실도 못했고, 몸무게가 가볍지 않은 데다 당차질 못해 기수 노릇도 못했다. '말'의 어깨를 감싸 쥐고 따라다닐 뿐. 오자미 던지기의 경우, 사정은 괜찮은 편이었다. 간짓대 끝에 달린 바구니를 향해 냅다 던지기만 하면 언젠가 '보물창고'가 열릴 것이고, 형형색색의 색종이와 꽃가루를 푸른 하늘에 쏟아내는 장면을 볼 수 있기 때문. 그러나 이 놀이에서도 목표물에 정확하게 맞추어본 적은 한 번도 없었다. 고소(高所)공포증 때문에 기계체조는 꿈도 못 꾸었고, 동작이 굼뜬 데다 재치가 없어 릴레이 선수 명단에도 들지 못했다. 이 날, 전체 학생들을 통솔하는 것은 호랑이의 몫이었다.

"열중…… 쉬엇! 차리여…엇!"

사열대 위에서 그는 고개를 좌우로 휙휙 돌려가며 목청껏 구령을 붙였는데, 평상시에도 늘 '필승'의 신념을 강조했던 그였다.

"남자는 모름지기 필승의 신념과 자신감을 가져야 혀. 해보지도 않고 첨부터 비실비실허는 놈은 내 체질에 안 맞는다. 만약에 김민수, 니가 졌다 허면 알아서 해."

그의 엄포는 민수와 같은 조에 편성된 아이들에게 무언의 압력으로 작용했다. 그들의 자발적인 협조로 1등을 꿰찼지만 그 대가로 욕을 얻어먹어야 했다. 언젠가 점심시간이었다. 스피커의 음악에 맞추어 재건체조*를 한 다음, 막 뛰어놀려 하는데 한 아이가 쪼르르 달려왔다.

"야! 민수야. 호랑이가 너를 찾고 있어야."

"……?"

"빨리 가 봐야. 너 안 찾어오면 카마이 안 둘란닥 했단 게는."

그는 교무실 창가에서 기다리고 있었다.

"어디 갔다 인자 오냐? 어이, 사진사 양반. 우리 쪼까 빨리 찍어 주씨요 이."

6학년 졸업사진 촬영을 위해 읍에서 불려온 사진사는 분주하

---

* 재건체조: 1960년부터 정부가 보급하기 시작한 집단체조. 학교에서 운동회는 물론이고 체육시간이나 중간 체조시간에도 이 체조를 하도록 했다. 8박자로 된 동작이 단순하여 외우기 쉽고 구령에 맞추어 단체로 하기 쉬운 점이 있으나 동작이 너무 단순하고 재미가 없다는 평도 있다.

게 손을 놀렸다. 높다란 화단에 그와 나란히 서있는 동안 강렬한 햇빛이 눈을 찔렀다. 아이들의 조잘거림이 심사를 더욱 어지럽게 했다.

"민수야. 웃어라 웃어."

"야, 김민수. 되게 멋지다이. 씨벌…."

뭇 시선 앞에서 고개는 자꾸 아래를 향했다. 어깨를 감싸 안는 그의 손이 뱀의 표피처럼 섬뜩하게 느껴졌다. 차렷 자세와 굳게 다문 입술의 소년, 뒷짐을 진 흐뭇한 미소의 교사가 묘한 대조를 이룬 한 장의 흑백사진이 뽑혀 나왔을 때, 그는 뒷면에 '信念'이라고 하는 글씨를 써주었다.

"김민수, 너 기다려."

종례시간을 마친 다음 그가 내린 명령. 정문에서 멀지않은 철봉대 근처의 그루터기에 앉아 열기가 식어가는 텅 빈 운동장을 바라보고 있노라니 짜증이 났다.

'어디에서, 언제까지란 말도 없이 무작정 기다리라니. 내가 뭐 자기 비서라도 되는가? 도대체 왜 그는 나를 붙들어 매려고만 하는 걸까?'

운동회가 끝나갈 즈음부터 부슬부슬 비가 내리기 시작했었다. 이제 그것이 플라타너스 잎들 사이로 굵은 방울이 되어 떨어지고 있었다. 파열음이 점점 높아진다 싶더니 부슬비는 어느새 장대비로 변해가기 시작했다. 우산도 없이 앉아 있는 동안 윗도리,

아랫도리, 속옷까지 흠뻑 젖고 말았다. 주변을 에워싸는 어둠이 동네 아이들로부터 들었던 귀신이야기를 자꾸 떠올리게 하는 중, 배도 잔뜩 고픈 데다 추위는 뼛속을 파고들었다. 얼마나 지났을까. 뚫어져라 교무실 쪽을 응시하고 있던 수정체에 움직이는 물체 하나가 포착되었다. 하나에서 둘로, 둘에서 셋으로 불어난 실루엣이 느닷없이 거인들로 변모했다. 호랑이의 좌우에는 호위병처럼 두 사람이 서 있었다.

"가자!"

기다리게 하여 미안하다는 말 같은 것은 애당초 기대하지도 않았다. 학교 앞 가게로 들어간 세 사람은 뒤뚱거리는 나무의자에 앉아 소주를 마셔대기 시작했다. 과자나 먹으라고 지나가듯 그가 말했다. 하지만 대꾸는 물론 몸조차 꿈쩍하지 않았다. 잔뜩 기분이 상해 있는 데다 과자 같은 것을 넙죽 받아먹을 만큼 비위가 좋은 편도 아니었다.

지루한 시간이 지났음을 알려주기라도 하듯 뱃속에서 꼬르륵 소리가 들려왔다. 온몸에 피로가 몰려오며 으스스 한기가 들었고 머릿속은 뒤죽박죽 어지럽기만 했다. 알아들을 수도 없고 흥미로울 것도 없는 세 사람의 이야기는 그칠 줄 몰랐다. 취기가 오른 그들에게 민수의 존재 따위는 안중에도 없는 듯 했다. 그 가운데에서도 호랑이의 음성은 좌중을 압도하고 있었다.

"니미, 막상 말로 교장이야 쉬건 말건 상관 읎겄제. 관사도 뽀짝 옆에 있겄다, 고향에 댕개 올 필요도 읎겄다. 뭇이 꺽정이냔 말이여?"

"그런 게 말이요. 지가 문 수업을 허기를 허요, 오늘 같은 날을마나 뛰기를 했소? 천선생만 이리 뛰고 쩌리 뛰고, 누구보당 고상했지라우. 올챙이 깨구락지 적 생각 못 허드라고, 찐꼴 빠지게(몹시 고달프게) 수업허든 평교사 시절은 생각도 안 날 것이구만이라우."

"교감 그 새끼도 간사해 갖고, 허는 짓꺼리 쪼까 보씨요. 나보고 혼자 쉬라니, 말 같은 소리를 해야제에."

"히히히…."

무슨 뜻인지는 몰라도, 오늘따라 더욱 기세가 등등해진 호랑이의 열변에 두 사람은 연신 고개를 끄덕였다. 가자느니 더 마시자느니 실랑이를 벌이다가 일행이 자리에서 일어섰을 때는 밤이 꽤 깊어 있었다. 처마 밑을 나서는 순간, 빗줄기가 얼굴을 때렸다.

"어이, 우리 한잔 더해 버리세. 니미, 내일 쉬기도 허겄다, 무이 꺽정이여?"

호랑이는 2차를 원했으나 다른 두 사람은 서둘러 귀가했다. 팔짱을 끼려 다가오는 그의 입에서 술 냄새가 진동했다.

"야, 김민수. 너 뭇이라도 먹으란 게 어쨌냐? 이왕 이렇게 된 바에야 우리, 백신이나 가 보끄나?"

아니, 이 또 무슨 뚱딴지같은 소린가? 중촌과는 반대 방향의 백신은 너른 간척지 논들 한쪽에 스무 채 남짓의 초가집들이 옹기종기 모여 있는 동네. 이곳에 같은 반 여학생이 다섯 명이나 살고 있었는데, 자모회장 딸인 향숙을 비롯하여 대부분 내로라하는 아이들이었다. 공부도 곧잘 했고 얼굴도 제법 반반한 데다 웬만한 머슴애들 뺨칠 만큼 당차고 야무졌다. 특히 자모들의 치맛바람이 드세어 소풍이나 운동회 같은 날, 교사들의 도시락을 도맡아 준비해오곤 했다. 거절한다고 들어줄 그도 아니었기에 절망하는 심정으로 까만 하늘을 올려다보았다. 빗방울이 사정없이 눈을 후벼 팠다. 그곳까지는 펄 길 따라 족히 5리는 될 텐데. 길은 벌써 미끄럼틀이 되어 있을 테고.

"어디드라? 그… 이쪽으로 가지야?"

"아니요. 선생님, 저쪽인디요."

민수는 비틀거리는 그의 팔을 붙들어 자신의 목에 휘감았다. 항상 무섭게만 다가왔던 그였다. 하지만 오늘은 그의 숨결이 이상하리만치 따스하게 느껴졌다. 그가 움직일 때마다 민수의 몸도 덩달아 휘청거렸다. 하늘에 구멍이라도 난 듯 비는 쏟아지고, 하늘과 땅을 구별하기 힘들만큼 어두운 중에 그의 몸뚱이는 천근만근의 무게로 작은 육체를 짓눌렀다. 어렴풋한 감각으로 더듬어가던 중, 한성 마을의 어귀를 빠져나오자 본격적으로 펄 길이 시작되었다.

"선생님, 여기서부터는요. 길이 빤뜻해 갖고요. 앞으로만 쭉 가면 되거든요."

"알았다. 알았어. 내가 쪼까 무갑지야?"

"…아니요."

곧이곧대로 대답하지 않았다. 어깨동무하고 걷는 동안 한 사람이 넘어지면 다른 사람이 덩달아 쓰러지고, 또 다른 사람이 자빠지면 나머지 사람이 뒤따라 엎어졌다. 앞으로 한 걸음 떼었다 싶으면 뒤로 두 걸음 물러서는 일이 반복되다 보니 마냥 제자리걸음. 얼마나 지났을까. 엎어진 그를 일으켜 세우려는 순간, 그의 몸이 끝내 한 길 아래 논바닥으로 곤두박질치고 말았다. 미끄럼을 타듯 쭈르르 내려가 허우적대는 그를 힘껏 잡아당겼다.

"선생님, 빨리 우개로 올라가야 헌단게요."

"응? 아니, 질(길)이 이쪽 아니냐? 쩌그 봐라 저…. 훤허구만."

구름이 한 풀 벗겨지며 물이 가득 찬 논에 희미한 달빛이 반사되어 길보다 더 도드라져 보였고, 호랑이는 이를 길로 착각한 것이다.

"그것이 아니고요. 올라가야 헌단게라우."

"히히히…. 아따, 시언허다 이. 여그가 좋구만."

어린애처럼 그는 물장구를 치기 시작했다. 온종일 땀과 '투쟁'으로 범벅이 된 몸을 씻어 내리기라도 하려는 듯, 젊은 아내를 고향에 남겨둔 채 낯설고 물 설은 촌구석에서 젊음을 불살라야 하는 자신의 처지에 화풀이라도 하려는 듯, 식을 줄 모르고 타오르는 욕망을 찬물에 식히기라도 하려는 듯 그는 그렇게 물장구를 쳐댔다. 그리고 한참 후에 땅을 더듬어 본 다음, 얌전한 아이처럼 길 위로 기어오르기 시작했다. 다시 걷다가 넘어지기를 반복하던 중, 희미한 불빛이 눈에 들어왔다.

"선생님, 인자 쪼끔만 더 가면 되겄네요."

"그래? 어디 요년들. 내가, 이 선상님이 가시는데 즈그덜이 안 일어나? 아이 민수야. 우리 싸게 싸게 가자. 그런디 향숙이네 집이 동네 첫들머리라고 했지야?"

"나는 잘 몰르겄는디요."

"아따, 젤로 첫 번째 집이 향숙이네 집이라고 안 허디야아."

1년에 한 번씩 봉덕산*으로 소풍가며 지나갈 때 외에는 이곳에 올 일이 없었다. 그런 마당에 여자아이들 집이 어디에 붙어 있는지 알 턱이 있나. 아! 딱 한 번. 올 초여름이었던가? 농번기 봉사활동한답시고 보리를 베러 오긴 했었다. 할당받은 면적을 베어내려 부지런히 손을 놀려보았으나 거칠게 낫질을 해대는 아이들의 동작에 멈칫거리다가 손만 베고 말았었다. 본디 솜씨가 없는 데다 지레 겁을 먹은 것이 화근이었을 터. 하여 기억에 남는 것은 이마를 익혀버리기라도 할 양 내리쬐는 땡볕과 온몸에서 터져 나오는 땀방울, 새참거리로 내온 볶은 보리와 시원한 사카린 물뿐. 달착지근한 그 물 한 모금을 더 얻어 마시려 진땀을 뺐던 기억에 웃음이 났다. 마당을 질러가노라니, 개 한 마리가 요란하게 짖어댔다.

"향숙이 어머님, 저 왔습니다. 이 천진한이가 왔습니다."

---

* 봉덕산: '봉황이 노니는 덕이 있는 산'이라 하여 붙여진 이름. 용이 알을 품고 있는 형국으로, 영광 염산면의 중앙에 위치해 있다. 높이는 298미터. 정상에 오르면 산과 바다, 평야를 전망하는 맛이 일품이다.

벌컥 문이 열리고, 치맛자락을 좌우로 감싸며 한 여자가 마루 위에 나타났다.

"오메이, 선상님. 오셨는게라우? 아이, 이 오밤중에 문 일이다요? 아이, 향숙아. 싸게 나와 봐야. 느그 선상님 오셨어야. 오메이, 차말로 이 일을 어찐디야? 좌우간 비 맞지 말고 싸게 지시랑* 밑으로 들어오시오이."

"향숙이 어머님. 저 오늘 술 한잔 허고, 염치불구허고 왔습니다요. 이해허시지라우?"

"아이고, 그러문이라우. 우리가 이해 못헐 것이 뭇 있간디요? 오늘 운동회까정 허시고 피곤허실턴디…."

"기분이 나빠서, 교장 허고 한바탕허고 오는 길입니다요. 향숙이 어머님, 나 이해허시겄지요?"

"그러문요. 아이, 선상님이야 정의파 아니십니까요?"

"허허허…. 알아주시구만이라우. 저 외롭습니다. 외로운 사람입니다."

"오메! 차말로 이 일을 어찌까이."

"…그나저나 향숙이 이 가시네, 잡니까? 아니, 즈그 선생님이 오셨넌디, 잠만 퍼 자고 있답니까?"

"아니요. 시방 일어났을 것이요. 아이, 향숙아! 시방 뭇허고 있냐?"

---

* 지시랑: 기슭의 가장자리, 혹은 초가의 처마 끝. '기스락'의 방언.

그제야 작은 방문이 열리고, 향숙이 눈을 비비며 마루로 나온다.

호랑이는 향숙이와 민수에게 번갈아 노래를 시켰다. 수업을 하다가 느닷없이 불러내 무조건 부르라고 했다. 후딱 때우고 들어와야겠다는 일념으로 가장 짧은 노래를 선택하는데.

"나리, 나리 개나리 입에 따다 물고요…."

"……태극기가 바람에 펄럭입니다!…"

그러나 그는 몇 소절 부르기도 전에 손사래를 치며 다른 곡을 요청했다. 그 앞에서는 절대로 교과서에 수록된 곡이나 동요가 통하지 않았다. 반드시 유행가여야 했고, 특히 민수에게는 '고향무정'이 지정곡이 되어 있다시피 했다.

"구름도 울고 넘는… 울고 넘는 저 산 아래에…."

이 노래가 흘러나올 때 그는 지그시 눈을 감고 황홀한 표정을 지었다. 그 곡을 왜 좋아하는지 이유는 알 수 없었다. '고향'이란 단어가 들어간 것으로 미루어 그곳을 무척 그리워하고 있다 추측할 뿐. 한 가지 반찬만을 고집하는 아이처럼 그는 그 노래를 집요하게 요구했고, 민수는 고장 난 레코드판처럼 되풀이하여 불렀다. 곡이 끝나면 아무 일도 없었다는 듯 수업이 시작되었고, 아이들은 연필을 곧추세웠다. 그나마 향숙의 경우에는 레퍼토리가 조금 더 다양했다. '동백아가씨'와 '섬마을 선생님' 두 곡으로. 그가 민수를 편애하는 것은 기성회장인 김씨 때문이며, 향숙을 유독 챙기는 것은 자모회장인 그 어머니가 뒤에 있기 때문이라고 아이들은 쑥덕거렸다. 심지어는 향숙의 모친과 '그렇고 그런 사이'라는 유언비어까지 나돌았다. 고향이야기를 자주 하면서도 유독 사모님에 관한 말은 입 밖에 꺼내지 않은 것도 다 그 때문이라나. 물론 민수는 그 말을 믿지 않았다. 향숙이 그의 손을 잡으며 호들갑을 떨었다.

"오메이, 선생님 옷이 다 먼쳐(젖어) 버렸네요오이."

"그런게 니가 빨아주어야 헐 거 아니냐? 제자가 선생님 옷 빨아 주는 것은 존 일이여. 내 말이 맞지야?"

사소한 일에도 의미를 부여하는 것은 그의 일관된 습성. 갈아입을 옷을 들고 그가 부엌으로 들어간 사이, 민수는 엉거주춤 마루 위에 서 있었다. 그때 너덧 명의 아이들이 들이닥쳤다. 호랑이가 나오자 '이번에는 네 차례'라며 향숙이 권했다. 하지만 민수는 고개를 가로저었다. 꿈쩍하지 않을 기미를 보이자 덩치 큰 금순과 주희가 우르르 달려들어 다짜고짜 부엌 안으로 끌고 들어간다. 히히거리며 나가는 그네들의 뒷모습을 뚫어져라 노려보고 나서도 민수는 한참을 망설였다. 막상 옷을 벗으려니 누군가가 문살 사이로 훔쳐보는 것만 같았다. 꼴마리(허리춤)를 잡은 채 암소를 째려보았다. 한쪽 켠 외양간에서 눈을 끔벅거리는 암소, 그 콧김이 안개처럼 번지어 온 공기가 탁하게 느껴졌다. 무엇보다 녀석의 큰 눈이 마음에 걸렸다. 숨을 크게 한번 내쉰 다음, 흠뻑 젖은 윗옷과 바지를 벗었다.

향숙이 내어준 펑퍼짐한 옷을 걸치고 호랑이와 나란히 아랫목에 앉았다. 김이 모락모락 나는 쌀밥을 보는 순간, 잠시 잊었던 허기가 한꺼번에 몰려왔다. 그는 연신 떠들어댔으나 아무 소리도 들리지 않았다. 밥 한 그릇이 금방 비워졌다.

"오메이, 우리 회장님 아들이 을마나 배가 고팠으면, 밥 한 그륵을 게눈 감추드끼 허까 이. 쪼까 더 먹제."

향숙 모친의 권유에 따르고 싶은 생각은 간절했다. 하지만 흉이 잡힐까봐 참았다.

"아따, 인자 배도 불르겄다. 우리 큰애기들 한번 나와 보까? 이 선상님한테 춤 솜씨 쪼까 비쳐 주어야제이."

말이 떨어지기가 무섭게 다섯 명의 아이들이 윗목에 한 줄로 죽 늘어섰다. 넓죽 큰절을 올리더니 레이스가 달린 폭넓은 치마끝을 두 손으로 움켜쥔 채 춤을 추기 시작했다. 왼발을 오른쪽으로, 오른발을 왼쪽으로 들어차는 시늉을 하다가 나중에는 정면을 향해 번쩍번쩍 들어올렸다. 깡깡이 춤*이라나 뭐라나. 다음에는 트위스트 맘보**가 등장했다. 한 발을 내밀어 방바닥에 고

* 캉캉(프랑스어, cancan): 1830~1840년 무렵 파리의 무도장에서 유행한 프랑스 춤. 긴 치마를 입은 여자들이 줄을 지어 서서 아주 빠른 템포에 맞추어 다리를 번쩍번쩍 들어 올리며 추는 춤으로, 오리걸음을 흉내 낸 스텝이 특징이다. 주름을 많이 잡은 치마 깃을 높이 들어 올리고 검은색 긴 양말을 신은 다리를 차올리는 '하이 킥' 외에 한쪽 다리를 수직으로 올리고 한 손으로 그 복사뼈를 잡고 나머지 한쪽 다리로 선회하는 동작, 높이 뛰어올랐다가 두 다리를 직선으로 벌리고 착지하는 등의 기예가 특기이다. 1845년경부터 카지노나 뮤직홀의 쇼로 등장하여 물랭루주(파리 몽마르트르의 번화가에 있는 댄스홀)를 근거지로 파리의 명물이 되었다.

정시킨 다음, 발끝을 비벼대며 양팔을 흔들었다. 본래 활달한 성격들인 줄은 알았지만 예상을 뛰어넘는 파격적인 '변신'에 민수는 어안이 벙벙해졌고, 혹여 다른 나라에 와 있는 것은 아닐까, 꿈을 꾸고 있는 것은 아닐까 하여 슬그머니 팔을 꼬집어보았다. 한참 몸을 흔들어대던 주희가 문설주에 검정고무줄을 묶더니 그 끄트머리를 잡고 부엌문 쪽으로 가 앉는다.

"요씨이, 인자부터 재주 한번 부려 볼란 갑이다. 허허, 오늘 기분이 띵호아다. 이 선생님 기분이 너머나 좋다. 역시 느그덜이 최고여 최고! 이런 맛으로 내가 여그 온단 게."

그래. 그랬구나. 주룩주룩 비가 내리는 오밤중에 지친 몸을 이끌고 미끄러운 펄 길을 기다시피 하며 찾아오고야 만 그의 심사가 어렴풋이 짐작되었다. 주희의 신호에 따라 무동(舞童)들은 허리를 뒤로 젖혀 손으로 방바닥을 짚지 않은 채, 고무줄 아래를 통과하기 시작했다. 일렬종대로 늘어서서 한 사람씩 모둠발로 뛰어 넘어가는데, 모두가 통과하고 나면 처음 아이부터 다시 또 넘어가는 식이었다. 회를 거듭하면서 난이도는 더욱 높아 가는데, 고무줄의 높이를 낮춤에 따라 아이들의 허리는 뒤로 점점

** 트위스트: 상체와 하체를 좌우로 비틀면서 추는 춤. 1960년대 초부터 미국을 비롯하여 세계 각국에서 유행한 춤으로, 빠른 음악에 맞추어 춘다. 발목 부분으로 균형을 잡고 가슴, 허리, 팔을 좌우로 움직이는 춤으로, 스윙이나 고우고우 등이 여기서 파생되었다.
맘보(mambo): 라틴 아메리카의 한 음악 종류. 차차차(chachacha-댄스 가운데 하나) 및 쿠바 룸바(흑인 노예들의 원시적 리듬을 바탕으로 한 2/4박자의 사교춤곡)와 같은 계보로서, 강렬한 음색과 신선한 음향 그리고 자극적인 리듬이 특징이다.

더 꺾어지는 것이었다. 호랑이는 그 장면 앞에서 정신없이 박수를 쳐댔다. 하지만 민수의 경우, 도리어 마음이 스산했다.

'하라는 공부는 안 하고….'

자신으로서는 짐작조차 할 수 없는 또 다른 세계가 있다는 사실에 배신감마저 들었다. 마침내 어른 무릎 높이밖에 안 되는 고무줄을 배 위에 띄워놓고 건드리지 않은 채 넘어가려는, 그야말로 서커스 같은 그림이 준비되고 있었다.

'설마 저 높이를 통과할까?'

예상을 비웃듯, 순서는 잘도 넘어갔다. 그러나 마지막 주자인 향숙이 '꽈당' 뒤로 넘어지고 말았다. 호랑이는 배꼽을 잡았고, 민수는 깜짝 놀라 넘어진 아이의 얼굴을 살폈다. 그도 잠시, 주희의 앙칼진 목소리가 방안에 찬물을 끼얹었다.

"아따, 가시네야. 빨랑 일어나. 다시 해보란게. 빨랑!"

훈련받는 병사처럼 재빨리 몸을 추스른 향숙은 재도전을 시도했다. 하지만 이번에도 꽈당.

"그것은 인자 그만. 다시 한 번 깡깡이 춤으로 돌리자."

호랑이의 중재로 고난도의 동작 시도는 멈추어졌다. 하지만 왁자지껄한 가운데에서도 눈꺼풀은 점점 무거워져 왔다. 눈을 부릅뜨며 졸음을 쫓아보았다. 하지만 가물거리던 박수와 웃음소리는 귓가에서 자꾸 멀어져만 갔다.

"꼬끼요오……."

화들짝 놀래어 눈을 떴다. 날은 샌 것 같은데, 왜 주위는 이리

어두울까? 숨이 막히고 뭔가 목에 감겨있는 것처럼 답답했다.

'여기가 어디지? 우리 집인가? 아, 어젯밤 백신에 왔었지. 그런데 내가 언제 잠이 들었나?'

앞쪽으로 손을 뻗어보았다. 천 같은 것이 손끝에 와 닿았고, 잡히는 그 모양 그대로 확 잡아 젖히며 고개를 내밀었다. 환해진 방바닥을 확인하며 민수는 자신의 몸을 휘감고 있는 '이불'을 내려다보았다.

'아니…?'

그것은 치마였다. 자신의 얼굴이 덩치 큰 금순의 치마 속에 들어가 있었던 것. 평퍼짐한 검정 치마가 방의 절반을 차지해 있었고, 얼굴까지 포함한 상반신이 그 속에 온전히 갇혀 있었던 것이다. 호랑이는 아랫목에서 박자까지 맞추어가며 코를 고는 중이었고, 여자아이들은 여기저기 너부러져 있었다. '큰 이불'을 제공해준 금순은 방의 한가운데에 가랑이를 벌린 큰 대(大) 자 모양으로 뻗어 있었다.

4. 어이없는 반항

5학년을 마무리하는 시험. 호랑이가 스무 문항을 불러주고 아이들이 그것을 받아 적는 데 1시간이 걸리고, 문항을 푸는 데 또 1시간, 짝꿍끼리 답안지를 교환하여 채점하는 데 또 1시간이 소요되었다. 철필로 갈겨쓴 문제지 원안을 등사기로 밀어 검정 잉크가 뚝뚝 묻어나오는 누런 시험지로 테스트하는 경우가 더러 있었음에도, 호랑이는 굳이 자신의 방법을 고집했다. 이에 대해 반장 영섭은 시간을 때우려 그런다며 흉을 보았다. 아이템플인가 뭔가가 나와 쉽고 편안하게, 효율적으로 공부한다는 사실은 영광읍의 외사촌 형제들을 만나고 나서야 알았고.

그러고 보니 호랑이로부터 배운 것은 거의 전무했다. 두음법칙이나 모음조화에 대해 설명할 때에는 말을 더듬었고, 두 자리가 넘는 곱셈은 늘 헷갈려했다. 초등학교 교사로서 그가 갖는 가장 결정적인 약점은 풍금*을 치지 못한다는 사실. 당번에 의해 풍금이 운반되어오고 옆 반 담임교사가 들어오는 바로 그때, 한 녀석이 웃음을 터뜨린 적이 있었다. 호랑이는 그것을 자기에 대한 비웃음으로 간주하였고, 녀석은 죽지 않을 만큼 얻어맞았다.

이른바 '베이비붐 세대'**의 늘어나는 아이들을 감당하기 위해 양성소***가 설치되었던 바, 호랑이는 바로 이곳 출신이었다. 정식 교육대학 졸업자가 아니다 보니, 초등교사로서의 기본적인 소양이 부족했던 것이다. 시대가 낳은 '무자격자' 속에는 체계적인 교육을 받지 못한 아이들도 끼어있었다. 상식으로 통하지 않

---

* 풍금: 건반악기의 하나로서, 보통 파이프 오르간이 아닌 리드 오르간(reed organ)을 가리킨다. 1910년 이후 각 학교와 교회에서 사용되었으며, 이를 계기로 서양음악 보급에 일익을 담당하게 되었다.

** 베이비붐 세대: 한국전쟁 이후인 1955년부터 1960년대 초반에 태어난 세대. 이의 대표주자는 1958년생들이다. '개들처럼 인구가 많고 생존력이 강하다'는 뜻으로 '58년 개띠'라는 말이 유행했다고 한다. 실제로 1958년은 한 해 출생 인구가 90만 명대로 증가한 베이비붐 시대의 중추에 해당한다. 이들은 '콩나물 교실'에서 공부했고, '뺑뺑이' 고교입학제와 높은 대입경쟁률을 경험했다. 이들은 '동원문화' 세대이기도 했던 바, 외빈 방한이나 국가행사가 열릴 때 서울 시내의 모든 초·중·고 학생들이 연도에 나와 상대국 국기를 열렬하게 흔들면서 환영인사를 건넸다. 각 부대들이 베트남에 파병될 때면 가두행진을 했는데, 그때마다 아침부터 나가 태극기와 월남기를 흔들면서 '잘 싸우고 오라'며 응원했다.

*** 초등교원양성소: 교육대학의 졸업생만으로는 초등교원의 수요를 충당할 수 없어 1967년부터 춘천·광주·청주·진주의 4개 교육대학에 1차로 부설되었으며, 이후 전국의 교육대학에 확산되었다. 교육기간은 3, 4개월이었으나 교육대학 부설 이후에는 18주간으로 고정되었다. 이후 교원 수급상황의 호조에 따라서 1973년부터는 법적으로만 존재할 뿐 실질적으로는 운영이 중지되고 있다.

는 시대, 질서와 체계가 실종된 '혼돈의 시대'라고나 할까.

학년 초 특유의 공포분위기로 교실을 제압했던 호랑이가 학년 말에는 매를 들기 시작했다. 어느 날. 그는 아이들의 각자 틀린 문항 수만큼 매 타작을 해댔다.

"1번. 몇 개 틀렸냐?"

"일곱 개요."

"그러면 몇 대 맞어야 쓰겄냐?"

"일곱 대요."

철썩철썩 소리와 함께 위아래로 오르내리는 아카시아 회초리를 바라보며, 아이들은 두려움에 몸을 떨었다. 같은 매라도 그의 손에서 나오면 훨씬 더 아플 것 같았다.

"김민수, 너는?"

"한 대요."

"너는 오십 대야!"

"………."

"뭘 째래봐? 이런 문제 갖고 백 점을 못 맞어? 내 기대를 저버린 만큼, 너는 더 많이 맞어야 해."

아니, 그런 법이 어디 있어요? 표출시켜 마땅할 항변을 저 깊은 곳에 침잠시킨 채, 두 손을 내밀었다. 한두 대는 맞을 만 했다. 그러나 회가 거듭될수록 강도는 점점 높아만 갔다. 나중에는 신들린 사람처럼 마구 휘둘러댔다. 그것은 교육의 이름을 빙자한,

폭력(?)이었다!

'나를 때리기 위해 아이들로 들러리를 세웠구나. 그런데 왜?'

늘 그의 관심과 편애가 불편했었다. 왜 다른 아이들과 똑같이 대해주지 않는 걸까? 한 대면 충분할 걸 왜 50대씩이나? 분하고 억울했다. 약한 모습을 보이기 싫어 이를 악물고 참으려 했음에도 양볼 위로 흘러내리는 눈물은 감출 수 없었다.

'나를 아낀다고 말은 하지만, 거짓말일 수도 있다. 아버지 앞에서는 아양을 떨다가도 나만 보면 쥐 잡듯이 닦달해대니. 아버지는 그런 줄도 모르고….'

김씨가 얼마 전 이런 말을 했었다.

"아이, 느그 담임선생… 그 천선생 있지 않냐? 그 양반이 은제 나한테 그러드라. 민수 너는 자기한테 맽개주라고. 자기가 한 번 사람을 만들어 볼란다고. 자기가 어쭈코 허든지 나보고 이해허라고 허든가? 다 너를 위해서라고…."

결국 오늘과 같은 짓을 저지르려 사전공작까지 해두었구먼.

"복도에 나가 꿇고 있어! 손 높이 들고…."

꽝 소리를 내며 문은 요란하게 닫혔다. 그 소리에 놀란 것은 민수 자신이었다. 감히 그에게 화내는 몸짓을 보이다니. 무릎을 꿇고 두 손을 높이 든 채로, 마룻바닥을 내려다보았다. 그동안 벌을 받거나 매를 맞아본 기억이 별로 없었다. 성적이나 품행에 특별히 문제가 없고 내라는 돈은 거의 일착으로 납부한 데다 기성회장을 아버지로 둔 덕분인지도 몰랐다. 그래서 매는 더 아팠고, 벌은 유독 고통스러웠다. 죽음이라는 단어가 떠올랐다.

'내가 죽으면, 호랑이가 엄청 욕을 먹겠지? 그 때문에라도 이 만행(?)을 엄청 후회할 테고….'

하지만 죽는 일이 어디 그리 쉬운가 말이다. 청소시간. 아이들은 먼지떨이를 휘젓고 다녔다. 각자 집에서 만들어온 네모난 걸레로는 신바람을 내며 마룻바닥을 닦았다. 한 아이가 교실 앞문 출입구 바닥에 양초를 힘껏 문질러댔다. 이심전심이랄까? 꽈당 엉덩방아를 찧는 호랑이의 모습을 상상하는 그 얼굴에는 회심의 미소가 피어났다. 민수 또한 그 작전이 멋지게 성공하기를 간절히 바랬다. 벌 자체보다도 '부당'한 처우를 '혼자' 받는다는 사실이 더 고통스러웠다. 창유리를 닦다 말고 먼지떨이로 칼싸움을 하는 아이, 마른 걸레를 바닥에 대어 스키를 타는 아이, 그런 아이들을 단속하느라 고래고래 소리를 질러대는 반장 녀석. 늘 익숙해있던 그 풍경들이 오늘따라 민수를 고독한 '이방인'으로 몰아가고 있었다.

잡아당겼다 밀쳤다 하며 장난을 치던 두 녀석이 복도 끝 민수 쪽으로 다가왔다. 그 중 하나가 관상쟁이마냥 뚫어져라 얼굴을 들여다본다. 치솟는 분노가 생각지도 못한 언사로 튀어나갔다.

"쩌리 안 갈래? 새끼덜이…."

"아따, 새끼는. 맬급시(쓸데없이) 꼬라지를 내고 그러냐? 히히. 근디 뭇 헐라고 고로코 손을 높이 쳐들고 있냐?"

"……?"

“꼰대도 폴세 가 버렸넌디, 문 미쳤다고 손을 들고 있냐고? 살짜기 내래놓았다가 꼰대 올 때, 후딱 올리먼 되제에.”

듣고 보니 틀린 말은 아니었다.

‘그러나 두 팔을 내리는 것은 나의 자존심을 내려놓는 거나 마찬가지다. 그것은 유관순 누나가 일제의 협박에 무너지는 것이고, 정몽주가 이방원의 유혹에 넘어가는 일이다.’

아이들이 자신의 이런 꼴을 보며 고소해하고 있을지도 모른다는 생각이 들었다.

‘그동안 내 존재가 눈엣가시였을 수도 있고, 그래서 흠씬 얻어터진 다음 꿇어 앉아있는 나의 이 모습이 못내 통쾌할 수도 있고. 아! 나의 몸뚱이를 제물 삼아 온 세상이 축제를 벌이고 있구나. 나 홀로 황량한 들판에 버려진 채 떠들썩한 동네를 먼발치에서 바라보고 있구나.’

외로움에 치를 떠는 그 마음 곁으로 물기 머금은 목소리가 다가왔다.

“민수야….”

광호. 땅뙈기가 없었던 그의 아버지는 염전에서 하루하루 ‘평뜨기’*를 하여 식구들을 먹여 살렸다. 초가삼간 오두막집에 세간이라곤 거의 없었고, 콧구멍만한 방 한 칸에 다섯 명의 아이들이 뒤엉켜 잤다. 평소에도 별반 말이 없었거니와, 특별히 민수

* 평뜨기: 펄 땅을 삽으로 파 염전을 만드는 과정에 있어, 한 평당 얼마씩 임금을 받는 방식의 노동.

앞에서는 수줍어하기까지 했던 녀석. 자기 집 마당 한쪽에 서 있는 무화과나무 가지에서 채 익지도 않은 열매를 따주곤 했는데, 그것이야말로 그가 줄 수 있는 최대의 선물이었다.

이쪽에서도 뭔가 주어야 할 것 같아 며칠을 고민하다가 박씨 몰래 가게에서 연필과 지우개 등을 훔쳤고, 녀석의 집을 향해 쏜살같이 달려갔다. 낚시 추를 만든다며 마당에 파인 엄지손톱만한 구멍 속으로 납 물을 붓고 있는 녀석의 등을 바라보며, 전달할 방법에 대해 궁리했다. 그리고 마루 끝에 '선물'을 놔둔 채, 도망치듯 빠져나왔다. 이튿날. 학교에서 녀석의 눈치를 살폈다. 하지만 그는 끝내 말이 없었다. 가진 것도 없는 데다 공부도 잘하지 못했던 친구, 하지만 이상하게 녀석 앞에만 서면 열등감이 느껴졌다. 그의 이마에 달린 가난이 훈장처럼 보였고, 자신의 목에는 죄인의 푯말이 달려있는 것으로 느껴졌다. 고즈넉한 분위기를 자아내는 오두막이 부러웠다. 손때 묻은 돈들이 오가는 가게가 싫었다. 녀석의 야윈 몸매와 둔탁한 자신의 몸집이 늘 비교되었다.

불쑥 나타난 녀석은 민수의 손을 잡은 채 말이 없었다. 선물을 받고도 그랬던 것처럼. 하지만 그 침묵 속에서, 마주잡은 손을 통해 모든 것을 알 수 있었다. 그가 비웃거나 고소해하고 있지 않음을. 함께 아파하고 있음을. 하여 그에게만은 엷게나마 미소를 보여주고 싶었다. 하지만 경직된 얼굴은 쉽사리 펴지지 않았다. 고맙다고, 함께 해주어 감사하다고 한 마디라도 내뱉고 싶었다. 하지만 끝내 입술은 움직이지 않았다.

"야, 꼰대 온다, 꼰대."

"광호야. 뭣허냐? 빨리 안 들어오고…."

그의 손을 놓아주는 때 교무실 쪽에서 슬리퍼 끄는 소리가 들려왔다. 코앞에서 멈춘 발자국.

"두 손 높이 들어!"

혹시나 했던 마음이 들킨 것 같아 몸까지 휘청거렸다.

"느그덜, 청소 깨끗이 했냐?"

"예에이…."

오늘따라 유난히 큰 웃음소리, 유독 다정한 그의 음성.

'왜 오늘은 잡부금 내지 않은 아이들에게 매타작을 하지 않을까? 왜 이번에는 청소상태를 검사하여 변소청소를 시키지 않는 걸까? 왜 오늘은 괜한 트집을 잡아 단체기합이라도 주지 않는 걸까?'

또다시 앞문이 열리고 슬리퍼 끄는 소리가 다가왔다. 꿀꺽 하는 소리와 함께 침이 삼켜졌다.

'벌을 풀어주든지, 아니면 뒤로 벌렁 넘어지든지….'

그러나 모든 소망은 빗나갔고 그는 점점 시야에서 멀어져갔다. 되돌아오는 발길을 기대하던 마음은 저 멀리 꽝 하는 소리와 함께 교무실 문이 닫히는 순간, 절망으로 변했다.

'아! 나를 힘들게 하는 것은 저려오는 무릎도, 금방이라도 떨

어져나갈 것처럼 아려오는 팔도 아니다. 이제 더 이상 바랄 수 없다고 하는 깨달음이다!'

시간은 잔인하게 흘렀다. 종례시간이 길기로 소문난 옆 반 아이들마저 돌아가고 나니, 사방이 고요해졌다. 교무실 쪽 역시 쥐 죽은 듯 조용했다. 복도의 창을 통하여 밖을 내다보았다. 어둠이 내려앉기 시작한 하늘가에 포플러 나무 가지가 바람에 흔들리고, 관사 굴뚝에서는 저녁을 짓는 듯 연기가 피어올랐다. 어둠은 하늘에서 내려와 창을 뚫고 들어오더니 복도에 둥지를 틀기 시작했다. 밤색 마룻바닥이 회색으로, 회색은 다시 거무스름하게, 그리고 그 색은 또다시 까맣게 변해갔다. 그 색을 닮은 마음이 철창에 갇힌 새처럼 답답해지기 시작했다.

'한 문제 틀린 일이 이토록 용서받지 못할 죄란 말인가? 혹시 그가 나의 존재를 까맣게 잊은 건 아닐까? 그리되면 이 어둠 속에 갇혀있다는 사실마저 세상에서는 모를 것 아닌가?'

두려움과 절망 가운데서도 희망을 꿈꾸고 싶었다.

'나를 구출해줄 사람이 반드시 있을 것이다. 그는 내 자존심을 구기지 않고, 끝까지 벌을 서려는 내 고집을 알아주어야 한다. 과연 그가 누굴까? 교장선생님? 아버지? 어머니?'

하지만 호랑이가 먼저 달려가 나의 죄상(?)을 낱낱이 고발하고 있을지도 모른다.

"회장님, 오늘 제가 민수 그 놈 아주 혼짝을 내놨습니다. 왜냐고요? 고로코 공부했다가는 일류중학교 근방에도 못 갈 턴디,

어쩔 것입니까?"

"그래요? 그러면 어쭈코 해야 쓰겄소?"

"저한테 맽겨 주시라고 허지 않았습니까? 회장님은 가만히 계시기만 허십시오."

"나사 천선생만 믿지요."

음흉하고 간사한 그와 장단을 맞추고, 어쩌면 마주앉아 술잔을 기울이고 있을지도 모른다. 그렇지 않고서야 여태까지 감감무소식일 리가 없지. 홀로 광야에 내팽개쳐진 것 같은 그 느낌이 싫었다. 자신을 소외시킨 채 온갖 비방과 조소로 난도질하는 그 입들이 소름끼치도록 무서웠다. 어둠 속에 갇혀 있음에도 적의에 가득 찬 눈동자들에 무방비로 노출된 것 같은 두려움이 엄습해왔다. 뭇 시선들이 어둠을 뚫고 한낮의 햇빛보다 더 예리하게 육체를 파고들었다. 하여 손을 내리거나 무릎을 펼 수 없었다. 이제부터는 자존심 싸움이 아니라 외부 적들과의 대결이었다. 고집스럽게 허리를 곧추세우는 일 역시 그 시선에 대한 반응이었다.

'두 팔을 내리는 순간 내 영혼의 깃발도 내려질 거다. 두 무릎을 펴는 순간 나의 자아는 산산조각이 날 것이다.'

그 몸짓은 소리 없는 절규, 보이지 않는 깃발일 터. 3.1운동에 참가한 독립투사들의 심정일 터. 죽어가면서도 끝까지 장수의 깃발을 내리지 않았던 이순신 장군의 기개일 터. 하지만 영혼의 힘은 그다지 강하지 못했다. 감각을 잃어버린 팔이 스르르 내려오기 시작했다. 깜짝 놀라 정신을 가다듬었다. 그러나 얼마 가지 못해 또 다시 하강곡선. 양손을 맞잡은 채 머리 위에 슬그머니 얹어보았다. 한결 나았다. 무릎 뼈가 아예 부서질지도 모른다는 두려움에 몸을 옆으로 비틀어보았다. 조금 편해졌다. 육체의 고통을 벗어나기 위해 영혼을 팔았다는 생각에 속이 상했다.

얼마쯤 지났을까. 관사에서 간간이 들려오던 목소리도 잦아들었다. 어둠 속의 적막이 지친 육신을 유혹하기 시작했다.

'힘들지? 왜 고생을 사서 해? 그럴 필요 뭐 있냐고?'

그 반대편에서 들려오는 소리.

'유혹에 넘어가면 안 돼. 담임선생님, 그리고 너 스스로에게 지면 안 돼. 끝까지 대항해야 한다고….'

뚝뚝 떨어지는 핏방울, 싹둑싹둑 잘려나가는 살점 덩어리들을 바라보듯, 민수는 그렇게 고통을 응시하고 있었다. 인생이 장밋빛만은 아닐 것 같다는 예감, 삶이 마냥 즐거운 것만은 아니라는 사실, 때로는 죽음보다 더 큰 고통일 수 있음을 어렴풋이 느끼고 있었다.

두 가지 가능성을 상상해보았다. 하나는 온 가족이 자기를 찾아 동네방네 뒤지고 다니는 경우, 또 다른 하나는 귀가하지 않은 사실조차 모른 채 일상사 속에 파묻혀 있는 경우. 전자의 경우라면 그나마 나을 것이었다. 그러나 후자의 경우, 그것은 또 하나의 절망이 아닐 수 없었다.

'나는 고립되어 있다. 나의 존재는 실종되었다!'

지옥 같은 어둠에 육신이 통째로 삼켜질지도 모른다는 두려움에 살짝 몸을 비틀어보았다. 두 손을 맞잡아보기도 하고, 발을 꾹꾹 눌러도 보았다. 제대로 작동하는지 확인할 겸 두 눈도 깜박거려 보았다. 어둠의 색깔은 뜰 때나 감을 때나 별 차이가 없었다.

'혹여 죽음의 색깔이 있다면, 틀림없이 검정일 거다. 이 어둠처럼….'

멍멍해진 귀의 안쪽을 집게손가락으로 후벼 보았다. 어머니의 다정한 음성이 아니라도 좋다. 도깨비 웃음소리, 귀신 울음소리 일망정 듣고 싶었다. 스스로 소리를 질러 볼까 궁리도 했다. 하지만 멀리 있던 귀신이 달려오거나 잠자던 도깨비가 깨어날지도 모른다는 생각에 그만두었다.

겁이 많은 민수의 경우, 밤에는 혼자 돌아다니지 못했다. 마실(이웃에 놀러 다니는 일)에 갔다가 귀가하려 할 때마다 아이들은 기기묘묘한 귀신이야기로 그 길을 막았다. 대개는 깜박 졸다가 '불총'* 세례를 받은 직후 그 스토리는 시작되곤 했다.

---

* 불총: 성냥개비 서너 개를 온전하게 불사른 다음, 침 바른 오른손으로 눌러 끄면 '뇌관'이 된다. 뇌관은 가급적 굵고 기다란 것이 좋다. 너무 가늘면 타다가 중간에 꺼져버리는 수가 있고, 또 길어야만 그만큼 대피할 시간을 벌 수 있기 때문. 그 뇌관을 잠자는 아이 살갗, 예컨대 손등과 허벅지 등에 하나 혹은 서너 개를 동시다발로 꽂는다. 화상(火傷)의 위험에 대비하여 얼굴이나 목 등 예민한 신체부위는 피하는 것이 원칙이다. 희생자의 몸에 '시한폭탄'을 장치한 악동들은 도화선에 불을 붙인 다음, 유효 사정거리로부터 벗어나 재빨리 몸을 숨긴다. 서서히 타들어가던 불꽃이 마침내 몸에 닿을 때쯤, 세상모르고 꿈나라를 헤매던 가련한 희생제물은

"태찬이네 껄막(골목)에는 '채알' 구신이 숨어 있다가 사람이 지내가면 껌정 채알(차일)을 우게서부터 쳐버린단다. 그러면 짝대기 구신이 나와 갖고 발을 탁 걷어버리고, 그 담에 닭알(달걀) 구신이 나와 갖고 낯바닥에다 춤(침)을 탁 뱉고 가 버린단다. 누구는 혼이 빠져 갖고 도망을 쳤다가 다음날 낮에 와서 본 게, 피 묻은 빗찌락(빗자루) 하나만 남아 있드란다."

"오밤중에 호식이네 아부이가 술을 먹고 한성에서 오는 길이었는 갑드라. 눈이 허벌나게 많이 와갖고 사방이 히컨디, 땅콩집 근처까지 왔을 때 느닷읎이 도깨비가 앞을 딱 가로막고 나오데이 지 허고 씨름을 허자고 허드란다."

"……???"

"니가 이기든지 내가 이기든지, 좌우간 막걸리를 내자고 허드란다."

"문 도깨비도 술을 먹는디야?"

"아따, 새끼야. 먹으면 먹제, 어째 못 먹는디야? 좌우간 둘이서 한참 씨름을 했넌디, 호식이네 아부이가 젖 먹든 심까지 써 갖고 이개 버렀드란다."

"와!……"

"근디 정신을 채리고 딱 본 게, 도깨비는 읎고 손에 다 썩어빠진 비찌락(빗자루) 몽데이(몽둥이)가 하나 잽해 있드란다. 을마나

발광을 하기 시작한다.

무섭든지 꼴랑지가 빠져라 도망쳐 갖고 딱 집이까지 온게, 날이 새 버리드란다."

"……?"

"또 어뜬 사람이 한밤중에 칙간(변소)에 안거(앉아) 있넌디, 밑에서 느닷읎이 뻴건 손이 하나 쑤욱 올라오데이, 부랄을 훑어 버리드란다."

"캄캄헌 밤에, 어쭈코 뻴건 색인지 안디야?"

"아따, 이야긴게 그러제 어째야? 좌우간 그래서는 다음날 칼을 시퍼렇게 갈아갖고, 똥 누는 척 허고 앉어 있었드란다. 그러다가 어저께같이 손이 쑤욱 올라 오길래, 칼로 댕강 짤라 버렀그든?"

"……?"

"다음날 인자 괜찮겄제 허고 앉어있는디, 이참에는 피 묻은 손이… 손목만 쑤욱 올라 오데이 '니가 내 손 짤라 갔지야? 이놈아! 내 손 내놓아라!!'"

"워메이…."

민수는 질겁하여 발랑 나자빠지고 말았다. '내 손 내놓아라!' 하는 대목에서 그 고약한 녀석이 소리를 벽력같이 지르며 달려들었던 것. 기실 귀신을 무서워하면서도 그 존재를 믿으려 하지는 않았다. 학교에서 배운 과학을 자꾸 떠올리며 겁을 쫓고자 애를 썼다.

하지만 오늘은 마음먹은 대로 되지 않았다. 숨소리마저 죽인 채, 몸을 잔뜩 웅크렸다. 애초부터 '호랑이'와 싸울 생각은 없었다. 분한 생각에 어쩌다 모양이 그렇게 전개되었을 뿐이다. 그러나 이제 그 알량한 자존심마저 다 날아가고 말았다. 더 이상 오기를 부리고 싶지도 않았다. 오직 이 형극(荊棘: 나무 가시, 고난)의 틀에서 벗어나고 싶을 뿐. 더도 덜도 말고 집에 돌아갈 수만 있으면 좋겠다는 바람뿐이었다. 종아리를 주무르다가 살짝 무릎을 폈다. 그리고 아예 책상다리*를 하고 편히 앉아보았다. 너무 편했다. 진즉에 이럴 걸.

'하지만 이건 굴복이 아니야. 잠시 휴식일 뿐….'

허리를 좌우로 흔들어보고 발도 주물렀다. 이제야 살 것 같았다. 영원처럼 느껴지던 시간이 지나고 어디선가 인기척이 들려왔다. 어둠 속을 찾아온 한줄기 빛, 죽음의 적막을 깨트리는 삶의 찬가. 절망의 골짜기에 희망의 강물이 넘쳐나기 시작했다. 하지만 소망을 품고서도 한참이 지난 후에야 복도의 창 너머로 오락가락하는 플래시 불빛이 눈에 들어왔다.

'누굴까? 교장선생님? 호랑이? 아니면 아버지?'

그 어느 쪽이건 상관없었다. 어서 들어오세요. 제발! 멈추지 마세요. 하지만 애를 태우려 작정한 듯, 플래시는 건물 한 바퀴를 뺑 돌았다. 그것도 아주 느릿느릿하게. 그러고 나서도 한참을 미

---

* 책상다리: 한쪽 다리를 오그리고 다른 쪽 다리는 그 위에 포개어 얹고 앉은 자세.

적거리다가 마침내 복도의 맞은편 끝에 희미한 불빛이 되어 나타났다.

'아! 이제 됐다.'

자세를 고쳐 무릎을 꿇은 다음, 팔을 높이 치켜 올렸다. 플래시의 주인 입을 통하여 '에누리 없이 벌을 받았다'는 사실이 호랑이에게 전해져야 하기에. 멀리서 춤을 추던 불빛이 민수의 얼굴 위에 멈추어 섰다. 눈을 감았다. 이내 다급한 발자국 소리. 가까이 다가와 정면으로 비추는 불빛에 눈이 찡그려졌다.

"너… 오메이! 너, 회장님 아들 아니냐? 근디 시방 여그서 뭇허고 있냐?"

늙은 소사.

"악아! 너 어째서 여태까정 여그 있었냐고? 느그 선상님이 벌주디야?"

역시 대답하지 않았다.

"인자 손 내리고 그만 가자."

간절히 원하고 갈망했던 상황이지만, 이럴 때에 급히 손을 내리면 안 된다는 생각이 들었다.

"선상님이 잊어 버렸는 갑이다. 느그 집이서도 몰르냐? 회장님이 모르냐고야?"

'회장님'이라는 말을 듣는 순간, 갑자기 볼을 타고 눈물이 흘러내렸다. 아버지에 대해 좋은 감정을 가져본 적이 별반 없었다. 그런데 지금 이 순간, 왜 그의 존재가 이토록 애절하게 다가오는

가?

“자, 악아. 내 등짝에 앱힐래?”

꿈쩍하지 않았다. 도리어 코앞까지 다가온 그의 등짝을 세차게 밀어냈다. 그가 작은 어깨를 들어 올리려 양 겨드랑이에 손을 넣었다. 뒤로 자빠지며 발을 쭉 뻗었다.

“아이고, 어째서 그러냐? 싸게 가잔게는….”

“…….”

더욱 세차게 도리질을 쳤다. 심통을 부리면서도 기분은 좋았다. 어떠한 거부의 몸짓을 보여도, 결코 혼자 돌아갈 그가 아니라는 사실을 민수는 잘 알고 있었다. 그러한 심사를 눈치라도 챘는지, 그가 비장의 무기를 꺼내든다.

“너, 차말로 그럴래? 정 그러면 나 가 버린다이.”

“…….”

설마 하면서도 겁이 났다. 또다시 그 지독한 고독과 공포의 시간과 마주하기가 싫었다. 잠자코 기다리는 틈을 타 그가 작은 몸뚱이를 들쳐 업었다. 그때 안으로만 삼키고 있던 울음이 터지고야 말았다.

“나 안 간다고. 이것 놓으란게….”

등을 두드리며 고래고래 악을 썼다. 학교 종을 제멋대로 치고 미국에서 보내온 강냉이로 죽을 쑤느라 비지땀을 흘리던 소사 아저씨, 그의 등은 넓고도 따뜻했다. 머지않아 개선장군이 되어 있을 자신의 모습을 상상해 보았다. 사연을 들은 박씨는 웃고름으로 눈물을 훔쳐낼 것이고, 아버지 김씨는 호랑이의 부당한 처사를 성토할 것이다. 제자에게 저지른 '만행'이 온 천하에 공표되면서 그는 지탄의 대상이 되고 어쩌면 담임교사직에서 물러날지도 모른다.

'아! 감격의 순간들이 나를 기다리고 있다.'

천리마처럼 오 리(五里) 밤길을 단숨에 달려온 소사는 가쁜 숨을 몰아쉬며 자초지종을 설명하기 시작했다.

"회장님. 쩌그 지가 이 야그를 업고, 시방 막사 탐박질해 왔넌디라우 이. 아따, 무지기(무척) 고집이 시데요. 안 갈라고 을마나 그랬쌌든지, 내가 쌩똥을 다 쌀 빤 봤단 게라우."

"그것이 시방 문 소린가?"

김씨의 뚱한 표정.

"그런 게, 그것이 시방 뭇이냐먼이라우. 일트라먼…."

"카마이 쪼까 있어 봐. 너, 시방까지 동네에 읎었냐? 나는 폴세 저녁밥 먹고 동네 어디 모실에 나간 줄 알았넌디. 근게 학교에서 인자 왔구만?"

"선상님한테 문 벌을 받었는갑입디다요."

"잘못했으면 벌을 받어야제. 담부터 싸게 싸게 댕개라."

"……?"

마침 가게에서 방으로 들어오던 박씨.

"어째 낮에부터 계산이 비네? 민수 아부지, 당신 어저께 나락 잡은 돈, 어쨌닥 했소?"

"어찌기는 뭇을 어째? 내가 쪼까 썼단게는."

"돈 쪼까 자그마이 쓰시오. 시상에, 누구는 돈 한 푼이나 모틀라고 빼빠지게 이리 애끼고 저리 애끼고 그러구만은…."

"어머니, 내가 오늘…."

"읍에 나가면 사람도 만나고, 그러다 보면 돈도 써지고 허는 것이제. 애팬네가 해만 넘어가면, 잔소리를 해대니 원……."

5. 교실 안의 풍경

5학년을 마칠 무렵.

"에, 사람이 자기의 뚜렷헌 포부를 갖는다는 것은 한 시간 공부허는 것보당 헐썩 더 가치가 있다고 생각헌다. 에, 그런게 인자 1번부터 앞으로 나와 갖고, 장래 자기의 포부를 말해 보도록."

그러나 1번 갑용은 앞으로 나가 우두거니 서 있기만 한다.

"아이, 뭇허고 있냐? 니 포부를 말해 보란게."

"……."

"허이 나 참. 너, 하로 종일 고로코 서 있을래?"

"쩌그 선생님, 포부가 뭇인디요?"

"뭇이 어째야? 에라이, 이 호랑말코 같은 놈아. 내가 얼척이(어처구니가) 읎어서 웃음도 안 나온다. 에, 포부라는 것은 내가 커서 이 담에 어뜬 사람이 되고 싶다거나 허는 것을 말허는 것이제. 우선 니가 어디 학교까지 졸업을 해갖고 뭇이 될란다, 그 말을 허란 말이여."

"저는이라우이. 중학교만 나와 갖고, 순사가 될라구만이라우."

"에라이 이놈아. 중학교 나와 갖고 어쭈코 순사가 된디야? 좌우간 알았어. 다음 번."

장래희망으로 선생님, 경찰, 장군, 대통령이 주종을 이루었고, 그 가운데에서도 대통령 희망자가 다섯 명이나 되었다.

"나는 아직까정 생각 안 해 봤는 디라우."

"뭇 해야? 에라이, 개빼따구 같은 놈. 장래 포부도 읎이 사는 놈이 뭇헐라고 시끼 밥은 쳐 먹냐?"

바로 앞사람이 말했던 내용을 그대로 따라 읊거나, 짝꿍에게 물어 간신히 위기를 넘기는 아이도 있었다. 드디어 민수의 차례.

"저는 국민학교만 졸업해 갖고 농사나 지을랍니다."

"와하하하……."

아이들의 박장대소. 적당한 말이 생각나지 않아 농담 삼아 뱉은 말이었는데, 호랑이의 미간이 잔뜩 찌푸려졌다. 끝번의 발표까지 다 듣고 난 그가 매우 진지한 표정을 지었다.

"에, 아직 준비가 덜 된 사람도 있는 것 같고 허니, 처음부터 다시 한 번 말해보도록 헌다. 이것은 여러분 일생에 있어서 대단히 중요헌 일이니까, 장난치는 일이 없이 각자 정직허게 말해보도록! 알겄지야?”

조금 더 숙달된 자세와 유창한 말씨로 ‘재방송’이 흘러나왔다. 그 사이에 포부가 바뀐 녀석들도 상당수 있었거니와 조금 전 자신이 무엇을 말했는지 몰라 옆의 아이에게 물어보는 경우조차 생겨났다. 다시 민수의 차례.

“저는 미국유학까지 가서요, 박사가 될랍니다!”

“와하하하…….”

아이들은 또다시 배꼽을 잡았다. 물론 이 역시 진담반농담반이었다. 조금 전의 발언이 최하층 밑바닥이었다면, 이번에는 최고층 하늘이었다. 촌놈이 상상할 수 있는 최고의 학력은 미국유학이었고, 최고의 ‘직업’은 박사였다. 너무 높아 보이는 포부를 말한 다음, 호랑이의 눈치를 살폈다. 그러나 뜻밖에도 흐뭇한 표정. 장난삼아 던진 말을 진지하게 받아들이는 그의 두 눈이 도리어 생소하게 느껴졌다.

‘시험문제 하나 틀렸다 하여 밤새도록 벌을 세운 사건이 엊그제인데, 오늘은 왜 또 생글거릴까?’

앞으로 나아가려던 기표가 제지를 받는다.

“자 자, 인자 시간이 많이 갔은게, 그만허고 공부나 허자. 응? 벌써 쉬는 시간이 되야 버렸디야?”

결국 그의 목표는 하나, 민수 자신의 포부를 듣고 싶어 했음을 나중에야 알았다. 작년이었던가? 담임은 미술책 맨 앞장에 있는 ‘항구’라는 그림을 한 시간 동안 그려내라 했다. 하지만 폐선(廢

船)과 그것을 둘러싼 항구 주변의 우중충한 색깔들이 영 맘에 들지 않았다. 잠시 고민하다가 그 색깔들을 모조리 화려한 원색으로 바꿔놓았다. 잿빛 하늘은 녹색으로, 푸르스름한 바닷물은 노랑, 검정 페인트칠의 배는 빨강으로 칠했다. 아니나 다를까. 시간이 끝날 무렵 다가온 담임의 얼굴은 일그러졌고, 주변의 아이들은 히히거렸다.

'아! 내가 틀렸구나. 난 그림에 소질이 없구나.'

그 후로 민수는 숙제 외에 그림을 그려본 적이 없었다. 그 무렵. 특별활동 시간에 배치 받은 곳은 문학반이었다. 운동에는 소질이 없었거니와 노래 부르는 일도 싫고 그림 그리는 일에도 흥미를 잃었던 때, 잠자코 있다가 떠밀려간 곳이었다. 무엇보다 물자가 부족하던 시절, 특별한 기구나 재료가 필요치 않았던 지라 아이들 절반 이상이 몰려가는 곳이 문학반이었다. 준비물이라야 몽당연필과 갱지* 한 장이면 충분했기에. 그날 주어진 글짓기 제목은 '어머니'였고, 한 시간 동안 열심히 글을 썼다. 물론 시간을 때우기 위한 몸짓, 그 이상도 이하도 아니었다. 그런데 원고를 받아든 선생님의 입에서 예상 밖의 칭찬이 쏟아졌다.

"야! 김민수. 너 진짜 글 잘 쓴다. 소질 있어."

그 순간, 민수의 얼굴은 화끈거렸고, 몸은 후들거렸다. 그 와중에 무엄하게도 노벨문학상 수상을 꿈꾸었다. 구름 위를 나는 기

---

* 갱지: 가격이 싸지만, 면이 조잡하고 거친 종이.

분, 스프링 들어간 침대 위에서 뛰노는 느낌. '아이들이 장난삼아 던진 돌에 개구리는 맞아죽는다'는 우화와 '칭찬은 고래도 춤추게 한다.'*는 속담이 있음을 역시 나중에 알았다.

6학년에 진학했을 때 민수를 기다리는 것은 입시지옥. 광주에서 160여 리나 떨어진 농촌이었지만 미래를 향한 꿈만은 버려질 수 없었다. 세칭 일류중학교를 가야 일류고등학교를 갈 수 있고, 또 그래야만 일류대학에 진학할 수 있다는, 지극히 단순하면서도 논리정연한 명분에 반기를 들 사람은 아무도 없었다. 더욱이 1년 선배 가운데 한 명이 일류중학교에 입학해버리는 불상사(?)가 일어나고 말았으니. 상하사리 역사상 전무(前無)한 그 쾌거에 민수는 결코 환호할 수 없었다. 학교 내외의 평이 어떠하든, 스스로는 도시에 나가 경쟁할 엄두가 나지 않았다. 민수를 더욱 주눅들게 하는 것은 '개천에서 난 용'에 대한 '전설'.

"아따, 백수남교 생긴 이래 처음이람시로? 경사네 경사."

"그런게 말이시. 인지깔래(이제까지) 이런 일이 읎었제. 하마?"

"하이튼, 그 아그 대그빡(머리)이 고로코 좋담시로?"

"말도 마락 허대. 한 번 읽으면 생전 잊어버리는 법이 읎다여. 첨부터 끝까장 책을 달달달 외와 버린닥 안 헌가?"

"학실히 내력이 있어. 즈그 아부지도 머리가 좋은 사람이제마

---

* 『칭찬은 고래도 춤추게 한다』는 미국 코넬대학교 교수 켄 블랜차드가 쓴 책 이름이다.

는, 그 아그는 천재여 천재. 천 명당 하나 나올까 말까 헐 것이네. 옛말에도 씨도둑은 못 헌다고 안 그러든가?"

이름만 들어도 사지가 덜덜 떨리는(?) 그 행운아의 아비는 인근 초등학교의 교사였다.

"차말로 을마나 영리허먼 상하사리 모래땅에서 나 갖고, 그 머리 잘 돌아가는 광주 아그덜 허고 붙어서 이개버렀으까이."

무심코 뱉어내는 언어들이 민수의 가슴에 비수처럼 와 박혔다. 스스로 머리가 좋다 여겨본 적도 없거니와 책을 통째로 외운다거나 한 번 읽어서 끝까지 기억하는 일은 더더욱 없었다. 수업시간에 집중하여 듣고 집에 가서 숙제와 예습 정도만 하여 얻은 수석 자리였다. 그런데 천 명당 하나 나올까 말까 한 그 천재를 무슨 수로 닮는단 말인가?

'지금의 저 찬사들이 과연 1년 후 나에게도 쏟아질 수 있을까? 내가 그 천재 선배의 바통을 이어받을 수 있을까?'

한껏 높아진 기대치에 부응하지 못하면 그날로 죽은 목숨이나 진배없을 터. 콩나물 교실에서 키워진 인재들이 피터지게 경쟁하는 곳 광주, 상하사리 '촌놈'이 도시의 전쟁터에 나가기에는 버거운 짐들이 너무 많았다. 학교의 교육시설, 교사의 수준 등에서 도회지와 비교할 바가 못 되었고, 가정환경 또한 공부에 집중할 만큼 한가하지 않았다. 가게는 늘 사람들로 붐볐고, 마당은 보리타작입네, 볏짚 쌓기입네 하면서 항상 소란했다. 한 달에 한 번씩 '쥐 잡는 날'이 제정되어 집집마다 이장이 나누어준 쥐약을 놓았고, 이튿날 아침 아이들은 쥐꼬리를 잘라 담임선생님에게 증거물로 제출해야 했다. 한 사람당 열 마리, 혹은 스무 마리씩이 할당되었으나 다다익선(多多益善), 많으면 많을수록 좋았다.

나라에서는 '1년에 수만 가마의 곡식을 축낸다!'거나 '해마다 그 수가 기하급수적으로 불어나기 때문에, 언젠가 사람도 살 수 없는 세상이 오고야 말 것이다!'라고 하는 '협박성' 홍보를 통하여 국민들의 적극적인 동참을 호소했다. 그리하여 사방 천지에 넘쳐나는 '백해무익'한 존재는 당연히 전 국민의 타도대상이 되었다.

쥐를 잡는 방법도 각양각색. 몽둥이나 작대기로 때려잡는 타살(打殺), 쇠스랑이나 낫으로 찍어 죽이는 자살(刺殺)과 쥐약을 놓아 독살(毒殺)하는 방법이 있고, 그물채로 생포하여 땅바닥에 내동이치기도 하고, 쥐덫을 놓아 아사(餓死-굶어 죽음)시키는 방법도 있었다. 갑자기 맞닥뜨리는 돌발 상황에서 발로 밟아 죽이거나, 달아나는 녀석의 뒤통수에 돌을 날려 일발필사로 비명횡사하게 하는 경우도 있었다.

그러나 '꼬리를 자르는 일'은 쉽지 않았다. 식칼로 내려치자니 불결한 피가 얼굴에 튈까 봐 겁이 났고, 연필깎이 칼로 자르자니 손으로 전달되어 오는 미끈한 감각이 몸서리쳐지도록 싫었다. 가만히 엎드려 있던 녀석이 고개를 뒤로 돌려, 손을 덥석 물어버릴 것도 같았다. 언젠가 사촌형 민식이 돌로 찧어 피가 뚝뚝 떨어지는 꼬리를 들어 올리는 장면에, 밥알이 목구멍을 타고 넘어올 것 같은 역겨움을 느낀 적도 있었다. 아이들 중에는 목표량을 초과달성하여 칭찬을 받는 경우가 있는가 하면, 게으름을 피웠거나 깜박 잊었다가 친구로부터 지원을 받는 아이도 있었다. 어떤 녀석은 꼬리 하나를 반으로 잘라 두 배로 늘렸다가, 선생님으로부터 군밤을 맞기도 했다.

6학년 입시준비생이 짊어져야 할 짐은 이뿐만이 아니었다. 동네 고샅에 수북이 자라난 잡초들을 베어 퇴비를 만들고, 무너진 신작로를 보수하기 위해 집집마다 한 사람씩이 차출되곤 했었다. 하지만 민수네 집에는 딱히 울력* 나갈 사람이 없었다. 김씨는 아침밥 먹자마자 읍이나 광주로 내뺐고, 박씨는 가게 때문에 옴짝달싹할 수도 없었던 것. 하여 울력이 있는 날이면 눈 벌어지기 무섭게 달려 나가야 하는 쪽은 민수였다. 변소를 가기 위해 박씨가 가게를 비울 때 그 틈을 메워주어야 하는 일 또한 민수의 몫이었고, 김씨 부부가 밤새워 싸울 때 쪼르르 달려가 말려야 하는 쪽도, 이튿날 자리에 누운 박씨의 신세타령을 하염없이 들어주어야 하는 쪽도 민수였다.

"일단 테이프를 끊었은게, 그 전통을 계속 이어가야 한다."는 김씨의 과욕(過慾)은 민수를 더욱 절망에 빠트렸다. 그 잘난 선배가 한없이 원망스러웠다. 다만 가뭄에 소나기처럼 희소식이 하

---

* 울력: 여러 사람이 힘을 합하여 일함.

나 있긴 했다. 호랑이와의 결별. 애초에 김씨는 호랑이에게 부탁을 했다고 한다.

"천선생. 특별히 우리 민수한테 관심이 많으신지 잘 압니다. 그런게 인자 어쩔 것이요? 어찌 해서든지 일류중학교에 집어넣어야 헐 것 아니요? 이왕 맡은 김에 끝까정 책임을 져 주씨요."

"회장님, 제가 교장선생님한테도 말씀을 디랬습니다마는, 암만 해도 6학년은 다른 선생님이 맡어야 헐 것 같습니다."

"어째서라우? 중간에 그만두는 법이 어디 있다요?"

"허허허…. 원래 선생들은 다 돌아감시로 담임을 맡습니다. 그러고 회장님, 제 능력은 제가 잘 알거든이라우. 저는 6학년 담임감이 못 됩니다."

"별 텀턱스런(사실보다 과장하여 엄살을 떠는) 소리를 다 허는 갑이요."

김씨와는 달리 민수 입장에서는 정확한 자기진단과 올바른 처신을 택한 그에게 뜨거운 박수를 보내고 싶었다. 이 대화 속에서 김씨는 호랑이의 아킬레스건, 정식으로 교육대학을 나오지 않았고 실력 역시 입시반 담임으로서는 미흡하다는 점을 애써 지적하지 않았다. 6학년 담임의 경우, 그 무게가 여타 학년과는 사뭇 달랐다. 아이들의 중학교 입시를 관리해야 하기 때문에 학부형들의 관심이 쏠릴 수밖에 없고, 그래서 실력은 기본인 데다 입시환경의 변화에 따른 새로운 정보의 획득 능력이나 임기응변, 재치, 책임감도 함께 갖춰야 했다. 물론 그에 따르는 반대급부도

작지 않았다. 학교 전체에서 인정을 받고, 소풍이나 운동회 날 학부형들로부터 받는 대우도 차이가 났을 뿐더러 야간 과외공부를 통하여 짭짤한 소득을 올릴 수도 있었다. 아울러 거의 무료로 하숙하는 특전까지 얹혀 있으니, 교사라면 한번쯤 욕심을 낼만한 자리였다. 그 때문에 호랑이가 이 자리를 포기하는 데에는 큰 용기와 결단이 필요했을 것임을 역시 나중에 알았다.

당시 중학교 입시경쟁이 그토록 치열했던 까닭은 무엇일까? 1945년 해방 후 사람들은 일제 치하에서 친일을 했던 '대역죄인'들이 아무런 대가도 치르지 않을 뿐 아니라 오히려 높은 자리에 올라 호의호식하는 것을 보았다. 친일파들은 득세하고 독립운동가와 그 자손들은 여전히 가난하고 배고픈 현실을 목도한 것이다. 그런데 어떻게 하여 친일파들이 득세하게 되었는가를 살펴보니, 학력과 학벌을 근거로 한 것이었다. 새로운 지배세력으로 등장한 사람들이 새로운 지식과 학문으로 무장하고 있었던 바, 그것들은 모두 학교교육을 통해 습득된 것들이었다. 이때부터 '높은 학교를 나와야 한다'는, 즉 학력(學歷)에 대한 욕구가 생겨나기 시작했다.

그런데 1950년대에 들어오면서 단순한 '학력'만으로 출세하기 어렵다는 사실을 또한 깨닫기 시작했다. 논밭 팔아 대학까지 졸업시킨 자식이 빈둥빈둥 노는 모습을 보게 된 것이다. 그리하여 이제 학력이 아니라 '학벌'*이 좋아야 한다는 쪽으로 생각이 바꿔어갔다. 일류대학을 들어가려면 일류고등학교를, 일류고등학교 들어가려면 일류중학교를 나와야 한다는 것이다. 그리하여 1960년대는 고교뿐만 아니라 국민학교(지금의 초등학교)를 졸업하고 중학교에 진학할 때도 입학시험을 치러야 했다. 이리하여 이른바 일류중학교, 명문중학교가 생겨나기 시작했고, 이곳에 입학하려는 열망은 하늘을 찌를 듯 했다. 국민학교에서 과외수업이 횡행하고 학원이 생겨났으며, 한 번 실패한 아이들은 재수생으로 둔갑했다. 무자격 사설학원을 단속합네, 어린이들의 건강이 문제된다는 말들이 나왔지만, 전 국민적으로 몰아치는 입시광풍을 잠재울 수는 없었다.

역사적 사명을 띠고 민수네 반을 맡은 교사는 초등교사 양성기관인 교육대학을 정식으로 졸업하여 초등교육 교수법에 정통하고 있었을 뿐만 아니라 전 과목에 걸쳐 해박한 지식을 갖추고 있었다. 교사로서의 품성에 걸맞게 성격은 부드럽고 유순하였다. 비사범계 출신으로서 체계적인 지식이나 교육기술 없이 제멋대로 가르치는 '호랑이'와는 근본부터 달랐다.

김씨는 그더러 민수의 과외공부를 맡아주도록 요청하였다. 장소는 작은집 나락창고에 딸린 작은 방, 수강생은 민수와 앞집의 기표, 그리고 재수생인 사촌형 민식이었다. 호롱불이 침침하다며 박씨는 양초를 박스로 제공했지만, 주로 공부는 담임선생과

---

* 학벌(學閥): 출신학교의 사회적 지위나 등급.

민수의 몫이었다. 밥상의 윗목에 마주앉은 기표는 처음부터 졸기 시작했고, 그 옆자리의 사촌형은 책을 곧추세운 다음 그 뒤쪽에 만화책을 숨겨두고 읽어댔다.

어느 날, 담임교사는 민수를 데리고 송정 마을에 하숙을 하고 있는 호랑이를 찾았다. 밤이 이슥하여 자리에서 일어서려는데, 호랑이가 물었다.

"민수 너, 열심히 허고 있지야? 내 기대에 어긋나면 안 된다이. 알았지야?"

"……예."

"어째서 대답이 시언찮허냐? 그러먼 이선생. 살펴 가입시다이. 민수, 너도 잘 가고. 아부지한테 안부 전허그라이."

둘은 어두운 골목을 벗어나 동쪽에 자리한 중촌을 향해 부지런히 걸었다. 그런데 길의 중간쯤 당도했을 때, 갑자기 앞이 깜깜해지는 것이 아닌가? 당황한 민수는 환해진 남쪽을 바라보았다. 아니, 유난히 밝은 그쪽으로 자신도 모르게 시선이 향했다. 낮에 보았을 때 분명 밭이랑이었던 곳에 하얀 길이 뻗어 있었다.

'내가 귀신한테 홀렸나?'

더욱 겁이 난 것은 선생님이 몽유병자처럼 방황하며 자꾸 그쪽을 향하고 있다는 점이었다. 이런 때일수록 정신을 차려야 한다는 생각에 민수는 그의 손을 힘껏 잡아끌었다. 처음에는 꿈쩍도 하지 않던 그가 마침내 끌려오기 시작했다. 눈을 딱 감고 걸었다. 짙은 안개 속을 헤쳐 나가는 그 시간이 영원처럼 느껴졌다.

심장 뛰는 소리가 지축을 흔들 듯, 쿵쿵거렸다. 숨 막히는 긴장의 시간들이 지나고 어슴푸레 동네의 윤곽이 나타났다. 문이 닫힌 가게 앞에서 멈칫거리고 있을 때, 그가 말했다.

"민수야. 오늘은 나랑 같이 자자."

"……!"

이심전심(以心傳心). 날이 밝기가 무섭게 박씨에게로 달려갔다.

"어머니, 나…."

"어디 갔다 인자 오냐? 느그 선생이랑 어디 갔었냐?"

"송정에 가서 천진한 선생님 만나고 오다가 나… 구신 만났단게."

"식전(食前)부터 뱀 소리를 다 헌 갑이다. 싸게 가서 밥이나 먹어라."

"진짜 만났단게."

"그런게, 가서 밥이나 먹으란 마다!"

장남의 일거수일투족을 세밀히 관찰하고 그의 가려운 곳을 시원하게 긁어주는 박씨였음에도 간혹 타인처럼 느껴질 때가 있었다. 호랑이로부터 벌을 서고 오던 그날 밤처럼.

한 달여 동안 근처에 얼씬도 못하다가 큰 맘 먹고 그곳을 지나갔다. 달라진 것은 아무 것도 없었다. 달빛이 환하게 내리쬐던 그 큰 길은 좁다란 밭이랑에 불과했다. 이후로 민수는 '귀신이 없다'고 목청을 높이지 않았다. 그 기괴한 체험과는 별도로 6학년 담임선생님과 함께 잠을 자며 느낀 포근함이라니. 그것은 호랑이에게서는 맛볼 수 없는 새로운 감정이었다.

그러나 파파라치*를 닮은 호랑이의 집착은 6학년에 올라와서도 현재진행형이었다. 모두들 수업에 열중하고 있을 무렵, 느닷없이 앞문이 드르륵 열리며 반짝거리는 이마가 쑥 들어오곤 했다. 그의 태도는 너무나 당당했다.

"야, 김민수. 나와 봐!"

엉거주춤하고 있을 때, 천둥 뇌성은 재차 울려 퍼졌다.

"이 짜식이. 내가 나오락 허먼 나오제 뭇허고 자빠졌냐? 나는 니 선생이 아니냐?"

틀린 말은 아니지만, 꼭 들어맞는 말도 아니었다.

"노래 한 자리 해봐. 자고로 너무 공부만 해 싸먼, 못쓰는 법이다. 안 그러요, 이선생? 공부를 잘 헐라먼 머리를 식힐 때도 있어야 헌다 그 말이여. 느그덜, 어찌냐? 좋지야?"

"예이이!!!…"

아이들이야 하등에 나쁠 까닭이 없을 터. 난데없이 벌어진 해프닝으로 말미암아 몸을 비비꼬던 녀석들의 얼굴에 아연 생기가 돌았다. 어정쩡하게 서있던 담임교사 또한 슬그머니 자리에 앉아 '불청객'의 원맨쇼를 구경할 채비를 차렸다. 민수는 주저 없이 '고향무정'을 불러댔다. 반듯하게 서서 군인처럼 그렇게, 분노에

---

* 파파라치(Paparazzi): 유명 인사나 연예인의 사생활을 몰래 찍은 뒤 이를 신문이나 잡지사에 고액으로 팔아넘기는 몰래 카메라맨.

찬 시선으로 천장을 올려다보며 악을 썼다.

'아! 지겹다. 난 언제까지 그의 꼭두각시 노릇을 해야 하는가?'

하사리의 모래땅을 헐떡거리며 걷고 있는 기분, 칠산 바다의 개펄을 질퍽거리며 걸어가는 느낌. 제발 이쯤에서 그와의 인연이 끊어지기를 소망했다. 노래가 끝나자 무슨 뜻인지 모를 웃음을 날리며 그가 교실 문을 나갔다. 그리고 담임교사는 아무 일도 없었다는 듯 수업을 이어갔다.

6. 피 터지게 맞다

광주행 완행버스에서 네 시간동안 시달린 데다 오후에는 수험표를 받아오느라 마음이 부산했던 까닭에 세상모른 채 곯아떨어질 만도 했다. 그러나 초저녁 깜박 졸았다가 깨고 난 뒤로 잠은 삼천리나 달아나 있었다. 옆에 나란히 누운 김씨 역시 몸을 뒤척이다가 어둠 속을 응시하고 있는 민수의 낌새를 알아차린 모양이다. 월산동의 언덕배기에 자리한 사촌누나의 집에는 멀리 시내에서 뿜어져 나오는 네온사인 불빛이 창문에 어른거리고, 온갖 소음이 여과 없이 들이닥치고 있었다.

합격 여부에 인생의 전부를 건 듯이 보이는 사람은 김씨만이 아니었다. 어머니 박씨도 있었고, 담임선생님과 교장선생님도 있었지만 무엇보다 호랑이를 빼놓을 수 없었다. 이럴 때에는 재미있는 영화를 보고 나야 잠이 잘 온다는 김씨의 기상천외한 아이디어에 의해 전남방직 근처의 문화극장을 후딱 다녀왔다. 하지만 여전히 잠은 오지 않았다. 가슴 떨리는 입학시험을 앞두고 불편하기 짝이 없는 김씨와 나란히 누워있는 형국이라니.

시끌벅적한 소리에 눈을 떴다. 뒤척거리다가 운 좋게 잠이 들었던가 보다. 입시장 근처, 택시에서 내리자마자 군중들에 의해 포위되고 말았다. 김씨의 성화에 못 이겨 억지로 입에 문 엿은 달다 못해 씁쓰레했다. 이왕이면 양껏 먹어버리라는 김씨의 탐욕 앞에서 이는 흔들리고, 혀는 감각기능을 상실한 채로 머리는 지끈거렸다. 정문의 양쪽 기둥에 덕지덕지 엿들이 붙어 있었다.

고사장에 들어서는 순간, 도시 아이들의 시선이 따갑게 느껴졌다. 문제지를 받아들었을 때에는 머릿속이 백짓장처럼 텅 비워졌다. 오후에는 난데없이 졸음이 몰려왔다. 철봉대 앞에서 윗도리를 벗다가 박씨가 달아준 부적이 땅에 떨어져 창피를 당했는데, 그러고 보니 수험번호는 하필 4번이었다.

민수의 경우, 잘한 것이 없었다. 놀이나 운동, 싸움질은 물론이고, 낚시질이나 꿩 몰이에도 소질이 없었으며, 라디오를 고친다거나 농사일을 거드는 일에도 늘 서툴렀다. 스스로 진단해 보건대, 성격이나 마음씨가 좋은 것 같지도 않았다. 그러기에 민수에게 있어 늘 수석자리를 꿰차는 학교성적이야말로 '전가의 보도'*이자 존재의 근거였다. 그러나 이제 그 칼의 날은 무디어지고, 그 뿌리는 통째로 뽑혀나갈 형편. 혹시나 하여 학수고대하던 소식은 끝내 들려오지 않았다. 순간순간 스쳐가던 불길한 예감이 여지없이 들어맞았던 것.

'나는 불효자이다. 나는 한갓된 비곗덩어리이다. 나는 인간쓰레기이다!'

부모님과 호랑이의 낙담한 얼굴이 떠오르며 죽고 싶다는 생각이 머리를 스쳤다. 비몽사몽, 가을바람에 낙엽 떨어지듯 전기에 이어 후기에서도 낙방했다. 그러나 이번에는 충격도 덜하고, 속도 덜 상했다. 벌써 숙날이 되었는지 아니면 자포자기인지 알 수 없었다. 박씨의 체념 섞인 위로가 도리어 가슴에 파문을 일으킨다.

"다 팔자여야. 꿈자리 할라 오살나게 사납데이, 사주쟁이 유방구도 그러드라. 올해는 어렵겄다고. 니가 낙심허까 봐서 말을 안 했다마는, 진작 나는 알고 있었씨야. 그런게 다 잊어버러."

하지만 그것이 잊고 싶다고 하여 잊어질 일인가? 나름대로 부지런히 변명거리를 찾아보았다. 변변한 참고서 한 권 없이 달랑 교과서만 들이팠고, 깨끗하게 인쇄된 아이템플 대신 잉크자국이 덕지덕지 묻어나는 등사기로 밀어낸 시험지 하며, 공부방도 따

* 전가의 보도: 본래의 의미는 집안 대대로 내려오는 좋은 칼이나 가보로 내려오는 명검을 가리킴. 만병통치약같이 아주 잘 듣는 해결책, 매우 강력한 권한 등을 나타냄. 그러나 현재는 '잘 듣지도 않는데, 잘 듣는 것처럼 휘두르는 뻔하고 상투적인 논리, 방책' 등을 의미함.

로 없이 밥상 위의 침침한 호롱불이라니. 더욱이 평산 부락 앞 모래땅에 펄을 집어넣는 개토작업* 현장에서 소달구지 바퀴에 발이 깔려 한 달 동안 꼼짝도 못한 일이 겹쳤었다. 그러나 이러한 변명들이 적어도 호랑이에게는 통할 것 같지 않았고, 그것이 민수의 몸을 한껏 움츠러들게 만들었다.

졸업식. 이미 재수하기로 되어 있는 터에 그것은 차라리 희극이었다. 하지만 전라남도 교육감상 수상과 이미 연습해놓은 답사문 낭독 때문에라도 불참할 수는 없는 노릇. 졸업생을 대표한다는 작자가 '낙동강 오리알' 신세가 되었으니, 꼬이는 엇박자, 뒤틀린 인생.

재미없는 영화를 되풀이 봐야 하는 지겨움. 바로 이것이 재수생의 최대 고통이었다. 후배들과 나란히 앉아 귀가 다 닳아진 책을 만지작거리며 수없이 들었던 내용을 반복해서 들어야 하다니. 더욱이 민수를 적대시하며 아이들의 따돌림까지 유도하는 듯한 담임교사 하봉근의 존재가 늘 불편했다. 물론 처음부터 그랬던 것은 아닌 바, 그와의 관계가 결정적으로 틀어지게 된 계기가 있었다.

올 초의 일. 작달막한 키와 창백한 얼굴, 마른 체격의 소유자인 하봉근에게는 평상시 조용하다가도 화가 났다 하면 물불을 가리

---

* 개토작업: 논이나 밭에 새로운 흙을 골고루 뿌려주는 일.

지 않는, 묘한 기질이 있었다. 아이들을 혼란케 하는 것은 화를 내야 할 때에 실실 웃어 버리거나, 아무 것도 아니다 싶은데 벌컥 분노를 발하는 예측불허의 인격이었다. 언제 터질지 모를 '시한폭탄' 앞에서 아이들은 이리저리 휘둘리며 허둥댔다. 산수시간. 가장 앞자리에 앉은 민수는 여느 때처럼 그와 함께 문제를 풀어 나가고 있었다.

"5 곱하기 6은…?"

"30이요."

"30이라…. 그러먼 이것을 여그다 대입허먼, 얼마가 되는고 허니…."

"18이요."

"18이고… 그 다음에는…."

그 순간, 칠판의 한 지점에 분필이 멈추어서고, 그의 입은 다물어졌다. 당황한 탓인지 민수 또한 답을 알아낼 수 없었다. 얼굴이 홍당무가 된 채 어쩔 줄 몰라 하는 그 앞에 아이들이 웅성거리기 시작했다.

'선생님, 대충 넘기세요. 다음에 푸시면 되잖아요?'

민수의 마음을 아는지 모르는지, 그는 기어이 끝장을 보려고만 했다. 빤히 그를 쳐다보는 것이 도리어 부담을 줄 것 같아 시선을 옆으로 돌렸다. 짝꿍과 가벼운 농담을 하다가 무심결에 씩 웃었다. 바로 그 순간, 뒤를 돌아보던 그의 눈과 딱 마주치고 말았다.

"야, 김민수. 너 왜 웃는 거야?"

"……??"

"너… 나를 비웃었지?"

"……."

갑자기 마귀 형상으로 변한 그의 얼굴 앞에서 몸은 얼어붙고, 입은 다물어졌다. 계속되는 그의 다그침에 입에서 새어나간 말은 "어떻게 제가…."가 고작이었다.

"이 짜식, 너 시방 나를 비웃었잖아? 왜 대답을 안 해? 너, 나한테 반항하는 거야?"

뭐라고 변명이라도 하고 싶었지만, 역시 입이 열리지 않았다.

"너, 이 자식. 앞으로 나와."

수직으로 세워진 30센티미터 자가 손바닥에 내리꽂히기 시작했다. 하나, 둘, 셋, 넷… 그러다가 마침내 본격적인 '폭력'이 휘둘러졌다. 마치 발정한 황소 같았다. 뿔에 받히고 발길에 채이면서도 민수는 '자백'을 하지 않았다. 이를 악문 채, 참고 또 참았다. 하지도 않은 일에 대해 사과하는 것은 양심이나 자존심에 어긋나는 일이라 믿었기 때문에. 사디즘(가학성 변태성욕)의 클라이맥스에서 그는 조금은 정신을 차리는 듯 했다. 하지만 민수의 심사는 그때부터 부글부글 끓기 시작했다.

'개자식, 미친 놈….'

어른들이 착각하는 일 중의 하나는 아이들을 함부로 대해도 된다는 것, 그리고 아이들은 언제까지나 아이로 머물 거라는 생각이다. 어른들의 약점을 정확히 꿰뚫어보고 있다는 사실을 종종 망각하는 것이다. 분노와 증오의 태풍이 조금 가라앉을 무렵, 그가 딱히 이번 사건 때문이 아니라 처음부터 자신을 미워하고 있었을지 모른다는 생각이 들었다.

'왜? 도대체 무엇 때문에?'

분하고 억울하고 화가 나 정신이 돌아버릴 지경이었지만, 따로 항의할 방법은 없었다. 하소연할 데도 없었다. 그래서 쉬는 시간 내내, 책상에 엎드린 채 울기만 했다.

이 '사건' 때문이었는지 몰라도, 그는 정착민의 딸을 앞세워 '복수극'을 꿈꾸고 있는 것처럼 보였다. 그는 성적순이라며 1등과 2등을 나란히 앉혔다. 1학년부터 5학년까지 1등자리를 내준 적 없다고 소문난 짝꿍 박숙희는 정수리에서 발끝까지 예쁜 구석이 없었다. 아니, 차라리 추물(醜物)에 가까웠다. 적어도 민수가 보기에는. 무엇보다 때를 가리지 않고 흘러내리는 콧물, 코 훌쩍거리는 소리는 신경이 예민해진 재수생을 더욱 못 견디게 만들었다. 무의식중에 옆을 돌아다보면, '쌀뜨물'같이 하얗고, 뱀처럼 기다란 '괴물'이 얼굴 앞에 나와 있곤 했다. 책상 면에 닿을까 말까 하는 아슬아슬한 순간을 포착한 때의 긴장, 그 서스펜스. 잔뜩 몸집이 불어난 '그것'이 뒤로 젖혀지는 고개를 신호로 제 집(?)을 찾아 쏙 들어갈 때의 그 몸서리쳐지는 스릴이라니. 이 일들이 점심시간 직전에 일어날 경우, 입맛은 삼천리나 달아나고 그녀에 대한 혐오의 감정은 극으로 치닫기 마련. 더욱 분통 터질 일은 정작 본인은 전혀 개의치 않는다는 사실이다. 증오와 경멸의 감정을 한층 더 높이는 일은 연필심에 연신 침을 발라대는 그녀의 동작이었다. 한 자를 쓰는데 서너 번 이상씩 오르내리는데, 그때마다 책상 위로 액체가 튀길까봐 여간 신경이 쓰이지 않았다.

'이 세상에서 만날 수 있는 한, 최악의 파트너…, 이 역시 낙방에 대한 또 하나의 벌이 아닐까?'

그녀와의 만남을 '재앙'이라 간주하며, 자신의 기구한 운명을 끝없이 한탄했다. 나중에는 짝꿍의 모습이 멀리서 보이기만 해도, 목소리만 들어도, 냄새만 맡아도 머리가 지끈거렸다. 둘은 가장 가까이 있으면서도 가장 먼 사이가 되었다. 엉겁결에 살갗만 닿아도, 불에 덴 듯 화들짝 놀랬다. 불의의 접촉을 미연에 방지하기 위해, 민수는 백묵으로 책상의 한가운데에 '38선'을 그었다. 물론 상대방의 동의하에 체결된 신사협정이었다. 그러나 공간이 협소하다 보니 책이나 공책, 지우개나 칼, 어떨 때는 신체의 일부분이 넘나들기 마련인 바, 둘은 이때를 놓치지 않고 상대를 응징하곤 했다. 민수의 경우, 선배인 데다 남자라고 하는 자존심이, 그녀에게는 서울에서 내려온 데다 줄곧 선두 자리를 지켜왔다고 하는 자부심이 상호 갈등을 일으키는 요인인지도 몰랐다. '정착민 딸 주제에 감히….'라는 우월의식과 '선배면 다야?'라고 하는 저항의식의 대충돌이라고 할까.

부드러움이나 따뜻함, 섬세함, 아름다움과는 거리가 멀어 보였지만, 재학생을 대표하여 송사까지 했던 그 아이에게는 누구도 범접하기 힘들만큼 당찬 구석과 끈기가 있었다. 자기 일에만 몰두할 뿐 주위에 전혀 신경을 쓰지 않는 아이, 머리칼은 늘 헝클어져 있고 옷차림은 너저분했으며 거동 또한 제멋대로였지만 흔들림 없이 공부에 열중하는 그녀에 대해 민수는 내심 두려움을 넘어 존경심까지 품게 되었다. 그런데 이 둘 사이를 비집고 들어온 또 한 사람이 있었으니, 그는 다름 아닌 교장이었다. 어느 날, 민수는 복도에서 두 사람을 발견한 적이 있었다.

"아이, 까짓 것, 1등 한번 해 버려라. 민수가 문 밸 것이디야? 니가 쪼끔만 열심히 허먼, 될 것 같은디?"

"……."

못 들은 체 하고 옆을 스쳐 갔지만, 이 일은 두고두고 뇌리에 남았다. 관사에서 늘 혼자 지내는 그에 대해 '고자'*라는 소문도 있었고, '절름발이'라는 쑥군거림도 있었다. 물론 양쪽 다 확인된 바는 없었다. 하지만 민수는 그 말들이 모두 사실일 거라 굳게 믿었다.

'그런데 왜 그가, 그가 나를 미워하는 걸까?'

그 까닭을 나중에야 어렴풋이 알았다. 박씨의 입을 통해.

"아이고, 느그 압씨는 승미도 이상해야. 어째서 선생들허고는 좋게 지냄시로, 교장허고는 타시락타시락허는가 몰르겄어. 기성회장이면 교장허고 우선 좋게 지내야 헐 것 아니냐?"

* 고자: 생식기관이 불완전한 남자.

김씨의 경우, 젊은 교사들을 우선으로 챙겼고, 그 때문인지 리더 격인 천진한은 교장 및 그 측근인 하봉근에게 늘 눈엣가시였다. 또 천진한과 민수의 특수한 관계를 알기 때문인지, 교장은 민수를 볼 때마다 소태* 씹는 얼굴을 하곤 했다.

결과적으로 짝꿍과 담임, 교장에 의해 포위된 형국이 되었던 바, 그 가운데에서도 짝꿍과의 '전쟁'은 학년이 다 끝나도록 그쳐지지 않았다. 하지만 민수의 경우, 모두에 대한 분노를 그런 식으로 표출하고 있었는지도 몰랐다. 패배감과 피해의식, 열등감, 무력감, 소외감이 온몸을 짓눌렀다. 모든 것이 시들하고, 무의미하게 느껴졌다. 자신의 주위에는 아무도 없었다. 단 한 명의 친구도 없는 상황에서, 자신에게 쏟아지는 조롱과 질시의 눈초리를 그런 식으로 처리하고 있는지도 몰랐다. 집에서건, 동네에서건, 학교에서건 모두로부터 따돌림 당하고 있다는 느낌을 그런 방식으로 해소하고 있었는지도 몰랐다.

어느 날 해질 무렵. 가게 앞에서 아이들과 함께 가이생**에 열중하고 있었다. 재수를 시작한 때부터 부쩍 커진 몸집 덕분인지, 상대방의 몸을 잡아당기거나 밀쳐내는 일에 어느 정도 근력이 붙어

---

* 소태와 소태나무: 소태나무는 작은 키 나무로서 약용으로 쓰이는데 껍질의 맛이 쓰다. 소의 태처럼 맛이 쓰다고 붙여진 이름이라고 한다.

** 가이생: 대규모 병력들이 격돌하는 것을 일컫는 일본말 '가이센'에서 유래하며, 양편으로 나뉘어 땅 위에 그려진 모형 안에서 몸싸움을 하며 진행하는 놀이.

있었다. '공부헐라먼 근력이 좋아야 헌다'며, 박씨가 매일 오후 건네주는 생달걀의 에너지가 엉뚱한 데로 흐르고 있었다. 이마에 흘러내리는 비지땀을 닦고 있는데, 민국이 쪼르르 달려왔다.

"성, 쩌그 선생님이…… 그 깡팬가 천 누군가가 성을 찾던디?"

"천진한 선생님?"

중학교 입시에 실패한 뒤로 마주친 적이 없었다. 아니, 마주치지 않으려 애를 썼다. 그런데 이 늦은 시간에 웬일? 땀과 흙이 범벅된 채로 달려갔다. 잔뜩 취해 있는 그를 향해 사람들은 혀를 찼다.

"쩌쩌쩌, 완전히 꼭지가 돌아 버렀구만 이. 점잖은 양반이 어디서, 문 술을 저로코 먹었으까?"

"아이, 민수야. 니가 모시고 가든지 어쭈코 해야 쓸란 갑이다. 아까부터 너만 찾고 안 있냐 거."

떨리는 가슴을 쓰다듬으며 천천히, 아주 천천히 다가갔다.

"쩌기…."

"……."

"선생님, 쩌기요…."

슬그머니 옷소매를 잡아당기자 작디작은 눈이 게슴츠레하게 떠졌다.

"엉? 누구여? 김민수, 너구나. 이노모 자식. 선생님이 여까지 왔넌디 인자사 와야? 어디 갔다 인자 와? 이 나쁜 새끼야!"

방어하고 자시고 할 틈도 없었다. 고함소리와 거의 동시에 발길질에 이어 주먹이 날아왔다. 쨍쨍 해가 뜬 날 퍼붓는 소나기처럼, 그의 폭행은 뜬금없었다. 다짜고짜 뺨을 갈겨대다가 주먹을 날렸고, 쓰러진 몸뚱이 위로 무수한 발길질이 쏟아졌다. 민수는 반항의 몸짓조차 취하지 않았고, 신음소리마저 안으로 삼켰다. 그 누구로부터도 심하게 매질을 당하거나 맞아본 적이 없었다. 아내인 박씨에게는 까다롭기 그지없었던 김씨마저 자식들에게는 폭력을 쓰지 않았다.

"참, 요상헐 일이여야. 느그 아부지가 나한테만 독허게 굴제, 새끼덜은 끔찍허게 생각헌다이. 너한테도 그랬제마는 혹시나 느그 동상들이 울기라도 허먼, 당신 물팍 우게(무릎 위에) 앉혀 놓고 그칠 때까정 달래고 얼리고 그랬어야."

평소 그의 성격에 비추어 보면 불가사의한 일이었다. 김씨의 괴팍한 성미로부터 바람막이 역할을 해주던 박씨로부터는 가끔 회초리를 맞곤 했다. 그러나 정작 김씨로부터는 단 한 번도 매를 맞아 본 적이 없었다. 박씨는 명절 때에 새로 사 온 옷가지를 두고 투정을 부리거나(물론 압다지*에 넣어놓은 옷을 몰래 입어보았을 경우에는 알고도 모른 척 넘어가주었지만) 먹을 것을 놓고 동생들과 싸울 때, 그리고 반찬까탈 할 때에 가끔 회초리를 들었다. 그때마다 애용하는 장소는 돼지우리 옆에 붙어있는 목욕탕. 창문조차 유리가 아니어서 대낮에도 함석출입문만 닫으면 칠흑처

* 압다지: 문을 앞으로 여닫는다는 뜻을 가진 '장롱'의 사투리.

럼 어두운 곳이었다. 매를 맞아야 하는 이유를 설명한 다음, 그녀는 종아리를 때리기 시작했다. 회초리 맛은 결코 만만치 않았으나 자존심도 있고 하여 처음에는 버텨보곤 했다. 하지만 결국 얼마 가지 못해 두 손을 싹싹 빌기 시작하는데. 그제야 박씨는 못 이긴 척 매를 놓곤 했었다.

"니가 잘못했닥 헌게 이참 한 번만 용서헐란다마는, 앞으로 그런 일 읎도록 해. 큰아들인 니가 잘해야 동상들도 뽄을 받을 거 아니냐?"

"……."

"싸게 뚝 근치고 나가서 세수해라."

통과의례와 같은 매다작이 끝나고 나면 과자라든가 과일 등을 가져다주며 마음속 앙금을 풀어주었고, 민수 역시 도리어 기분이 상쾌해지는 카타르시스를 경험하며 삶에 대한 새로운 각오를 다지곤 했었다.

그 경우 외에 일단 집을 벗어나면 누구와 충돌할 일이 없었다. 원체 말이 없고 숫기도 없는 데다 모나게 행동하지도 않았다. 겁이 많아 누구에게 대들거나 아이들과 싸우는 일도 없었다. 학교에는 지각이나 결석을 하지 않았고, 숙제는 착실히 해가는 편이었으며, 수업시간 잡담을 하거나 조는 일도 없었다. 시험 성적이 저조하거나 잡부금 납부가 늦어진 일도 없었다. 때문에 매맞는 일이야말로 생소하고도 고통스러운 일, 세상에서 가장 두려운 일이 되어 있었다. 상상만 해도 몸이 짜릿짜릿 아파왔고,

다른 아이들이 매를 맞는 광경을 보기만 해도 이가 딱딱 부딪힐 정도로 공포감이 밀려왔었다.

그런데 오늘, 난데없이 무차별 '구타'를 당하다니. 그것도 여러 사람들이 보는 앞에서. 사실 민수에게 '호랑이'는 항상 두려움의 대상이었다. 적어도 얼마 전까지만 해도. 하지만 오늘은 담대해지고 싶었다. 반항하고 싶은 심사는 아니었으되, 싹싹 빌고 싶은 생각 또한 추호도 없었다. 만취한 그에게 말이 통할 것 같지도 않고, 또 한편으로 몸이 가루가 될 때까지 실컷 맞아보고 싶기도 했다. 보다 못해 구경꾼들이 말리고 나섰다.

"아이, 문 일이다요? 천선생, 어째 그러시오? 이러다가 까딱 애기 하나 죽게 생겠소."

"아이, 잘못했으면 말로 허든지 정신이 볽은(밝은) 대낮에 무시락 헐 것이제, 어째 캄캄헌 디서 이래 싸시요?"

하지만 마이동풍, 우이독경이었다. 폭행을 당하는 중에도 '과연 내가 그에게 잘못한 게 뭘까?' 열심히 궁리해 보았다. 따지고 보면 현재 그는 담임도 아니었고, 최근에 그를 만난 일도 없었지 않은가? 그런데 왜? 초주검이 된 몸뚱이를 가게 앞까지 질질 끌고 온 다음, 비로소 그는 입을 열었다.

"이노모 새끼, 내가 어째서 너를 때리는지 아직도 몰르겄냐?"

"……."

"너는 내 기대를 저버린 놈이여. 그래서 너는 맞어야 해. 아니,

내 손에 맞어 죽어야 해.”

얼토당토않은 변명이라 여기면서도 심중의 일단을 조금은 알 것 같았다. 입시실패 소식을 들었을 때, 받은 충격과 분노가 내내 숨겨져 오다가 오늘 폭발한 것이리라. 심중에 담겨있던 것들이 술기운으로 말미암아 한꺼번에 터져 나온 것이리라. 아무리 그렇다손 치더라도, 이렇게 무지막지 두들겨 패는 법이 어디 있는가?

‘그러고 보면, 오늘은 참 재수도 없는 날이로구나. 아니, 도리어 잘된 일인지도 모르지.’

울고 싶은 사람 빰 때려주는 격으로, 그가 눈물샘을 자극해주었으니. 소리 내지 않은 채 펑펑 울었다. 그의 악담(?)이 아니더라도 그동안 죽고 싶다는 생각뿐이었다.

‘그래! 나는 죽어도 싸지.’

눈물과 콧물, 코피가 범벅이 되어 눈에 뵈는 것도 없었고, 앞뒤 가릴 마음의 여유도 없었다. 얻어터지는 동안 가슴 저 바닥에서부터 묘한 ‘쾌감’ 같은 것이 올라왔다. 소나기가 퍼붓던 날, 우산도 쓰지 않은 채 내달리던 때의 그 상쾌함이라고나 할까. 화가 나지 않았다. 분하거나 억울하지도 않았다.

얼마나 지났을까. 맨땅에 누워 있는 동안 온몸이 나른해졌다. 손가락 끝조차 움직이기 싫었다. 인기척이 느껴졌으나 창피하다거나 부끄럽다는 생각도 들지 않았다. 몸을 뒤척이며 진하고도 진한 흙냄새를 흠뻑 들이켰다.

'참! 좋구나. 편하구나. 이대로 드러누운 채 잠들고 싶구나. 영원히 깨어나지 않는 잠이 있다면 얼마나 좋을까?'

하루도 편한 날 없이 경쟁의 장으로 내모는 학교가 싫었다. 닳아진 교과서, 누르스름해진 노트를 들여다보는 일에도 신물이 났다. 숲속에 엎드려 있다가 달려드는 맹수처럼, 늘 뒤통수를 때리는 이 세상이 미워졌다. 어디선가 혀 차는 소리가 들려왔다.

"오메이, 야가 시방 죽었다냐 살았다냐?"

"즈그 선생인 갑인디, 뽀짝 옆에 누워 있구만이. 그나저나 문 일이다요?"

"아이, 누구 가서 민수 어메 쪼까 불러 오씨요. 깐딱허다가 일 치루게 생갰소."

혹시 내가 죽은 건 아닐까 겁이 나, 천천히 몸을 움직여 보았다. 오른손으로 배와 가슴, 낯을 쓰다듬어 나가는데, 눈두덩이 한껏 부어 있었다. 바로 그때, 땀과 눈물과 피와 흙으로 범벅이 된 얼굴 위에 한 여자의 비명이 포개졌다.

"오메이, 내 새끼가 죽어버렀디야? 시상에, 이 문 일이단 가? 악아! 악아! 눈 쪼까 떠 봐라."

"…………."

"누가 내 새끼를 요로코 만들었디야? 이 양반이 생사람 잡을라고, 아조 작정을 했디야 어쨌디야?"

눈을 뜨지 않았다. 아니, 뜨고 싶지 않았다. 누가 잘했느니 못했느니, 이쪽이 옳으니 저쪽이 그르니 하는 일일랑 부질없는 것으로 여겨졌다. 대신 따스한 손길을 맞이한 양 볼 위에는 폭포수 처럼 눈물이 쏟아졌다.

"민수 어무니, 내가…… 그랬습니다이."

"뭣이라고? 당신이 뭣이간디, 내 아들을 죽일락 해? 오메이! 시상에나. 요로코 사람을 개 패듯끼 패 놓았네 이. 당신은 자식도 읎소? 악아, 악아, 내 새끼야!"

눈과 코 부분에 젖가슴이 와 닿았다. 생명의 원천이자 존재의 뿌리. 육체적 욕망이 아닌, 심정적 외경의 대상. 어느 무더운 여름날. 먼지가 풀썩거리는 꼬불꼬불한 신작로 위를 박씨와 함께 걸었다. 10여 리 떨어진 '터진게'의 원두막에 올라 박씨가 깎아주는 어린아이 머리통만한 참외 서너 개를 연거푸 삼켰다. 배가 곧 터질 지경인데도, 박씨는 하나만 더 먹으라 권했다.

"더 못 먹겄넌디?"

"그러지 말고 한 개만 더 먹어야."

일일이 대답하기도 힘들어 고개만 좌우로 저었다. 주인 눈치를 살피며 왜 그녀가 장남을 윽박지르다시피 했는지 돌아오는 길에서야 알았다.

"아이고, 내 새끼들 점빵에서는 맘대로 못 맥인 게, 여그서라도 맘껏 먹으라고 그랬다. 허기사, 공짜라고 한읎이 들어가든 않겄지야이."

"……."

큰아들을 향한 그녀의 지극한 사랑은 다섯 살 때의 아프고도 따스한 추억으로 인해 뇌리 깊숙한 곳에 이미 박혀 있었다. 밥 먹던 중에 통을 판다고 김씨로부터 호된 꾸지람을 듣던 날, 그 날에도 박씨는 장남을 치마폭으로 감쌌었다.

'이제 살았구나. 내가 죽지 않았구나!'

이 지구가 두 쪽 나도 여전히 그녀는 내 편이라는 사실을 의심하지 않았다. 그래서 행복했다. 몸과 마음이 처절하게 짓밟힌 바로 그때, 그녀의 품은 세상에서 가장 따뜻했다. 세상이 무섭고 사람들이 두려워질 때마다 돌아가고 싶었던 보금자리. 두 살 터울로 태어나는 동생들에게 번번이 탈취당하며 이제는 미련을 버려야 한다며 스스로를 다독였던 그 아름다운 동산을 지금 이 순간 독차지할 수 있다니.

'사랑하는 어머니. 오늘만큼은 천진난만한 어린아이로 돌아가고 싶습니다. 맘껏 응석을 부리다가 당신의 품에 안겨 잠들고 싶습니다. 입시경쟁도, 패배도, 고통도, 눈물도 없는 그곳에 오랫동안 머물고 싶습니다.'

"내가 민수 쪼까 때렸습니다. 서운해서 막 팼습니다. 이놈은 내 기대를 저버렸습니다!"

"어디서 술 쳐 먹고 와서 노무(남의) 자식을 요로코 패요, 패기를? 당신이 뭇이간디 사람을 때래? 즈그 아부지도 여태 손 한번 안 대고 나도 이날 이태까정 뺨 하나 안 때린 자식인 디, 당신이 뭇이라고 함부로 때래? 어디 나 한 번 때래 보씨요. 당신 손에 죽을란 게, 어디 때래 봐!"

"……."

체면이고 뭐고 없었다. 입에 거품을 물고 악다구니를 쓰는 기성회장 사모님에게 체통 따위는 없었다. 평소에는 어려워 말조차 걸어가지 못했던 5학년 적 담임교사에 대한 존경과 감사의 흔적은 어디에도 없었다.

장남을 아랫목에 뉘인 다음, 그녀는 물수건으로 얼굴을 닦아내기 시작했다.

"시상에, 낯바닥 쪼까 봐라 이. 그것도 선생이라고…."

"선생님, 어디 가셨…대요?"

"그까짓 것, 찾어서 뭇헐래? 어쭈코어쭈코허다가 사람들이 개우(겨우) 끌고 갔는 생이다. 니가 속상허까 봐서 말을 안 헐라고 했다마는, 일류중핵교 가먼 뭇허고 안 가먼 또 어쨌디야?"

"……."

"좋은 디 가야 니 장래에 좋다고 하도 옆에서 그래싼 디다가, 너도 들어갈라고 애를 써싼게 그랬든 것이제, 나사 어디 학교를 가든 문 상관이 있겄냐? 나는 너 한몸 건강허면 그것으로 족헌다. 다 니가 있고 나서 학교도 있고, 공부도 있는 것이여."

"……."

"허기사, 그 양반도 을마나 속이 상했으면 그랬겄냐? 니가 이해해라. 애끼는 사람이 기대대로 못해 주면, 더 미운 맘이 들고 그런 것 아니냐? 좌우간 그 양반같이 너를 생각허는 선생도 읎은게, 너는 늘 고맙게 생각허고. 나도 무시락 해놓고 난게, 속이 영 안 좋다."

7. 죽음을 앞두고 떠오르는 얼굴

자녀들의 중학교 입시에 목을 맨 학부형들의 모습은 이 시대의 슬픈 자화상이었다. 그 대표적인 사건이 1964년 '무즙 파동'과 1968년 창칼 파동'. 무즙 파동이란 1965년도 중학교 입시의 무즙과 관련된 문제에서 복수 정답을 인정해야 하는지에 대해 논란이 벌어졌던 사건을 가리킨다. 1964년 12월 7일에 치른 서울특별시 지역 전기 중학교 입시 자연과목 18번 문제는 다음과 같았다. "다음은 엿을 만드는 순서를 차례대로 적어 놓은 것이다. 1.찹쌀 1kg 가량을 물에 담갔다가 2.이것을 쪄서 밥을 만든다. 3.이 밥에 물 3L와 엿기름 160g을 넣고 잘 섞은 다음에 섭씨 60도의 온도로 5~6시간 둔다. 위 3에서 엿기름 대신 넣어도 좋은 것은 무엇인가?"

서울시 공동출제위원회는 보기 1번 '디아스타제'가 정답이라고 발표했다. 그러나 2번 '무즙'을 답이라고 선택한 학생들의 학부모들이 초등학교 교과서에 '침과 무즙에도 디아스타제가 들어 있다'는 내용이 있으므로 무즙도 답이라고 강력하게 반발했다. 이에 교육당국은 시험 다음날인 12월 8일 "논란의 여지가 없다"고 주장하다가, 반발이 가라앉지 않자 12월 9일에는 "해당 문제를 아예 무효화한다."고 발표했다. 이에 1번을 정답으로 선택한 학생들의 학부모들이 반발하자 다시 원래대로 "디아스타제만 정답으로 인정한다."고 발표하는 등 우왕좌왕하는 모습을 보였다.

결국 이 사건은 법적 공방으로 이어졌다. 1점 차이로 명문 중학교에 입학하지 못하게 된 약 40여 명이 소송을 제기한 것이다. 1965년 3월 30일, 서울고등법원 특별부는 "무즙도 정답으로 봐야 하며, 이 문제로 인해 불합격된 학생들을 구제하라!"는 판결을 내렸다. 이때 구제받은 학생은 경기중학교 약 30여 명, 서울중학교 4명, 경복중학교 3명, 경기여자중학교 1명이었다. 이 사건은 지나칠 정도로 과열된 대한민국의 교육열을 적나라하게 드러냈다.

창칼 파동이란 1967년 12월 1일 치러진 1968학년도 중학교 입학시험에서 야기된 복수 정답 사건을 가리킨다. 문제가 된 것은 미술 13번 문제로 '목판화를 새길 때, 창칼을 바르게 쓴 그림은?'이라는 문항이었다. 여기서 2번 '앞으로 당기는 것'이 출제자인 서울특별시교육위원회가 정한 정답이었다. 그러나 경기중학교는 3번 '뒤로 당기는 것'도 복수 정답으로 인정하였다. 이에 상대적으로 시험에서 낙방한 학생의 부모들은 학교 측이 채점기준을 따르지 않았다며 시위를 벌이고 교장과 교감을 연금했다. 더 나아가 경기도 지역과 서울특별시 지역 중학교 낙방생 학부모 549명이 소송을 제기하였는데, 그러나 대법원까지 간 끝에 패소하여 끝내 불합격 처리되었다.

이 해 중학교 입시를 한 달 여 앞둔 1967년 10월 24일, 경남일보에는 '과외단속이 헛구호로 그치고 있으며, 교사들이 부업으로 과외를 하는 등 정상수업이 무용하다'는 주장이 등장했다. 10월 25일에는 학생들을 대상으로 사업을 하고 있는 불법과외·무허가 학원의 등장을 고발하는 기사도 나왔다. 11월 15일에는 본격적으로 시작된 중학교 입시전쟁에 대한 기사가 보인다. 문제 하나 때문에 당락이 갈리는 일들이 비일비재했고, 이 때문에 '입시망국'이라는 말까지 나왔다. 결국 1969년 중학교 입학생부터 무시험 추첨제가 실시되었는데, 이때부터 수동식 추첨기를 돌려 학교를 배정받은 학생들을 '뺑뺑이 세대'로 부르기도 했다.

몸서리쳐지게 싫은 말, 재수생. 그 '주홍 글씨'*를 뒤통수에

* 『주홍 글씨』(朱紅글씨, The Scarlet Letter): 미국의 작가 나다니엘 호손이 1850년 발표한 장편소설. 간통한 여자에게 그 벌로써 가슴에 간음을 뜻하는 adultery의 첫 자 A를 주홍색으로 달아주었던 것을 이르는 말. 그러나 나중에 그녀가 '여자의 강인함'을 갖게 됨으로써 주홍 글씨 A는 '유능한(Able)'의 A라고까지 해석되기에 이른다.

달아맨 채 민수는 1969년 삼류중학교에 들어갈 수 있었다. 그나마 또 한 번의 전기시험에 낙방한 뒤에야(이 해에는 서울에서만 무시험제가 실시되었고, 광주의 경우는 다음해부터 적용되었다). 늦가을, 촌닭이 '광주'와 겨우 호흡을 맞추는가 했더니 웬걸, 고교 입시가 내년으로 다가와 있었다.

호랑이가 지적했던 소심한 성격을 개조한답시고, 태권도를 배우러 계림동 오거리의 도장에 갔었다. 그러나 지루하게 반복되는 '기마중단지르기'와 코를 찌르는 땀 냄새 때문에 2주일 만에 작파하고 말았다. 휴식시간 교실 안에서 먼지를 풀썩거리며 쌈박질도 해보았지만 주로 얻어맞는 쪽에 속했다. 어두워진 운동장에서 공이 보이지 않을 때까지 발악하듯, 축구도 해보았다. 하지만 스스로나 세상이나 별반 달라지지 않았고, 저승사자처럼 입시는 그렇게 문 앞에 서 있었던 것이다. 승리의 기쁨을 제공해주는 대신 패배의 고통만 안겨주는 세상, 양 어깨에 잔뜩 짐만 얹어놓은 인생살이가 싫었다.

'왜 나는 본 게임에 약할까? 평소에 잘하다가도 왜 입시 문 앞에만 서면 주눅이 드는 걸까?'

자신을 되돌아보며 세상과 맞춰보려고도 했다. 이리 비위를 맞추고 저리 아양도 떨어보았다. 하지만 몸에 맞지 않는 옷처럼 세상은, 도시는 낯설기만 했다. 도시 아이들 앞에 서면 한없이 작아졌다. 거울 앞에 설 때마다 절망감이 엄습했다. 어렸을 적에는 이러지 않았는데, 왜 이리 못생겼을까? 농촌에서는 제법 잘

사는 축에 든다고 했는데, 도시에 와서 보니 '새 발의 피'로구나. 우리 아버지가 세상에서 젤 잘난 줄 알았는데, 그런 아버지는 부지기수로구나.

'멀리 떨어진 고향, 배고픈 하숙집 밥, 지루한 수업, 여름날의 오후 햇살이 나를 못 견디게 한다!'

거대한 도시와 스스로의 왜소함이라니. 더욱이 아! 그날이 다가오고 있다. 그 지긋지긋한 패배의 기억들이 나를 뒤쫓고 있다. 도망치자. 벗어나자. 막다른 골목. 그렇다면 차라리 이 한 몸 불태워버리자. 이 세상에서 흔적조차 지워버리자.

'내가 사라진다 해도 이 세상은 끄떡하지 않을 거다. 아무 일도 없었던 것처럼, 이 거대한 우주는 그 운행을 이어갈 거고. 그래. 모든 인간은 우연이고 잉여물에 불과해. 내가 굳이 이 땅에 와야 할 까닭도, 존재해야 할 이유도 없지. 앞서간 사람들이 그랬듯, 우리 모두는 이 담에 오는 사람들을 위해 자리를 비워주어야 하고, 이 지구를 보다 살지게 하기 위해 육체를 썩혀 한 줌의 흙으로 돌아가야만 한다. 인생의 의미를 찾으려 애를 써도, 사랑을 노래하고 낭만을 구가해도, 심오한 철학을 논하고 거룩한 종교를 들먹여 봐도, 원대한 이상을 품고 우주정복을 꿈꾸어도 우리 모두는 결국 한 그루 나무의 한 끼 식량에 지나지 않는다!'

충장로를 걷다가 약국 문을 밀치고 들어갔다.

"쩌어기요. 수면…제 있어요?"

"수면제? 무슨 일로?"

"예?"

"어째서 수면제를 찾냐고?"

"아니요. 그게 아니라, 공부하다가 잠이 잘 안 와서요."

"몇 알이나?"

"예?"

"차말로 깝깝허네 이. 몇 알이나 주끄나고?"

"스무 개요!"

"한꺼번에 고로코 많이는 안 팔아. 원래 다섯 알 이상 못 팔게 되야 있그든."

그런 법이 어디 있냐고 소리치고 싶었지만, 목소리는 도리어 깊이 잠기고 말았다. 허둥지둥 도망쳐 나와 궁리하기 시작했다.

'다섯 알 갖고는 약발이 안 먹힐 텐데….'

싸이나(꿩을 잡는데 사용하는 독약)나 농약을 들이켜고, 리어카로 읍에까지 실려 갔다가 다시 살아난 사람의 이야기를 들은 적이 있었다. 식도(食道)가 다 타버렸다거나 내장이 다 고장나버렸다고 했었다. 엄청난 고통을 당했다는 말에 소름이 끼쳤다.

'그래. 절대 그런 일이 있어서는 안 되지. 이 일에서만큼은 반드시 성공해야 해. 그렇다면? 아! 맞다. 조금씩 여러 군데서 사 모으는 거야. 다섯 알씩, 네 곳만 돌아도. 히히.'

회심의 미소. 낙방에 이골이 난 둔재가 '죽을 꾀'를 내는 데에는 가히 천재로구나. 잘 숙달된 사람처럼, 약국 네 군데를 돌았다. 전남도청 앞 정류장에서 출발한 9번 시내버스. 금남로와 광천동을 지나 극락강 둑길에 올라선 고물차는 곧 스러질 육신을 싣고 살맛나게 달렸다. 둑길이 거의 끝나는 지점. 원숭이 이마빡만한 가게 하나가 하오의 햇살 앞에서 꾸벅꾸벅 졸고 있었다. 둑 아래에는 서너 명의 강태공들이 낚싯줄을 드리우고, 강 건너편에는 똥장군*을 진 농부들이 느릿느릿 움직이고 있었다.

'극락강이라. 여기에 빠져 죽으면, 극락에라도 간다는 말일까?'

목젖이 보일만큼 크게 하품을 하던 아낙네가 까까머리 중학생의 행색을 살피다가 이내 심드렁한 표정으로 돌아간다. 사이다 한 병을 든 채, 강둑길을 따라 걸었다. 인생의 걸림돌인 양, 작은 돌을 밟았다. 자칫 넘어질 뻔. 화가 났다. 공을 차듯 힘껏 날려 보냈다.

'하사리에서 터진게 원두막까지의 비포장도로 위에도 이런 돌들이 널려 있었지. 원두막에서 어머니는 쉼 없이 참외를 깎으셨고. 나를 위해서라면 살이라도 깎아 먹이실 분…. 그런 어머니를 뒤로 한 채, 내가 먼저?'

남편과 부부 싸움한 그 이튿날이면 장남을 머리맡에 앉혀놓고 신세타령을 늘어놓던 그녀.

---

* 똥장군: 똥을 거름으로 쓰기 위해 옮길 때 쓰는 농기구. 주로 봄에 변소에서 삭힌 똥을 바가지로 퍼 똥장군에 담고, 짚으로 된 뚜껑을 닫아 똥지게로 옮긴다. 논이나 밭에 가서 뚜껑을 열고 작은 바가지로 퍼서 뿌린다. 현재는 똥을 거름으로 쓰지 않기 때문에 똥장군을 사용하지 않는다.

"내가 너 땜시 산다. 너만 아니면 폴세(진작) 밤보따리 쌌어야. 어디 간들 내 한 몸 거친(거처) 못허겄냐? 식모살이를 해서라도 내 한 입 풀칠은 허지야. 그래도 내가 나가 버리면, 니 신세가 뭇이 되까 싶어서…."

이 대목에서 박씨의 목은 잠겼고, 민수는 닭똥 같은 눈물을 뚝뚝 떨어뜨렸었다. 그리고 그때마다 '이 담에 크면 어머니를 호강시켜드려야겠다'고 다짐, 또 다짐했었다. 울컥한 것이 올라왔다. 이번에는 호랑이. 그에게서 피터지게 얻어맞은 후 한동안 잊고 있었다. 그런데 올 초였던가? 하사리에 내려갔을 때, 여동생 민숙이 호들갑을 떠는 것이었으니.

"큰오빠. 천진한 선생 가 버렸어."

"가 버려? 어디로야?"

"전근 가 버렸단게. 근디 무시락 헌지 알아? 자기가 4년인가 5년인가 여그 있음시로 오빠 하나 냉겼다고 했어. 우리 반 아그덜 다 들었단게."

"…………?"

초임지 근무를 마치고 떠나던 날, 그가 이렇게 말했단다.

"누군가가 나한테 백수남 국민학교에 와서 니가 남긴 것이 뭇이냐 요로코 묻는다면, 기꺼이 김민수 하나 남기고 간다고 대답헐란다."

그 말을 듣는 순간, 온몸이 감전된 듯 꼼짝도 할 수 없었다.

'나 같은 게 뭐라고. 그래. 그의 기대를 이런 식으로 짓밟아서는 안 된다. 그 앞에서 거창한 포부까지 밝힌 내가 아닌가? 엉겁결에 튀어나간 그 말이 나의 가슴 속에 이렇게 박혀있는데. 난 유학을 가야 한다. 반드시 박사가 되어야 한다!'

나란히 찍힌 흑백사진 뒷면에 '信念(신념)'이라는 글씨를 써주고, 1등 할 때까지 달리기 시합을 시켰던 그, 회초리를 꺾어둔 채 웅변연습을 시키던 그를 진저리나게 싫어했었다. 그런데 왜 이 순간, 그의 얼굴이 눈앞에 어른거리는 걸까? 사이다 병을 높이 쳐들었다. 이미 비어버린 그것을, 강을 향해 힘껏 내던졌다.

도시에 적응하느라 겨를이 없었던 1학년, 반항기의 2학년을 거쳐 3학년에 진학하고 보니 두 마음이 교차했다. 어차피 해도 안 될 바에야 일찌감치 포기하자는 쪽과 그래도 한번 해보자는 쪽. '우리도 한번 잘살아보세'라는 새마을노래 가사와 '노력해서 안 될 것이 없다'는 김씨의 평소 주장은 결국 후자를 선택하도록 강요했다. 몇 년 전 김씨가 개간하여 만든 평산 마을 앞 땅콩밭에서는 기대 이상의 소득이 창출되었고, 그 성공담이 신문에 활자화되기도 하였다.

'비록 삼류이긴 하지만, 이곳은 엄연한 도시학교. 어둡고 답답한 하사리의 환경과는 많이 다르다. 그리고 난 실력 있는 아이들과 어깨를 겨루며 상위권을 유지해왔고. 이제 더 이상 열등감에 사로잡혀 의기소침해 하거나 좌절과 분노로 방황하지 말자. 요행을 바라지 말고, 철저히 준비하자. 그리하여 마지막에 웃는 사

람이 되자.'

이리저리 하숙집을 전전하다가 지산동 신법원 뒷동네에 자리한 고모 집으로 옮겨갔다. 마을 주변은 조용했으되 국회의원 선거에 출마한다는 큰방 아저씨가 밤낮없이 마이크로 웅변연습을 하는 통에 정신을 집중할 수가 없었다. 이에 대한 대책으로 '초저녁 일찍 자는 대신, 밤중에 일어나 새벽까지 공부한다.'는 전략을 세웠고, 이는 상당한 효과를 발휘했다. 4월 월말고사에서 획기적인 실력향상이 이루어졌던 바, 학년 전체에서 차석을 차지한 것. 그러나 밤중에 깨어 공부하는 것은 또 다른 문제를 야기했다. 동녘이 밝아올 무렵 잠깐 눈을 붙이고 등교를 하면, 수업시간 내내 졸음이 몰려왔던 것이다.

이 세상의 일 가운데, 공부만큼 어려운 일이 또 있을까? 내적으로는 적정선의 지능지수와 기초실력, 그리고 의욕이 갖춰져야 한다. 스스로의 감정과 욕구를 다스릴 줄 아는 절제력과 끈질긴 인내심, 초지일관할 수 있는 강인한 정신력도 있어야 한다. 무익한 잡념 같은 것을 떨쳐버릴 줄도 알아야 하는 바, 공상이나 상상, 과거에 대한 회한과 미래에 대한 불안감으로 시간을 허비하는 일도 없어야 한다. 책상 앞에 앉으면 학습에만 전념하겠다는 굳은 결의와 함께 집중력이 필요하고 이를 습관화해야 한다. 집안 걱정이나 영화, 오락잡기, 이성에 대한 관심도 뒷전으로 미룰 줄 알아야 하고, 촌음을 아끼기 위해 노는 자리를 털고 일어날 줄도 알아야 한다. 그래서 때로는 이기적이라거나 자기중심적이라는 비난도 받을 각오가 되어 있어야 한다. 친구들과의 만남을 포기해야 할 때도 있고, 가족 간의 모임에서도 최대한 시간을 절약해야 한다. 가족이나 주변 사람들의 도움 역시 절실히 필요하다. 조용한 공간과 시간을 만들어주고, 영양가 있는 음식을 제공하며, 적당한 휴식을 취하도록 배려해야 한다. 불필요한 일에 시간을 빼앗기지 않도록 방어막을 쳐주고, 잡다한 세상사를 알게 한다든가 현란한 거리 풍경에 노출되지 않도록 신경을 써주어야 한다.

그런데 민수의 경우, 라디오나 TV소리, 사람의 목소리 등 조금만 소음이 들려도 책을 보지 못하는, 묘한 체질에 속했다. 정확한 이유는 알 수 없었다. 다만 한밤중 김씨 부부의 싸우는 소리에 잠에서 깨어날 때가 많았고, 비오는 어느 날 밤에는 외양간 기둥에 뿔을 들이받는 암소의 몸부림 때문에 내내 공포에 떨었던 기억이 있었으니 혹시 그 때문이 아닐까 짐작할 뿐이었다.

그러던 어느 날, 3학년 담임은 수학 과외 반을 모집하였고, 민수는 이에 합류했다. 초저녁 그의 자택에서 시행된 과외공부로 말미암아 새벽에 공부하던 습관은 끊어졌다. 이 무렵. 올라간 성적에 고무되었는지, 김씨가 학교를 방문하였다.

"밸 일 읎었냐? 느그 선생도 만나고 헐라고 올라왔다. 오늘 니 말을 허드라. 머리가 아조 좋은 애기라고. 천재까지는 몰라도 좌우간 수재급은 넘을 것이라고. 이대로만 쭉 나가면, 일류고등학교는 문제 읎을 것 같다고…."

그의 두 뺨은 상기되어 있었다. 뜻밖의 '과찬'에 우쭐한 기분보다는 과연 내가 그의 기대에 부응할 수 있을까 하는 걱정이 앞섰다.

'그러니, 일류고등학교에 반드시 합격해야 한다 그 말이지? 파죽지세로 뻗어나가는 집안의 운세에 찬물을 끼얹지 말라는 뜻도 되겠고….'

박씨가 경영하는 가게는 날로 번창했고, 급속히 늘어난 100여 두락의 논, 60여 두락의 밭 규모는 중촌 동네에서 제1에 속했다. 땅콩밭에서 나는 수입은 벼논을 한참이나 능가했다. 씨를 뿌려 놓기만 하면 농약이나 비료 뿌리기 같은 추가 작업이 필요치 않았고, 가마니 당 수매가격이 쌀보다 훨씬 높았기 때문이다. 재물이 뒷받침되어 그랬는지, 40대 초반의 김씨는 민주공화당 영광 장성 함평 지구당 수석부위원장 자리를 꿰찼고, 얼마 전에는 중앙정보부* 지하실에 가서 북한의 세밀한 움직임까지 다 들여다

* 중앙정보부: 1961년 5월 20일 5·16 군사정변의 주체들이 주도하여 국가재건최고회의 소속으로 설치한 정보, 수사기관. 대통령 직속의 최고 권력기구이다 보니 그 위세는 하늘을 찔렀다. 대공(對共) 업무 및 내란죄·외환죄·반란죄·이적죄 등의 수사 외에 반정부 세력에 대한 광범한 감시·통제·적발에 동원됨으로써 독재정권의 폭압장치로 기능하기도 했다. 요원들은 어떤 특정 방침을 고지하거나 명령하고, 기관에 상주하여 탐문하고, 도청과 미행, 고문, 납치 등을 자행하기도 하였다. 장도영 반혁명 사건, 민주공화당 사전조직 논란, 4대 의혹사건(증권파동, 워커힐 사건, 파친코 사건, 새나라 자동차 사건), 동베를린 사건, 국민복지연구회 사건, 4·8항명 파동, 10·2항명 파동, 3선 개헌 파동, 김대중 납치 사건, 전국민주청년학생총연맹 사건, 인민혁명당 사건, 동일방직 사건, YH무역 사건, 오원춘 사건 등 1960~70년대 정치사의 주요 대목들에서 중앙정보부는 항상 주요 당사자였다. 결국 유신 말기 현직 중정부장(김재규)이 대통령(박정희)을 암살하는 사태가 빚어

보고 왔다며 열변을 토하기도 했었다. 하여 그의 장남에 걸맞은 역할을 수행해야 하는데.

여태껏 머리가 좋다고 생각해 본 적이 없었다. 입시에서 우등생임을, 수재임을 증명해보인 적도 없었다. 하지만 '천재란 1%의 영감과 99%의 땀으로 만들어진다.'는 에디슨의 명언, '나의 사전에 불가능이란 없다'고 한 나폴레옹의 호언장담이 자신에게도 적용될 수 있음을 증명해보이자, 그런 생각이 들었다.

새마을운동은 1970년 대통령 박정희가 근면·자조·자립정신을 바탕으로 한 마을 가꾸기 사업을 제창하고, 이것을 '새마을 가꾸기 운동'이라 부르기 시작한 데서 비롯되었다. 새마을사업은 농촌개발 사업에서 공장·도시·직장 등 사회 전체의 근대화운동으로 발전하였다. 단순한 농가의 소득배가 운동으로부터 근면·자조·협동을 생활화하는 의식개혁 운동으로 발전한 것이다. 새마을운동은 1970년대의 경이적인 경제발전을 뒤에서 받들어 준 정신적인 힘이 되었다고 할 수 있지만, 동시에 1969년의 3선 개헌, 1971년의 대통령선거와 비상사태선포, 그리고 1972년의 유신헌법 통과와 같은 권위주의 정권의 형성과정 및 유신체제와 더불어 진행되었다는 '오점'도 갖고 있다.

이 무렵 독일과 중동에 근로자들이 파견되어 외화(外貨)를 벌어들이기 시작한다. 1960년대 후반 미국에서 우리나라 차관이

지기도 했다. 이후 명칭이 국가안전기획부, 국가정보원으로 변경되었다.

거부됨에 따라 서독 정부로부터 차관을 얻기 위하여 서독에 광부, 간호요원을 파견한 것이다. 그 후 1970년대에는 중동 산유국의 건설 붐, 월남전에 따라 해외인력 진출이 활성화되었다. 당시 중동은 1973년 석유파동으로 막대한 재원을 마련하여 자국의 국내개발에 착수하였으나, 건설에 필요한 인력과 기술이 절대적으로 부족한 상태였다. 반면 당시 한국은 여러 차례의 〈경제개발계획〉을 추진하는 과정에서 건설사들이 대형공사를 시공해냄으로서 경험을 축적하고 시공기술을 크게 향상시켰으며, 건설장비 또한 대규모로 보유하게 된 상태였다. 그러나 점차 국내 건설수요가 감소하자, 건설업계는 기능과 기술 인력을 해외시장으로 내보내려던 시점이었다. 한국의 상황과 중동의 시장이 맞물리면서, 국내 기업들은 건설공사를 수주하기 시작하였고, 많은 건설기능 인력들이 중동으로 나가게 되었다.

민수가 중학교에 다니는 동안(1969년~1971년)에는 이밖에도 여러 사건들이 있었다. 미국의 아폴로 11호가 달에 착륙하여 닐 암스트롱과 버즈 올드린이 달 표면을 걸은 최초의 인간이 되었고, 닉슨 대통령의 명령으로 북베트남에 폭격이 재개되어 베트남전쟁의 막이 올랐다. 우간다에서는 쿠데타가 일어나 이디 아민이 정권을 장악하였다. 한국의 집권당인 민주공화당은 3선 개헌안과 국민투표법안을 국회에서 변칙적으로 통과시켰고, 야당인 신민당의 대통령 후보로 김대중이 나섰지만, 여당의 박정희 후보가 제7대 대통령으로 당선되었다. 서울의 와우아파트가 무너져 33명의 사망자와 40명의 부상자가 발생하였으며, 김지하의 담시 '오적'* 게재를 문제 삼아 당시 문화관광부가 월간지 '사상계' 등록을 취소한, 이른바 '오적필화사건'이 발생하기도 하였다. 전태일이 '근로기준법 준수'를 외치며 분신하였고, 외딴 섬에서 훈련받던 특수부대원들이 서울로 진입하여 군경과 교전하다가 사망한 '실미도 사건'도 있었다. 한편으로 경부고속도로가 개통되었고, 남북적십자사 회담, 이산가족 찾기 예비회담이 판문점에서 개최되었으며, 대한민국과 조선민주주의인민공화국 사이의 직통전화가 판문점에 개설되기도 하였다.

원서 내는 날. 담임은 호남 제일의 명문고인 제광고에 원서를 쓰라 했다.

'천추의 한을 풀 수 있는 기회, 내 인생에 하나의 금자탑을 쌓게 될 것이고, 황금 같은 학창시절을 보내게 될 것이다. 천하의 영재들과 자웅을 겨루는 가운데, 일류대학에 진학할 것이다. 그리고 사회 각계각층에 포진해있는 선배들의 도움을 받아 출세의 가도를 달릴 것이다.'

입시 당일. 찬란한 꿈을 꾸는 데 있어 어떠한 불길한 징후도

---

* 오적(五賊): 시인 김지하가 1970년 『사상계』 5월호에 발표한 장편 풍자시. 당대 권력층의 부정부패와 비리의 실상을 을사오적(乙巳五賊)에 비유해 비판하는 내용으로 이루어졌다. 여기서 말하는 오적이란 재벌, 국회의원, 고급관료, 장차관, 장성 등이다.

발견하지 못했다. 경쟁률은 예상보다 낮았고, 수험번호 역시 4번이 아니었다. 번호의 숫자들을 모두 합쳐 보았을 때, 한 끗 따라지*나 '망통'**이 나오는 것도 아니었다. 박씨가 부적을 달아주는 일도 없었고, 김씨가 바짝 붙어 심리적 압박감을 주지도 않았으며, 억지로 엿을 먹이는 사람도 없었다. 수면도 비교적 잘 취한 편이었다. 복도를 걸어갈 때, 삐걱거리는 소리가 들리고 책상과 의자가 모두 낡긴 했다. 하지만 오랜 세월동안 몸에 걸친 옷처럼 오히려 그것이 마음을 편안하게 만들어 주었다. 교실 안에서 떠들거나 까불어대는 아이도 없었고, 스스로 따돌림 받는 느낌이 드는 것도 아니었다. 낯익은 얼굴들이 더러 눈에 띈 때문인지 몸이 움츠러들지도 않았다. 열에 들뜬 것처럼 머리가 지끈거리거나 가슴이 답답해지지도 않았다. 시험 문제 역시 그다지 생소하게 느껴지지 않았다. 너무 쉬운 거 아닌가 하는 생각이 들었고, 그래서 도리어 어리둥절할 지경.

"내 아들이… 내 큰아들이 일류고등학교에 들어갔다네. 아따! 그노모 학교는 천재들만 들어간닥 안 헌가?"

"아이고, 니가 고상했다. 시상에, 오늘날 이런 낙을 볼라고, 내가 시방까장 살았는 생이다!"

기염을 토하는 김씨, 고단한 인생을 일거에 보상받은 듯 호들

---

* 한 끗 따라지: 화투판에서 받은 두 장의 끗수를 합쳤을 때 한 끗, 즉 제일 낮은 끗발인 1이 되는 경우.

** 망통: 화투에서 석 장을 뽑아 끗수가 10이나 20이 되는 경우. 대개 무효가 된다.

갑을 떠는 박씨, 부러운 눈초리로 쳐다보는 친구들과 환하게 웃는 천진한 선생님…. 아름다운 장면들이 손에 잡힐 듯 눈에 선했다. 기다리고 기다리던 합격자 발표일.

"내가 댕개 오마. 날 할라 추운디, 뭇 헐라 식구대로 고상해야?"

"그래. 느그 작숙(고숙) 말대로 해라."

중학교 입시 때 직접 발표장에 가보지 못한 것이 마음에 걸려 이번에는 두 눈으로 똑똑히 확인해볼까도 했었다. 그러나 어차피 합격했을 텐데 굳이 그럴 필요까지 있겠느냐는 자만심과 만에 하나 낙방했을 때 받을 현장에서의 충격을 감내할 자신이 없어 집에서 기다리기로 했다. 그러나 아침나절에 발표장으로 떠난 고숙은 한낮이 지나도록 감감무소식. 그러다가 해질 무렵에야 바람처럼 나타났다. 대문을 밀치고 들어오는 그의 눈은 충혈되어 있었고, 입에서는 술 냄새가 진동했다.

"나, 물이나 한 그륵 주소."

그것은 '불합격 통보'에 다름 아니었다. 머릿속이 하얘졌다. 기실 발표일이 다가오는 동안 불길한 예감이 들기 시작했고, 당일에 이르러서는 그 예감이 적중할지도 모른다는 불안감이 엄습했었다. 하여 내심으로 단단히 각오를 하고 있던 참이었다. 그럼에도 두 다리에 힘이 풀리고 가슴이 내려앉는 것은 어쩔 수 없었다. 비통해 할 박씨의 얼굴을 필두로 김씨와 천진한 선생님의 축 쳐진 어깨, 동생들과 친구들, 동네 사람들의 비아냥거리는 소리가 귓가에 들리는 듯 했다. 장밋빛 인생은 잿빛으로 변했고, 희망의 찬가는 절망의 비명으로 바뀌었다.

"까짓 것, 후기에도 조은 디 많고, 정 서운허먼 한 1년 더 공부해 갖고 들어가는 수도 있은 게. 너머 껵정헐 것은 읎넌디…."

아무 소리도 들리지 않았다. 아니, 듣고 싶지 않았다. 3년 전, 4년 전에 들었던 그 위로와 변명, 패자의 논리를 되풀이하여 귀에 담기가 싫었다. 다만 이것이 꿈이기를, 그리고 악몽이라면 빨리 깨어나기를 간절히 바랬다. 이불을 뒤집어쓰는 순간, 하사리 관정이 뿜어내는 맑고 투명한 지하수처럼 눈물이 솟구쳤다. 지하 200미터에서 올라오는 그 폭포수 한가운데 알몸으로 뛰어들어 괴성을 지르곤 했었다. 여름방학의 초입에 앞집 기표와 함께. 그리고 한낮에 달구어진 모래밭에 큰 대(大) 자로 누워 밤하늘의 별들을 바라보았었다.

'아! 이 우주는 얼마나 광대한가? 그런데 나는 왜 이 작은 세계에 갇혀 있을까? 나가야 한다. 더 넓은 세상으로 나가 의미 있고 가치 있는 일들을 해야 한다. 그리하여 짧디 짧은 내 인생에 이름 석 자라도 남겨야 한다!'

그렇게 하여 도전한 시간들이었다. 그렇게 하여 몸부림친 세월이었다.

'그런데 왜 이럴까? 몸에 맞지 않는 옷처럼, 세상은 왜 나에게는 어색한 걸까? 세상과 나는 서로를 받아들이는 일에 있어서 왜 이리 힘들어할까? 차라리 성적이 조금 더 못했더라면….'

더 열심히 했더라면 하는 후회보다도 눈높이를 낮추었더라면 좋았을 것이라는 아쉬움이 더 컸다. 그랬더라면 제2위의 일류고등학교에 진학할 수 있었을 텐데. 자괴감이 엄습해 왔다.

'특유한 고질병이 문제야. 평소에는 잘하다가 정작 본 게임에서 실력을 발휘하지 못하는 그 못된 버릇이 문제라고. 승리자에게는 성공의 무용담이 있고, 패배자에게는 실패에 대한 변명이 있게 마련이다. 그런데 나는 언제까지 구차한 변명만 늘어놓아야 하는가? 나는 언제쯤 승리의 노래를 부를 수 있단 말인가?'

연락이 닿았는지, 박씨에게서 전화가 걸려왔다. 모든 것이 팔자소관이니 다 잊어버리고 일단 하사리로 내려오라는 것. 터무니없는 요구라 여겨졌다. 이 판국에 고향이라니. 그곳을 만나기가 두려웠다. 또다시 실망한 얼굴들을 마주해야 하나 생각하니, 등골이 서늘해졌다. 동정의 낯빛도, 위로의 언사도 싫었다. 오직 한 마디, '모두들 저를 잊어주세요!' 그 말만 하고 싶었다. 물론 '모두' 속에는 호랑이도 포함되어 있었다. 이를 악물고 버티기로 맘먹었다.

그러나 곧이어 김씨의 독촉이 빗발쳤고, 그것을 견뎌내기란 불가능에 가까웠다. 결국 사흘이 안 되어 하사리 행 완행버스에 몸을 실었다. 청운의 꿈을 안고 오갔던 이 길, 반드시 성공하여 고향과 부모님, 선생님 앞에 우뚝 서겠노라고 수없이 다짐했던 이 길. 문장과 영광읍을 지나고 중앙교, 대전리를 거쳐 소봉메

언덕을 넘을 때마다 백마 등 위에 올라 알프스를 넘는 나폴레옹을 떠올렸었다. 위태위태한 터진게의 좁은 다리를 건너 좌우로 펼쳐진 드넓은 전답들을 바라보며 하사리 비포장도로를 달릴 때마다 "암행어사 출두야!"를 외치는 이몽룡을 꿈꾸곤 했었다.

'그런데 오늘 나는 이 길을 패배자의 몰골로 돌아가고 있다. 아, 나는 유럽을 정복한 나폴레옹이 아니다. 장원급제하여 금의환향하는 이몽룡도 아니다. 나는 그저 패배자일 뿐이다!'

박씨는 어김없이 사주팔자 타령을 해댔고, 김씨는 본래 머리 좋은 집안이 아니라며 자학성(自虐性) 발언들을 늘어놓았다.

"느그 성 왔넌디, 쳐다만 보냐?"

김씨의 핀잔에도, 민국은 빙그레 웃기만 했다. 속이 있는지 없는지, 한심하기는. 어렸을 때 녀석은 조용한 말썽꾸러기였다. 빨래방망이로 병아리들을 때려잡는가 하면, 목에 뱀을 칭칭 감아 온 동네를 돌아다녔고, 모래를 파 한입 가득 삼키기도 했다. 일찌감치 공부와는 담을 쌓았고, 웬만해선 부모님 말을 듣지 않았다. 그런데 적어도 오늘만은 녀석이 부러웠다. 누구로부터 기대 받는 일 없이, 아무 욕심이나 걱정거리 없이 유유자적하게 살아가는 그의 신세가 너무 부러웠다. 부모님 앞에 무릎이라도 꿇고 싶었다. 그러나 본래 마음을 표현하는 일에는 서툰 체질. 용서해 달라 빈다거나 무얼 해달라고 부탁하는 일 등은 애당초 거리가 멀었다. 대신 죽음을 떠올렸다.

'난 버러지 같은 인간이다. 한 달에 한 번씩 끙끙거리며 닭을 잡아주던 아버지, 광주행 완행버스에 오르기 직전 500원짜리 종이돈을 꼬깃꼬깃 접어 허리춤에 찔러주던 어머니, 밤잠을 설쳐가며 라면을 끓여주던 고모, 떠드는 자식들을 닦달하던 고모부…, 그들의 피와 같은 정성을 빨아먹고도 뱉어낼 줄 몰라 퉁퉁 부어버린, 한 마리 벌레이다. 동생들과 친구들, 동네 사람들 그리고 천진한 선생님의 기대를 저버린 채, 넘어진 제 몸 하나조차 가누지 못해 뒤뚱거리는 천하고도 천한 버러지일 뿐이다!'

칙간(뒷간)의 똥덩이 위를 슬금슬금 기어 다니는 구더기와 사각사각 뽕잎을 갉아먹는 누에가 떠올랐다. 잠자는 아이의 입 가장자리를 빨아대는 파리와 몸을 폈다 구부렸다 하는 굼벵이의 모습도 그려졌다. 사람들에게 혐오감을 심어주면서도 아등바등 생명을 연장하려는 그들의 몸짓이 가증스러워 보였었다. 그런데 자신이 바로 그들을 닮다니. 아니, 그들보다 더 못하다니.

기실 작년의 자살 시도에는 즉흥적이고 충동적인 데다 다소 애매한 구석이 있었다. 하지만 이번에는 사정이 다르다. 무엇보다 죽어야 할 뚜렷한 이유와 명분이 있다. 망연자실하여 가게를 지키는 박씨에게는 친구들과 딱 한 잔만 하겠다고 둘러대었고, 맥주 세 병을 얻어들고 사랑방으로 뛰어들었다. 외양간, 창고로 이어지면서 마당 서쪽에 기다랗게 지어진 새 건물, 새 방이었다. 김씨가 광주에서 '원정' 나오는 여자들과 양춤을 추기 위해 급히 지었다고 소문이 난, 동네에서 가장 큰 방이었다. 안으로 문을 걸어 잠근 채, 잔을 따랐다. 한 잔, 두 잔, 세 잔… 차가운 액체가 타고 내려가는 동안 목 부분이 얼얼했다. 나중에는 통증까지 느껴졌다. 무엇보다 한약재처럼 입에 쓴 것이 황당했다.

'맥주가 달다고? 시원하다고? 어른들은 모두 거짓말쟁이이다!'

그러다가 문득 '이 맥주 혹시 썩은 거 아닐까' 하는 생각이 들었다.

'설령 그렇다 할지라도, 이 모든 것을 참아내야 한다. 인내는 쓰다. 그러나 그 열매는 달다!'

연거푸 마셔댔다. 될수록 그침 없이, 급히 마시는 편이 효과에 좋을 것 같아 그렇게 했다. 두 병째를 비우고 나자 속이 매스껍고 얼굴이 화끈거리며 머릿속이 몽롱해졌다. 숨을 크게 들이마셨다. 컵을 부여잡은 손, 그 감각이 점점 무디어지기 시작했다.

'용하기도 하지. 죽어라 공부해도 낙방만 거듭하는 별종, 누구와도 닮지 않은 희한한 족속, 돌연변이가 분명한 이 김민수가 신체구조에 있어서는 보통의 인간들과 다를 바가 없다니….'

알코올의 효능이 유감없이 발휘되는 '정상적인' 신체가 신기하게 느껴지기까지 했다.

'이 말짱한 몸을 갖고서, 왜 나는 남에게 항상 뒤처지는가? 신체의 다른 부분은 모두 정상인데, 유독 머리만 특별하단 말인가?'

맥주병은 모두 비워졌다. 하지만 머리가 조금 띵할 뿐, 몸에는 어떤 징후도 나타나지 않았다. 예상대로라면 지금쯤 죽어 있어야 하는데, 방광만 잔뜩 차올라 견디기 힘들 지경. 꾹 참고 있으려니, 문고리가 덜컹거렸다.

“누구…야?”

“큰 성, 난디, 문 쪼까 열어 보란게.”

막둥이.

“뭐하려고?”

“딱지 찾으러 왔단게!…”

피식 웃음이 나왔다. 때와 장소에 어울리지 않는, 참으로 돌발적인 이 사태란 또 무어란 말인가? 위로 두 형제를 낳은 다음, 딸만 내리 셋을 본 김씨 부부에게 기적처럼 나타난 그 아이. 녀석이 아침저녁으로 두 통의 딱지 박스를 점검한다는 소릴 들었었다. 한 통은 2천 장, 다른 한 통은 2천 2백 장인데 누나들이 한 장이라도 빼 갈까봐 전전긍긍한다는 것. 민수는 누구보다 그를 사랑하고 아꼈다. 하지만 오늘은 그런 것 저런 것 따질 계제가 아니었다.

“저리 가거라.”

“안 해이. 내 딱지 내가야 헌단게는….”

“동네 나가서 놀아.”

옥신각신하던 끝에 이윽고 녀석의 달음박질 소리. 마지막 잔을 축배로 들었다.

‘한 번도 내 맘대로 살아 보지 못한 세상, 나의 자유의지로 이승의 삶을 마감하는 이 순간이 얼마나 아름답고 귀한가?’

그때, 부리나케 신발 끄는 소리가 문 앞에 당도했다. 이번에는 목소리의 주인공이 바뀌어 있었다.

"민수야. 싸게 문 쪼까 열어라."

"……."

"지발 문 쪼까 열어봐야. 시험이 다디야? 더 큰 일을 당허고도 산단다. 후기도 있고, 이담에 대학교도 있지 않냐?"

"어머니, 미안해요. 나는 죽어야 해요. 나는 살 필요가 없는 놈이라고요."

"시상에, 내가 시방 누구 땜시 사는디, 그런 소리를 허냐? 아무리 속아지가 읎다고, 부모 앞에서 죽는다는 소리가 어쭈코 입에서 나온디야? 차말로 이 에미 속 터져 죽는 꼴, 볼라고 그러냐? 느그 아부지 곧 들어올 때 되았는디, 혹시나 알면 어찔라고 그러냐?"

아버지? 아버지라. 언젠가부터 김씨에 대한 불만과 공포가 마음 한구석에 자리를 잡고 있었다. 하여 그 '엄포'는 효력을 발휘하지 못했다. 얼마 후. 또 다른 발자국 소리가 들리더니 이내 문이 흔들렸다.

"어이, 민수. 문 쪼까 열어 보소."

"…………."

"어이, 민수. 날세, 나. 경진이 형일세. 문 쪼까 열어 볼란가?"

경진이? 경진이라면, 1년 선배로서 염전에 사는 아이인데? 새를 잡으러 사촌형을 따라 갔다가 몇 번 본 적은 있었다. 그러나 그리 절친한 사이도 아니었다. 더구나 그의 형이라면 서로 얼굴도 모르는데? 나중에 들은 바로는 읍내에서 내려오는 길에 가게에 잠깐 들렸고, 눈이 빨개진 채 넋을 놓고 있는 박씨를 발견하고선 무슨 일이 있느냐고 물었단다.

"아제, 지발 우리 아들 쪼까 살래 주시오. 고등학교에 떨어졌다고…. 시방 술 먹고, 죽을란다고 저러코 있다요."

그 말이 끝나기가 무섭게 달려온 것이다.

"어이, 문 쪼까 열어보란게."

"……."

"내가 꼭 헐 말이 있은 게, 문을 열어 보란 말이시이."

"저리 가세요. 다 꺼지라고요!"

"제발 문 쪼까 열어보게나. 자네 부모님은 이쪽에서 젤 존경받고 계시는 분들 아닌가? 그런디 자네가 이러면 쓰겄는가? 착실히 공부 잘허고 순허다고 소문난 자네가 이 무슨 짓인가?"

"……."

틀린 말은 하나도 없었다. 하지만 이상하게 비위가 상했다.

"어이 민수. 내 자네 속을 다 아네. 나도 시험에 여러 번 떨어져 봤단게. 죽드라도 내 말 한마디만 들어보소. 1분도 안 걸린게 제발 문 쪼까 열어보소."

"……."

1분이라? 두 손으로 방바닥을 짚으며 간신히 몸을 일으켰다. 순간 다리가 휘청거리는가 싶더니 픽 쓰러지고 말았다. 아등바

등 일어나 맨 위쪽에 달려있는 돌쩌귀를 끌렀다. 순간 문이 확 열리며 그의 등 뒤로 눈물로 범벅이 된 박씨의 얼굴이 나타났다.

"…어머니."

"아이고…."

그녀는 큰아들을 붙든 채 울음을 터뜨렸다. 위로와 설득, 교훈의 언사들을 늘어놓은 후, 한참만에야 경진이 형은 돌아갔다. 앉은 채로 뒤로 벌렁 드러누웠다. 온몸이 탈진한 듯, 꼼짝도 할 수 없었다. 그러나 거짓말처럼 마음은 평온했다.

'아! 내가 살아났구나.'

생뚱맞게도 삶의 환희가 밀려왔다. 그러나 그것도 잠시.

'결국 또 한 번의 해프닝으로 끝났구나. 왜 내 인생은 늘 이 모양일까? 왜 나란 놈은 죽는 일에도 늘 실패하는 걸까? 시간이 지날수록 내 목에는 패배의 기록이 주렁주렁 매달리겠지. 훈장처럼. 과연 이 치욕의 역사를 부둥켜안은 채 얼마의 세월을 버텨야 하는가? 이 세상 속에서 더부살이하기 위해 또 얼마나 더 몸부림을 쳐야 하는가?'

눈치를 살피던 박씨. 안도의 한숨을 내쉰 다음, 전매특허인 넋두리를 쏟아놓기 시작했다. 민수는 드러누운 채 천장만 응시했다. 동서남북으로 반듯하게 연결된 무늬를 살펴보는 일은 평상시 습관이자 취미였다. 가로와 세로, 그리고 대각선으로 연결된 사각형의 수가 꼭 들어맞는지 꼼꼼히 살펴보는 것이다. 그런데 암만 봐도 감탄할만한 도배기술이 아닐 수 없었다. 양춤을 추러

오는 광주 여자들에게 잘 보이려 그랬을까? '이 방만큼은 절대로 흐트러져서는 안 된다.'고 하는 김씨의 굳은 의지가 반영된 것이리라. 다만 옥에 티처럼 구석 쪽 끄트머리에 비틀어진 무늬 하나가 있었으니.

'어쩌면 네 신세가 나와 꼭 닮았구나. 삐뚤어지고 튀어 나오고 불거짐으로 말미암아 이웃들에게 늘 불편을 끼치는, 그런 모양 말이다. 하지만 그것이 어디 네 죄겠느냐? 그렇지. 너에게는 죄가 없다. 아니, 너는 꼭 필요한 장소에 꼭 필요한 모양대로 있을 뿐이다. 반으로 잘리고 삐뚤어지게 자리를 잡은 까닭 역시 전체를 위함일진대, 그 누가 너를 못생겼다고 말하느냐?'

하사리에서 영광읍을 거쳐 온 완행버스는 함평 손불면의 한 언덕배기에 분노와 좌절로 뒤범벅이 된 한 사춘기 소년을 내려놓았다. 그 소년은 자석에 이끌리는 쇠붙이처럼 한곳을 향해 걸었다. 하얀 눈길 위를 지나 대나무 숲에 둘러싸인 기와집 대문 앞에 섰고, 외양간이 딸린 사랑방으로 안내되었다. 소년은 초등학교 은사 앞에서 담배 한 개비를 피워 물었다. 난생 처음 피워본 담배, 그 연기를 감당하지 못해 소년은 연신 콜록거렸다. 아랫목에서 그 광경을 물끄러미 바라보던 호랑이가 반항아가 되어 돌아온 제자 앞에 슬그머니 재떨이를 들이밀었다. 둘은 한동안 아무 말도 하지 않았다. 키가 훌쩍 커버린 소년은 재떨이에 담배를 비벼 끈 다음, 온다 간다 말도 없이 집을 나왔다.

인생의 겨울을 만나 죽기를 각오할 때마다 그가 생각났었다. 그를 만나지 않으면 가슴이 터질 것 같았고, 막상 그를 만나면 할 말이 없었다. 그래서 당황스럽고 화가 났다. 그래서 미칠 것만 같았다. 그의 기대를 채워주지 못하는 자신이 미웠고, 자신에게 짐을 지우는 그가 미웠다. 그에게 따지고 싶어, 반항하고 싶어, 제발 자신을 놔두라고 항의하고 싶어 찾아갔었다.

'나는 이런 놈이어요, 이런 놈에게 왜 기대를 거셨어요? 왜 나 같은 놈에게 장래 꿈을 갖게 하고 포부를 품게 하셨어요? 책임지지도 못 하시면서 왜 그러셨냐고요? 왜 나를 자꾸 속박하셨어요? 그래서 얻은 게 뭔데요? 아무 것도 없잖아요?'

8. 역사의 소용돌이 속에서

'후기 고등학교는 서울로 가야 한다. 나에게 늘 절망을 안겨주는 곳, 나 김민수를 패배자로 기억하는 곳, 일류고의 배지를 단 친구들과 마주치기 십상인 광주를 떠나야 한다.'

이렇게 맘먹고 시흥동 언덕배기의 작은이모집에 들렀다. 하지만 '눈뜬 사람 코 베어 간다'는 사람들이 무서워, 새벽부터 내딛는 발걸음 소리가 겁이 나, 아니 '김민수'라는 존재 자체를 깡그리 무시하는 그 눈초리들이 싫어 포기하였다. 수험표 배부 전날 초저녁, 목포행 호남선 야간열차를 타고 내려오다가 송정리를 그냥 지나쳐 영산포까지 떠내려갔다. 그리고 아침 완행버스로 광주로 올라왔다. 물론 고숙이 미리 접수해놓은 덕분에 수험표는 받을 수 있었다. 그리고 대강대강 입학시험을 치러 합격통지서를 받아냈다.

하지만 전기고 낙방에 따른 좌절과 열등감은 쉬이 가시지 않았고, 또 하나의 도전을 위해 3년을 준비해야 한다는 사실이 명치(가슴뼈 아래 중앙의 오목하게 들어간 곳으로 급소의 하나) 끝을 눌러왔다. 우수반에 편입되었다는 사실 역시 노력에 대한 대가치고는 너무 적다 여겨졌다. 그러기에 애초부터 학교생활에 충실하고 싶은 생각일랑은 없었다. 그것은 '이류인생'임을 스스로 인정하는 꼴이 될 것이기에. '모범생'이랄지 '노력'이랄지 '공부'라는 말에 신물이 났다. '미래'라거나 '꿈'이라거나 하는 단어들에도 물리고 질렸다. 천진한 선생님의 존재도 점점 희미하게 느껴졌다.

'나를 전폭적으로 믿고 신뢰해준 선생님이 있기나 했던 걸까?'

교감선생님이 동급생 모두를 '신홍의 별'이라 불러주어도, 담임선생님이 '전교에서 아이큐가 제일 높게 나왔다'며 자신을 가리킬 때에도 속으로는 콧방귀를 뀌었다. 월말고사를 본다고 하여 코웃음을 쳤다.

'학교시험 잘 본다 한들, 무슨 소용이 있어? 중요한 건 입학시험이야. 연습경기보다는 본 게임에 강해야 한다고. 나는 고질병을 고쳐야 해. 평소에 잘하는 건 아무 의미도 없다고.'

장난삼아 치른 3월말고사에서 하위권으로 추락했다. 아예 시험을 망쳐보자고 독하게 맘먹은 4월말고사에서도 이상하게 꼴찌는 면하였다. 꼴찌에서 두 번째라니. 세상에! 자신보다 못한 아이가 있다니. 두렵지도 않고 부끄럽다는 생각도 들지 않았다. 어떤 성취감마저 느껴졌다. 그러나 성적순으로 자리가 배치된 것은 뜻밖의 사태가 아닐 수 없었다. 제일 앞자리의 중앙에 꼴찌와 나란히 앉아 담임선생님의 집중공격을 받는 일은 예상치 못한 수치이자 고통이었다. 결국 중간고사에서는 반에서 5등을 달성하였고, 좌석은 중간으로 배치되었다.

민수가 고교에 재학하는 동안(1972년~1975년) 여러 사건들이 있었다. 유신체제가 선포되면서 제4공화국이 출범하였고, 그에 맞서 야당과 재야 운동권을 중심으로 반(反)유신 민주화운동이 전개되었다. 제3공화국이 종식됨과 동시에 초헌법적인 제4공화국, 유신체제가 개막함에 따라 통일주체국민회의가 발족하였고, 이른바 '체육관 선거'를 통하여 제8대 대통령에 다시 박정희가 선출되었다. 한편으로, 정부는 새마을운동 계획안을 채택하였고, 남북 사이에는 적십자회담이 열렸다. 이 무렵 미국이 베트남전쟁에서 손을 떼었고, 닉슨대통령은 중화인민공화국을 공식 방문하여 미·중의 관계가 급속도로 가까워졌다. 반면, 미국 민주당 선거사무실에 괴한들이 잠입하여 도청장치 설치를 시도함으로써 이른바 '워터게이트 사건'이 일어나기도 했다. 1972년 서독에서 뮌헨 올림픽이 개막되었지만, 선수촌에 팔레스타인 PLO계 과격파 무장단체 '검은 9월단'이 침입하여 이스라엘 선수단 숙소를 점거했다. '평화의 제전' 올림픽이 피로 물들게 된 사건이다. 1973년에는 김대중 납치사건이 일어났고, 1974년 8월 15일 광복절 기념 행사장에서 재일교포 문세광이 박정희 대통령을 살해하려다 대통령 부인 육영수가 저격을 받아 사망하는 사건도 있었다.

고3. 그 이름은 고통의 무게로 청춘을 짓눌러 왔고, 그리하여 젊음은 둥지 안에 갇힌 새의 꼴이 되었다. 유보된 청춘이요, 볼모 잡힌 젊음이라고나 할까. 학기 초가 되자 '입시'라는 말이 들려오기 시작했고, 그때마다 상처를 들쑤신 듯 통증이 전달되어 왔다.

2학년 가을 무렵 옮겨온 하숙집은 풍향동의 양지바른 언덕배기에 자리하고 있었다. 대문채에는 방 하나와 헛간, 재래식 변소가 딸려 있었고, 정원에는 갖가지 수목들이 가득했다. 온갖 과실나무와 꽃가지들에 물이 오르는 봄이 지나고, 뜨거운 태양을 빨아들이는 계절이 다가올 무렵. 탐스러운 석류 열매가 보는 이의 입에 침을 괴게 하고 예닐곱 살짜리 아이의 주먹만한 감들이 주렁주렁 매달렸다.

대문에서부터 시멘트 길로 이어진 본채는 네 칸짜리 한식 기와집. 남쪽으로 향한 방이 세 개인데, 한가운데에 자리한 대청은 그 아래에 지하실을 파고 다시 그 위를 덮어 방을 두 개로 늘려놓았다. 동편에는 탱자나무가 울타리를 이루고 있는 포도밭이었던 바, 그 넓이는 가히 축구장만 했다.

'도시 한복판에 어찌 이리도 넓은 땅이 있을까? 그리고 과연 누가…?'

그곳을 가꾸는 이는 다름 아닌 주인아저씨였다. 야윈 몸에 작달막한 키를 가진 그는 흔히들 도시 사람들에게서 풍기는 세련미와는 거리가 멀었다. 새까맣게 그을린 얼굴, 마디가 굵은 손가락, 어눌한 말씨, 순진한 표정과 해맑은 웃음은 순박한 농부의 풍모 그대로였다. 서편에 딸린 부엌을 삥 돌아가노라면 북쪽으로 임시로 늘려놓은 두 개의 방이 붙어 있었고, 민수는 그 중 하나에 기거하는 중이었다.

'쾌적한 환경도 갖추어졌으니, 각오를 새롭게 하자. 다시 한 번 운명에 도전장을 띄우는 거다. 인생은 단거리 경주가 아니고 마라톤이라고 하지 않았던가?'

6월초. 햇볕이 들지 않는 데다 옆방 학생들이 너무 떠든다 하여 남향의 대청으로 방을 옮겼다. 본래 마루였던 곳의 흙을 파내어 지하에 방을 만든 다음, 나무 계단을 통하여 오르내릴 수 있게 해놓은 곳. 특히 이 지하방을 하숙생들은 즐겨 찾았다. 조용하여 라디오 음악을 감상하거나 책을 읽기에도 좋았고, 무엇보다 어두컴컴하여 늦잠이나 낮잠을 즐기기에 안성맞춤이었기 때문이다. 아무리 떠들어도 밖으로 소리가 새나가지 않는 점 역시 큰 매력 중의 하나였다. '공부에 열중해야 한다' 하면서도 민수는 이곳에서 하숙생들과 잡담을 나누거나 화투놀이로 시간을 보내는 때가 종종 있었다.

7월 초순의 어느 일요일 아침. 늦잠에 취하였다가 배가 고파 눈을 떴다. 목에 수건을 두른 채 섬돌에 발을 내려딛는 순간, 어디에선가 인기척이 느껴졌다. 서편 이웃집 장독대 위에 어떤 여학생 하나가 서 있었다. 담과 담 사이에 밭 하나를 두고 있는 그 집에 대해 그동안 관심조차 기울이지 않던 터였다. 그러나 장밋빛 스카프를 두른 그녀를 발견하는 순간, 망치로 얻어맞은 듯 심한 충격을 받았다.

대문채 옥상에서 빨래를 널고 있는 그녀의 얼굴을, 태양은 백설같이 희게 만들었다. 까만 머리칼을 질끈 동여맨 장밋빛 스카프는 애교의 상징처럼 보였고, 짧은 치마 아래로 드러난 하얀 종아리는 열아홉 살 머슴애의 가슴을 무자비하게 후벼 팠다. 칫솔을 입에 문 채, 그 자리에 얼어붙고 말았다. 세수하려던 것조차 까맣게 잊었다. 바지런히 손을 놀려 대야에 담아온 옷가지를 빨래 줄에 걸쳐놓은 다음, 그녀는 내려갈 채비를 차렸다. 나풀거리지 않도록 치마 가장자리를 움켜 쥔 손이 앙증맞기 그지없었다. 조심조심 계단을 내려오는 자태는 한국 여성의 아름다움을 그대로 보여주고 있었으니.

"쩌기… 아줌마. 옆집에 여학생들이 많은가 봐요?"

"글씨. 싯인가 닛인가? 좌우간 구물구물해. 근디 어째서 물어봐?"

"아니요. 그냥…."

"학생 아부지가 나한테 신신당부 허시던디, 대학은 꼭 서울로 가야 헌다고 헙디다. 그 어디…드라? K댄가 S댄가 그랬싸시던디. 그런디 시상에, 벌써부터 여학생들한테 눈이나 돌리고 그러먼,

장차 어쩔라고 그러요?”

애당초 말을 꺼낸 것이 잘못이었다. 작은 눈에 두툼한 입술, 커다란 엉덩이, 뒤뚱거리는 걸음걸이 등 어느 모로 보나 ‘아름다움’과는 거리가 멀어 보이는 그녀가 오늘따라 유독 밉살스럽다. 풀리지 않는 궁금증으로 하루 종일 애가 탔다. 그냥 잊어버릴까 생각도 해 보았다. 하지만 장밋빛 스카프가 끝내 뇌리에서 지워지지 않았고, 며칠 동안 하얗게 밤을 지새우고 말았다.

이튿날 저녁, 다짜고짜 만나 한 달만 사귀자 했다. 하지만 그 약속은 지켜지지 않았다. 여름부터 거의 매일 만나다시피 했고, 그 사이에 예비고사를 통과하였고 본고사마저 치른지 1주일이 지나 있었다. 가을에는 하숙집 아주머니의 눈을 피해 우산동 언덕배기 하숙집으로 이사까지 한 터였다. 그리고 오늘 그 모든 것에 대한 최종 심판이 내려질 예정이었다. 그동안 둘의 데이트 장소가 되어 주었던 시청 옆 제과점이 과연 낭보를 전달받는 행운의 장소가 될 것인가, 아니면 비보에 눈물을 흘리는 비극의 현장이 될 것인가? 그것은 오직 입시발표장에 다녀오는 수진의 입에 달려 있었다.

‘지난날의 패배를 되풀이할 것인가 아니면 질기고도 질긴 저주의 사슬을 끊고 창공을 향해 비상(飛上)할 것인가?’

우유 한 잔을 마신 후, 엽차만 벌써 석 잔째. 난로 위에서 끓고 있는 주전자의 물을 스스로 따라 마셨다. 단골손님에 대해 싫은 내색을 할 수 없는 여주인의 입장을 생각하니 조금은 미안했다.

'아니, 이 중요한 순간, 사소한 일에 신경을 쓰다니.'

자신의 소심함이 늘 불편했었다. 중고등학교 입학시험을 치르던 날. 옷 때문에 스트레스를 받는다거나 다른 아이들의 거친 행동 때문에 정신집중이 되지 않는다거나 하는 것도 돌이켜 보면 참 속상할 일이었다.

'그러나 바로 오늘, 내 인생에 새로운 세계가 열린다. 합격증을 받아든다면, 대학생이 된다면 머리를 기르고, 구두를 사고, 멋진 양복을 하나 맞출 거다. 그리고 극장이나 다방에도 실컷 가보고….'

만일 낙방한다면? 그 후의 일은 상상하기조차 싫었다. 못미더워하는 담임선생님에게 '철학과가 아니면 대학에 가지 않겠다'고 고집을 피워 밀어붙인 입시가 아니었던가? 돌아보면 몇 가지 걸리는 부분이 있긴 했다. 열 과목도 넘는 중에 화학과 상업부기는 아예 포기했었다. 하지만 그것은 1차에서 통과한 예비고사에 한정되었으니 별 문제는 없을 것 같고. 문제는 수학인데. 초등학교 때부터 산수는 늘 자신 있어 하는 과목이었다. 그러나 고교 2학년 때 담임선생님으로부터 호되게 맞은 다음부터 흥미를 잃고 말았었다. 머릿속에 담아버리면 된다 여겨 노트정리를 등한히 했던 것인데, 하필 수학을 담당했던 담임에게 걸려 몽둥이로 죽지 않을 만큼 얻어맞았으니.

'아무리 그렇더라도 노트정리하지 않았다는 이유로 그토록 무

자비하게 패다니. 그건 교육이 아니라, 폭력이야 폭력. 교실폭력….'

돌아보면 쉽지 않은 고교시절이었다. 수많은 시간, 시간들 속에서 분노하고 좌절하고 인내하며 오늘을 기다려왔다. 연거푸 물을 마셔댔다. 불안과 초조, 흥분과 스릴이 교차하며 몸은 지치고 정신은 몽롱해졌다. 멍하니 바라보던 눈길 앞에 꿈결인 양 긴 머리 소녀가 하나 나타났다. 수진! 유리문을 밀치고 들어오는 표정을 살피느라 눈도 깜박이지 않았다. 그런데 그녀는 웃고 있지 않았다.

'아! 오늘도 틀렸구나.'

가슴이 철렁 내려앉았다. 패배의 아픔이 얼마나 크다는 것을 이왕에 경험한 바에야 그 쓰라린 상처가 또 한 번 들쑤셔졌다.

"축하해!"

잡다한 생각들을 단번에 몰아내버린 그 한마디. 장난기마저 감도는 그녀의 얼굴에서 민수는 차라리 어떤 허탈감 같은 것을 보았다. 뒤이어 몰려오는 삶의 희열. 세상에! 이런 일이 나에게 일어나다니. 몸이 공중에 붕 뜬 느낌. 서둘러 계산을 마치고, 제과점 문을 나섰다. 주인여자의 축하한다는 말도, 잘 가시라는 인사말도 귀에 들어오지 않았다. 탐스러운 함박눈 속에서 환호와 박수소리를 들었다. 하사리로 향하는 완행버스. 가슴이 뛰었다.

'아, 그래. 난 오랜만에 이몽룡, 나폴레옹을 닮아 있구나. 지금 나는 금의환향하는 중이라고.'

"오메이! 내 새끼 잘했다 잘했어."

박씨는 말을 잇지 못했고, 김씨는 연신 코를 벌름거렸다. 축하 사절단 속에는 사촌형 민식도 끼여 있었다.

"라디오방송에서 합격자 발표헌다길래 귀를 고누고 있었넌디, 요상허게 니 이름 나오는 대목에서 한참 멈칫멈칫허드라고, 그래서 떨어져버렀다냐 했데이, 난창에사 나오드라고."

"난 신문에만 난 줄 알았는데, 방송까지 탔어?"

하사리에서 대학생이 나오는 것은 그리 흔한 일이 아니었다. 유사 이래 최초의 대학생은 김씨였다.

"그때는 광주서 여그 하사리까장 걸어 댕기든 시절인디, 아침밥 먹고 출발허먼 해질 꼬시래나 당도헐 것이다. 근디 인자 꺼문 망또를 걸치고 사각모를 딱 쓰고 지내가먼, 빨래허든 처녀들이 다 쳐다보고 그랬그든."

한껏 자기자랑에 열을 올리는 그 앞에서 "그때 '먹고 대학생*' 이라는 말이 유행했었지요?"라는 말은 차마 하지 않았다. 그 다음 타자는 육촌 당숙뻘인 원형 아제. 일찍이 부모님을 여읜 그는 친척들의 도움을 받아 어렵사리 대학을 졸업했다. 그럼에도 벌써 젊은 나이에 대학교수가 되어 있었으니.

---

* 먹고 대학생: 중고등학교에 비해 수업시간이 적어 늦게 등교하여 일찍 돌아오는 대학생의 모습을 희화화한 말. 혹은 많이 배운 대학생이 천한 일은 하기 싫고 좋은 직장은 시험을 봐야 들어감으로 그냥 집에서 노는 사람을 가리켜 붙인 이름. 밥이나 술만 먹고 돌아다니는 사람을 가리키기도 함.

민수가 대학에 들어갈 무렵인 1975년 3월. 월남이 패망하면서부터 정부는 안보를 '빙자'하여, 정국을 공포의 분위기로 몰아갔다. 미국과 우방의 전폭적인 지원에도 불구하고 월남이 망한 것은 군사력이 아니라, '내부의 적' 때문이라며 호들갑을 떨었다. 유신헌법을 반포한지 3년째 되는 해. 집권당은 정권말기적인 이상 징후를 보이며, 국민들을 볼모로 자신의 집권을 영속화하기 위해 온갖 '음모'를 획책하고 있었다. 거기에는 "유언비어의 날조, 유포 금지, 집회 시위 또는 기타 통신에 의해 헌법을 부정하거나 폐지를 청원하는 행위를 금지"하는, 이른바 〈긴급조치 제9호〉 선포도 들어있었다.

그러나 민수의 경우. '박정희 대통령을 존경하는' 아버지 김씨의 입장에 전적으로 동조하는 편이었다. 더구나 지금은 김씨가 공화당 국회의원 박인규의 도움을 받아, 군기관장(영광군농업협동조합장)에 취임한 지 얼마 되지 않은 때였다. 대학졸업 후 고향 하사리에서 농민운동을 시작하였고, 백수농협 상하사리 지소를 만들어 초대소장을 지냈다. 40대 초반에 민주공화당 영광 장성 함평지구당 수석부위원장이 되고, 수년 동안 국회의원 선거일을 돕다가 이번에 기회를 포착한 것. 부하직원 200명의 인사권을 거머쥐고 12명의 면(面) 단위 조합장들을 임명할 수 있는 자리, 권한만 있고 책임은 아랫사람(전무)이 지는 자리, 기사 딸린 고급 승용차가 제공되고 한 달 판공비로 국립대학 등록금의 다섯 배가 넘는 액수가 지급되는 자리였다. 더욱이 김씨에게는 '전국최

연소 군농협장'이라는 타이틀까지 따라붙었다니.

'아! 이제부터 우리 집 운이 트이려나 보다. 경제도 좋아지고….'

수익성이 높은 땅콩밭 외에 벼논의 경작지도 동네에서 가장 넓었고 가게의 수입 또한 쏠쏠했다. 가운(家運)이 융성하는 중, 상하사리 역사상 최초로 군(郡) 기관장의 직책을 거머쥔 김씨에 대해 자랑스러워하고 있던 참에, 술만 마시면 민주주의가 어떻고 자유가 어떻고 떠들어내는 녀석들이 좋아 보일 리 없었다. 나라와 민족을 걱정하는 것으로 말하면, 김씨도 남에게 뒤지지 않을 거라 믿었다.

새마을운동으로 보릿고개*를 넘어섰다고 하는데도, 아직 배곯는 백성들이 도처에 널려 있었다. 1960년대의 형편없는 경제상황을 개선해보기 위해, 박정희 대통령은 독일에서 차관을 들여와 경제개발을 추진하고자 했다. 하지만 마땅히 담보로 세울 것이 없었다. 고육지책으로 독일에 광부와 간호사들을 보내고, 그들의 월급을 담보 삼아 차관을 들여오기로 했다. 한편, 독일은 제2차 세계대전 이후 '라인 강의 기적'으로 불리는 놀라운 경제성장으로 인해 노동력이 부족해지는 사태를 겪고 있었다. 이러한 두 나라의 이해(利害)관계가 맞아떨어져 파독산업전사(派獨產業戰士)들이 생겨난 것이다. 광부와 간호 인력이 조국으로 송금한 돈은 연

---

* 보릿고개: 지난 가을에 수확한 양식은 바닥이 나고, 보리는 미처 여물지 않은 5~6월(음력 4~5월). 농가생활에 식량사정이 매우 어려운 고비.

간 5천만 달러로, 그 당시 한국 GNP의 2%에 이르렀다. 또한 서독 정부는 이들에게 제공할 3년 치 노동력과 임금을 담보로, 1억 5천만 마르크(당시 3천만 달러)의 상업차관을 한국정부에 제공했다. 바로 이것이 '한강의 기적'을 일구는 종자돈이 된 것이다.

민수는 대학 3학년에 올라가면서 ROTC에 입단했다. 여기에는 두 가지 이유가 있었다. 첫째는 병역기피를 한 아버지 김씨의 몫까지 두 배로 병역의무를 감당하고자 하는 '갸륵한' 애국심이었고, 또 하나는 '호랑이'가 그렇게도 성가시게 했던 '내성적인 성격'을 개조해보려는 목적이었다. 경쟁률은 3대 1이었고, 지원 자격은 평균학점 B 이상이었다. 여기에 간단한 군사학 시험과 신체검사, 체력장, 그리고 신원조회로 선발이 결정되었다.

겨울바람이 매서운 2월 말. '완전히 두발을 깎고, 교련복과 운동화 차림으로 모월 모일 모시까지 학군단 앞으로 집합하라!'는 최초의 명령이 떨어졌다. 이른바 AT(Animal-Training)훈련이 시작된 것이다. 인간이 아닌 '동물'로서, 훈련이 아닌 기합을 받는 것이다. 열흘 동안 매일 새벽 4시, 찬바람을 가르며 황토 운동장에 모여든 까까머리들은 선착순 달리기로부터 팔굽혀펴기, 제자리에서 쪼그려 뛰기, 통닭구이, 대변보는 자세로 신문보기, 높은 포복, 낮은 포복 등 온갖 종류의 '얼차려'를 받았다. 하지만 고진감래(苦盡甘來)라 했던가? 정식으로 입단한 후로는 장교후보생으로서의 자부심과 긍지가 생겼다. 지성미 넘치는 대학생의 신분인 데다 '국제신사'라 일컬어질 만큼 우아한 복장에 절도 있는 걸음걸이, 몸에 밴 에티켓 등이 처녀들의 마음을 흔들어 놓고도 남을 거라나? 더욱이 전역할 무렵이면 '학군장교 출신을 특별히 우대한다'는 유수 기업체의 취업 원서가 날아든다는 데야.

물론 '후보생'이 '장교'가 되어가는 과정은 녹록치 않았다. 선배와의 회식 때에는 두 홉 소주병을 단숨에 들이켜고 거리에 나가 30분 안에 아가씨 한 명씩을 붙들어오라는 황당한 명령을 받았고, 대학본부 건물 앞 아스팔트 도로 위에서 M1 소총을 끌어안은 채, 팔꿈치와 무릎 안쪽을 이용하여 땅바닥을 포복해가기도 했다. 여름방학 4주간의 향토사단 입소 병영훈련에서는 사병 수준의 훈련을 받아야만 했다. 섭씨 30도를 오르내리는 콘셋 막사와 반드시 얼차려를 받고 나서야 주어지는 잔밥(짠밥), 오전 6시 기상으로부터 밤 10시 취침시간까지 쉴 틈 없이 돌아가는 훈련과 얼차려, 몸서리쳐지는 점호와 눈꺼풀이 내리감기는 불침번 근무, 구대장들의 호통소리 등.

악명 높은 유격훈련. 조식을 마치자마자 훈련장까지 4킬로미터 비포장도로 위를 숨 가쁘게 달려갔고, 각설이들의 누더기 옷으로 오전 네 시간 동안 숨 돌릴 틈 없이 PT체조를 해댔다. 내리쬐는 태양 아래 바람 한 점 없는 언덕 위에 앉아 뜨거운 된장국에 잔밥을 말아 타는 목구멍 속으로 점심을 쑤셔 넣었고, 오후에는 '눈물 고개'를 넘어 장애물코스를 통과했다. 물먹은 솜이 되어 돌아온 후보생들, 이들을 기다리는 것은 종일 햇볕에 달구어진 막사와 후끈후끈한 실내의 열기였다. 밤 9시 점호가 끝나고 지친 몸을 자리에 막 누이려는데, 또다시 비상이 걸렸다.

“모든 관물을 모포 한 장에 담아 팬티바람으로 연병장에 집합하라!”는, ‘산타클로스’와 ‘빤빠라(팬티 바람)’가 결합된 최악의 기합이었다. 후보생들은 한여름 밤에 ‘징글벨’을 소리 높여 불렀고, 곧이어 ‘울려고 내가 왔나’, ‘어머니 은혜’를 눈물과 함께 집어삼켰다. 막사로 돌아와 관물 정돈을 마치려는데, 또다시 비상소집.

이번에 순서를 기다리고 있는 것은 그 유명한 모기회식. 팬티바람으로 연병장에 다시 모인 후보생들은 서로 팔이 닿지 않을만큼 충분한 간격(2미터)을 유지한 다음, 양팔을 어깨 높이로 들어 두 시간을 버티었다. 얼굴과 양쪽 팔, 허벅지, 발목, 손목, 사타구니, 코끝 등 장소를 가리지 않고 무차별적으로 공격해오는 모기떼, 속수무책으로 피를 빨려야 하는 야만적인 기합이 이 땅에 존재하고 있었던 것이다!

“소대장님! 오늘이 80년대가 시작되는 첫 날입니다.”

육군소위로 임관하여 광주 상무대에서 16주의 훈련을 받고 작년 여름, 전방사단에 배치되었었다. 그리고 지난해 초겨울부터 경기도 연천의 현가리 전차사격장에 소대장으로 파견 나와 있는 중. 초소는 전차와 타깃과의 사이에 놓인 둔덕(가운데가 솟아 불룩하게 언덕이 진 곳) 바로 아래에 위치해 있었고, 임무는 탱크들의 사격훈련으로 말미암아 피해를 입는 일이 없도록 민간인들의 출입을 통제하는 것이었다.

작년 가을 무렵. 부산과 마산에서 수백 명의 시민들이 반정부 시위를 하다가 탱크에 깔려죽었다는 '유언비어'가 나돌고 있었다. 이른바 부마사태(부마민중항쟁). 민수가 임관한 1979년은 백두진 파동*과 박정희 대통령 취임 반대운동으로 한 해가 출발했다. 그 뒤를 반정부인사들에 대한 연행과 체포, 고문과 연금 등 강압정책이 잇따르고 있었는데, 이 와중에서도 야당과 재야세력의 저항은 그 어느 때보다도 고조되어 가고 있었다. 그러다가 마침내 10월 부산 및 마산 지역을 중심으로 유신독재에 대한 반대 시위사건이 벌어진 것이다.

부마민중항쟁은 같은 해 5월, 신민당 전당대회에서 김영삼이 총재로 당선된 일로부터 비롯되었다. 이어 9월 김영삼에 대한 총재직 정지 가처분 결정, 10월 김영삼의 의원직 박탈 등의 사건이 이어지자 신민당 의원 66명 전원이 사퇴서를 제출한다. 그럼에도 공화당과 유정회 합동조정회의에서 '사퇴서 선별수리론'이 제기되자 부산 및 마산 지역의 민심이 크게 요동친다.

10월 16일 부산대, 동아대 학생 6천여 명의 시위대는 파출소, 경찰서, 도청, 세무서, 방송국 등을 파괴하였고, 마침내 마산 및 창원 지역으로까지 시위가 확산되었다. 이에 정부는 이 지역에

---

* 백두진 파동: 박정희 대통령이 당시 차지철 경호실장의 건의를 받아들여 유정회 국회의원 백두진을 국회의장에 내정한 것에서 발단이 되었는데, 맨 처음 격렬하게 반대하던 신민당은 여권의 협박에 못 이겨 굴복하고 만다. 이 일은 김재규 중앙정보부장과 차지철 경호실장이 처음으로 갈등을 빚은 사건이라 할 수 있다.

비상계엄령을 선포하고 공수부대를 동원하여 강도 높은 진압을 단행하였다. 이 때문에 부마사태는 적어도 표면적으로는 단시간에 진압되었다. 그러나 불과 1주일이 안 되어, 더 큰 비극을 촉발시켰으니.

이른바 10.26 사태는 1979년 10월 26일 밤 7시 40분 무렵에 서울 종로구 궁정동 중앙정보부 안가*에서 중앙정보부 부장 김재규가 대통령 박정희를 살해한 사건을 일컫는다. 1961년 5·16 군사정변과 1972년 10월 유신 선포로 18년 동안 권위주의 통치를 이어오던 박정희 정부는 그 부작용을 사회 곳곳에서 분출시키고 있었다. 자원이 빈약한 한국의 처지에서 수출주도형 고도성장 전략이 급속한 경제성장을 가져온 것은 사실이지만, 그것은 노동자와 농민의 상대적 희생을 전제로 한 것이었다. 1979년 소비자 물가가 하늘 높은 줄 모르고 치솟는 상황에서, 이들의 생존권 요구는 민주화에 대한 열망과 함께 거세지고 있었다.

이러한 때에 미국의 카터 행정부는 미군철수라는 카드를 이용하여 한국의 인권상황을 개선하려 하였다. 하지만 결과적으로 한·미 간의 갈등만 키워놓고 말았다. 이에 자극을 받은 박정희 대통령은 자주국방을 달성하기 위하여 핵무기를 개발하려고 시도하였던 바, 이에 대한 미국의 우려는 점점 커져가고 그 중심인 박정희 대통령의 존재에 대해 극도로 신경이 예민해져 있었다.

---

* 안가(安家): 안전가옥의 준말. 특수정보기관 등이 비밀유지를 위해 이용하는 일반 집.

이에 박동선 사건(1976년 박동선이 미국 의회에 거액의 로비자금을 제공한 사실이 보도됨으로써 시작된 한미 간의 외교마찰사건)까지 겹쳐 한·미관계는 최악의 상황까지 치달았다.

이러한 환경에서 재야세력과 야당은 반독재 민주화 운동과 민중의 생존권 투쟁을 계속 전개해 나갔다. 이에 힘입어 제10대 국회의원 총선거(1978. 12.12)에서는 야당인 신민당이 여당인 공화당의 득표율을 앞지르게 되었다. 이에 위기감을 느낀 집권여당은 극단적인 강경대응 이외에 다른 대책을 찾지 못하고 있었다. 이 와중에 YH 노조의 여공들은 체불임금을 지불하지 않고 미국으로 도피한 사장 대신, 김영삼이 총재로 있는 신민당의 당사로 들어가 농성을 벌이기 시작했다. 이에 여공들을 강제로 해산시키기 위해 당사 안으로 진입한 경찰의 진압과정에서 여공 한 명(김경숙 양)이 건물 옥상에서 추락-사망하고 1백여 명이 부상당하는 사건(1979.8.11)이 일어났다.

이러한 때에 부산과 마산, 창원 등지에서 일어난 소요는 불난 집에 기름을 붓는 격이 되었다. 부산시 일원에 비상계엄령(군사권을 발동하여 치안을 유지할 수 있는 국가긴급권의 하나. 최고 통치권자인 대통령만이 갖는 고유 권한)이 선포되고 마산·창원 지역에는 위수령*이 발동됨으로써 일단 부마사태는 해결되었다. 그러나 그 대응 방식을 둘러싼 집권층 내부의 갈등이 일어났고, 바로

---

* 위수령(衛戍令): 육군부대가 한 지역에 계속 주둔하면서 그 지역의 경비, 군대의 질서 및 군기(軍紀) 감시와 시설물을 보호하기 위하여 제정된 대통령령(大統領令).

이것이 10.26 사태를 촉발시킨 것이다.

김재규는 "민주화를 위하여 야수(野獸)의 심정으로 유신의 심장을 쏘았다. 거사를 7년 동안 준비해왔다"고 주장했으며, 재판 중에는 "내 뒤에 미국이 있다"는 말도 했다. 한미 연합사령부 부사령관 류병현 장군은 10월 26일 자정 무렵에 주한 미국대사 글라이스틴을 찾아와 "박대통령에게 사고가 발생했다"고 보고했다. 글라이스틴은 통신보안이 철저한 전화선을 이용하기 위해 미국 대사관으로 달려갔고, 여기에서 워싱턴에 있는 브레진스키와 국무부에 이 사실을 알렸다. 10.26 사태 며칠 전, 김재규가 CIA 한국지부장을 면담했다는 이유로 미국이 박정희의 죽음에 개입했다는 의혹이 제기되었다. 김재규 또한 군사재판에서 '한미관계의 개선'을 거사의 한 이유로 들었다. 하지만 글라이스틴은 김재규의 발언을 '쓰레기 같은 소리'라면서 신경질적인 반응을 보였다.

김재규에 대한 수사는 보안사령관이 하게 되어 있었다. 이를 기회로 전두환은 10.26 사태를 위해 설치된 합동수사본부의 장을 겸직하게 되었고, 이때부터 두각을 나타내기 시작했다. 10.26 사태 직후 최규하 과도정부는 제주도를 제외한 전국에 비상계엄을 선포하였으며, 10월말 군부 고위층은 유신헌법의 폐기를 결정하였다. 그러나 충격이 채 가시기도 전인 12월 12일, 또 하나의 사건이 터지고 말았으니.

이른바 12.12 군사반란. 10.26 사태 이후, 각 군 수뇌부들은 계엄사령관으로 임명된 정승화 육군참모총장을 구심점으로 국가의 보위와 안녕을 위해 일치단결하기로 결의했다. 전두환은 합동수사본부장을 맡아 10.26 사태를 수사했다. 하지만 10.26 사태 당시 정승화가 현장 가까이 있었고 범인인 김재규와 평소 친분이 두터웠기 때문에, 정승화가 박정희 대통령 살해사건과 관련이 있을지도 모른다는 의혹이 증폭됐다. 그러나 어떻든 11월 6일 전두환은 김재규의 단독 범행이라는 수사결과를 발표했다.

그러나 이후, 정승화는 전두환을 동해안 경비사령관으로 전보 발령시키려고 하였던 바, 일부 정치군인들을 견제하기 위해 인사조치안을 작성하여 실행하려고 하였던 것이다. 이에 신군부 세력은 반격을 개시하였다. 즉, "정승화가 김재규에게 묵시적으로 동조했다"는 혐의를 내세운 것이다. 11월 중순부터 전두환은 하나회를 비롯한 동조 세력 규합에 나섰다. 허화평 보안사령부 비서실장, 허삼수 인사처장, 이학봉 수사과장, 장세동 제30경비단장 등 영관급 후배들과 모의를 진행하기 시작한 것이다. 그리고 11월 말 경, 전두환은 황영시 제1군단장, 노태우 제9사단장 등 선후배 동료 장성과 거사를 협의한다.

드디어 운명의 12월 12일 오후, 전두환은 황영시, 노태우 등 동조세력을 장세동이 있던 경복궁 내 수도경비사령부 예하 제30경비단 단장실로 모이도록 한 다음, 쿠데타 음모를 상의한다. 같은 날 오후 6시, 전두환은 최규하 대통령에게 육군참모총장 체포안에 대한 재가를 제안하였다. 그러나 거절당했다. 오후 7시. 허삼수, 우경윤(육군본부 범죄 수사단장)은 수도경비사령부 33헌병대 50명을 참모총장 공관에 투입하였다. 이들은 총격으로 경비 병력을 제압하고 공관에 난입했다. 오후 7시 21분, 반란군은 정총장을 보안사 서빙고 분실로 강제 연행하였다. 오후 9시 30분경, 전두환, 유학성, 황영시 등은 다시 국무총리 공관으로 달려가 최규하 대통령에게 정총장의 연행·조사를 재가해 달라고 재차 요구하였다. 그러나 다시 거절당했다.

이후, 신군부 세력은 총장의 강제연행이 부당하다 주장하던 3군사령관 이건영 중장, 수도경비사령관 장태완 소장, 특전사령관 정병주 소장 등에 대해 하극상*을 감행하고, 이들을 무력으로 제압하여 연행했다. 하나회 회원이던 박희도 준장이 이끄는 제1공수특전여단 병력과 최세창 준장이 지휘하던 3공수특전여단, 그리고 장기오 준장의 제5공수특전여단은 서울로 출동했다. 또한 노태우 소장은 자신이 지휘관으로 있던 9사단 29연대를 중앙청 앞에 집결시켰다.

1공수여단은 행주대교에 있던 30사단 병력을 무력화시킨 후, 곧장 서울로 진격했다. 얼마 후, 1공수여단은 국방부와 육군본부를 공격하여 국군 수뇌부를 체포했다. 그리고 국방부 청사에서 노재현 국방부 장관을 찾아내어 최규하 대통령 앞으로 끌고 갔다. 한편 3공수여단은 특전사령관 비서실장 김오랑 소령을 사살

---

* 하극상(下剋上): 계급이나 신분이 낮은 사람이 예의나 규율을 무시하고 윗사람을 꺾고 오름.

하고 특전사령관 정병주 소장을 체포하였다. 최규하 대통령으로부터는 세 차례에 걸친 10시간만의 '협박' 끝에 13일 새벽 5시, 사후 재가를 받아냈다. 12월 13일 오후, 노재현 장관은 담화문을 통해 "10.26 사태 연루 혐의로 정승화 총장을 연행하였으며, 육군참모총장과 계엄사령관직에 이희성 육군 대장이 임명되었음"을 발표한다. 12.12 사태 이후, 전두환은 군의 주도권을 완전히 장악하게 된다.

사태 직후, 미국은 신군부가 평시 작전통제권* 행사와 관련한 한·미 간의 합의를 위반한 데 대해, 강력한 불만을 전달하였다. 하지만 보름 뒤에는 군부 내 반란을 사실상 묵인하고 말았다. 10.26과 12.12 사태는 민수네 소대가 제2차 박살띠** 작업 투입 직전에 터졌고, 그로 인하여 몸서리쳐지는 그 작업은 종료되고야 말았다.

---

* 작전통제권: 한국군의 작전을 통제할 수 있는 권리. 평시작전통제권과 전시작전통제권으로 나누어져 있다. 1994년 12월 1일 평시작전통제권은 한국군에 환수되었으나, 전시작전통제권은 아직도 한미연합사령관이 행사하고 있다.

** 박살띠 작업: 비무장지대의 중간선인 군사분계선을 따라 그 근처의 야산을 불모지(不毛地: 식물이 자라지 못하는, 거칠고 메마른 땅)로 만들어 적의 침투를 한 발 앞서 막아보자는 취지의 작업(작전). 북한군이 남방한계선 철책 앞까지 다가와 총을 쏘거나 수류탄을 던지는 일이 잦아지자, 생각해낸 일종의 고육책이었다. 작업의 위험요소는 여기저기 널려 있었다. 톱과 낫, 도끼, 긴 칼을 다루는 병사들의 안전사고가 첫 번째 골칫거리였고, 한발 한발 내딛는 그 어디에서 지뢰가 터질지 알 수 없는 몸서리쳐지는 공포에 북한초소로부터 유효사거리 안에 위치해 있는 작업 장소까지. 무엇보다 소대원들의 월북(越北) 사고가능성은 벙어리 냉가슴을 앓아야 하는, 소대장 혼자만의 고민거리였다. 월북하는 자는 보이는 즉시 쏘아 죽이라는 지시를 비밀리에 받아놓고 있었기 때문이다.

9. 주례선생님 '호랑이'

1980년 1월 3일, 한 장의 편지가 도착했다. '2월 2일로 결혼 날짜를 잡았으니 그리 알라'는 김씨의 일방적인 통고. 당사자와 일언반구 상의도 없이 결정을 내린 김씨의 처사가 당황스럽긴 했으되, 고대하고 있던 소식인 것만은 분명했다. 작년 봄, 그러니까 광주 상무대에서의 보병학교 훈련 시작 한 달 만에 외출을 했고, 바로 그날 민수는 약혼식을 올렸다. 약혼한 지도 거의 1년이 되어가는 마당에 결혼을 미룰 까닭이 없었다. 연천읍의 한 다방에 들어가 전화를 걸어갔다.

"그 날이 길일이라고 해서 그렇게 잡었은게, 그리 알어라. 그러고 주례를 어찌끄나? 니가 갠찮으면 국회의원도 좋고, 너 학교

댕길 때 교수님들 중에서 골라도 좋고. 어쩔래? 니가 알아서 헐래? 아니면 내가 허끄나?"

"주례는 천진한 선생님으로 모실까 하는데요."

"천선생? 너 국민학교 때 담임선생 말이냐?"

"예. 꼭 모시고 싶어요."

"알아서 해라마는 그래도 갠찮겄냐? 그 양반이 나이도 뻴라 안 먹었을 턴디?"

"연세가 무슨 상관인가요?"

"허기사 그것은 그런디. 좌우간 알았다."

결혼식을 열흘 앞두고 외박을 얻었다. 충장로에 나가 양복과 구두를 맞춘 다음, 수진과 함께 장성으로 향했다.

"아따, 이것이 누구다냐? 민수 아니냐?"

"예, 그동안 건강하시구요?"

"나사 늘 건강허지야. 근디 허허…. 이 자석, 군인에 가드니 눈빛부터 달라졌어야 요. 허허허…."

"그래요? 참, 인사드려. 천진한 선생님이셔. 내가 자주 말했었지? 선생님, 제 약혼녀입니다. 저희들이 이번에 결혼을 하게 되었습니다. 그래서 선생님께 주례를 부탁드리려고요."

"응? 아이고, 좋은 일이다. 좋은 일이여. 근디 내가 어쭈코 주례까지 스겄냐? 주례는 딴 사람한테 부탁허그라."

"왜요? 저에게 선생님은 정신적 지주나 마찬가지였는데요. 제가 힘들고 어려울 때마다 저는 선생님을 생각하면서 이겨낼 수 있었습니다."

"그래야? 허어이…. 정 니가 그러먼 헐 수 읎다마는, 그래도 될란가 몰르겄다. 아버님도 찬성허시디야? 아버님 주위에 좋으신 분들도 많이 계실 턴디?"

"제가 말씀드리니까 흔쾌히 찬성하셨습니다."

"허이 참, 그래야? 나는 그런 줄도 모르고, 니 짝궁을 하나 찍어 놨었넌디. 허기사, 인자 아무 소용도 읎게 되야 버렀다마는. 허허허…."

"그래요? 누군데요?"

"떼끼! 인자사 알아서 뭇헐라고 그러냐? 요로코 이쁜 처녀가 있넌디."

수진의 얼굴은 어느새 홍당무가 되어 있었다.

"누군데요? 지금이라도 무르면 되잖아요?"

"떼끼 이놈아! 농담이라도 그런 소리 말어라. 신부 앞에서…. 하하하…."

"저한테 진작 연락을 주시지 그러셨어요?"

"허허허…. 요로코 참헌 아가씨 허고 연애하고 있었으롬시로 나한테는 일언반구도 읎은게, 나는 나대로 니 신부감을 찾었지야."

"제가 너무 오랫동안 연락을 못 드려서…."

"아니, 아니. 그런 말이 아니고, 해년마다 니가 크리스마스카드를 보냈지 않냐? 은제 답장도 못허고 그랬다마는. 아이, 민수가 초등학교 때부터 매년 크리스마스카드를 보낸단 말이요. 허허허…."

"아이고, 선생님도. 별 거 아닌 거 갖고 뭘 그러세요?"

"아니다. 그것이 절대 쉬운 일이 아닌 것이다. 한두 해는 몰라도 벌써 몇 년째냐? 좌우간 니가 고등학교 들어가고 대학교 올라가고 군대를 장교로 갔단 소식까지 다 듣고 있었다."

"선생님께서 백수남교를 떠나실 때, 제 이야기를 하셨다는 말씀 들었습니다."

"나사(나야) 어디 가나 니 이야기는 안 빼 먹지야."

"아이고, 제가 뭐라고요. 근데 아까 말씀하신 그 아가씨가 제자는 아닐 테고요. 지금도 국민학교에 계시지요?"

"아니여. 중등교사 시험을 봐 갖고, 폴세(진작, 좀 더 일찍) 중고등학교로 올라와 버렸지야. 어째 궁금허냐? 실은 내가 함평종합고등학교에 있을 때 집안 좋고 얼굴 이쁘고 신체 건강하고, 물론 키도 크고 공부도 잘허는 여학생을 찾었지야. 근디 그런 애기가 딱 하나 눈에 띄드란 마다."

"진짜 이상적인 여자네요?"

"알맞게 살도 찌고, 또 마음씨가 참 좋았그든."

"그래서요?"

"허허…. 이런 말 해도 괜찮은가 몰르겄소마는. 다 지난 이야긴 게 이해허씨요 이. 그때 개가 3학년이었은게 너허고 한 학년인가, 좌우간 1년 정도 후배나 될란가 그랬을 것이다. 그런디 요로코 되야 버렸은게, 인자 아무 쓰잘데기읎이 안 되야 버렸냐?"

"그래요. 선생님, 아까는 농담이었고요. 그렇게까지 저를 생각해주셔서 지금까지 잘 버티어 온 것 아닙니까?"

"그래. 그랬다고 신부가 서운해 허지는 마씨요 이. 다 몰르고 헌 일인게…."

"그럼요. 선생님. 선생님께서 민수 씨를 얼마나 사랑하셨는지 잘 알아요. 이 사람이 시간만 나면 선생님 말씀을 어찌나 많이 하든지, 뵙기 전부터 어떻게 생기셨는지 상상이 가더라고요."

"그래요? 막상 만나 본게, 생각보다 어쩝니까?"

"생각보다 훨씬 더 잘 생기셨어요. 박력 있으시고…."

"허허허…. 감사허요. 솔직히 잘생긴 것은 읎제마는, 박력 하나는 있다고 봐야지라우. 그러지야? 민수야."

"그럼요. '호랑이'란 별명이 괜히 생겼겠습니까? 하하하…."

"떼끼! 이 저석(녀석)이 다 컸다고 선생님을 다 놀리고 있네. 허허허…. 좌우간 내가 그때 느그덜한테 쪼까 엄허게 헌 것은 다 이유가 있었어."

"……."

"내가 실은 교대를 나온 것이 아니고, 일반대학 법대를 나왔지 않냐? 판검사 한번 되야보겄다고 사법고시를 봤넌디, 이 작것이 볼 때마다 떨어지는 것이여. 일곱 번인가 야듧 번인가 시방은 기억조차 못허겄다마는, 어쨌거나 바로 그때 국민학교 선생 수가 부족허다고 교육대학 양성소에서 속성으로 선생들을 만들어 냈그든. 좌우간 대학졸업장만 있으면 무조건 오락 해갖고, 바로 바로 발령을 내버리는 시대였은 게. 심지어는 고졸자도 있었다고 그래. 느그들이 전쟁 막 끝나고 옴막(한꺼번에) 다 태어났지 않냐?"

"베이비붐 세대라고 말들 하지요."

"그런게 인자(이제) 선생들은 읎넌디 학생 수는 많애진게 고로코 된 것이제. 어쨌든 그렇게 해서 교사발령을 받었넌디, 젤 첨으로 백수남교를 간 것이여. 그래 갖고 느그 반, 너를 처음 만난 것이고…."

"예. 그때 저희들은 일반대학이 뭔지, 교대가 뭔지도 몰랐지요."

"느그들이사 선생이락 헌게 그런 줄로만 알았겄지야. 그래 갖고 딱 부임을 해온게, 교장이 나를 잡고 통사정을 허는디, 뭇이라고 허냐? '천선생, 5학년 1반을 좀 맡어주셔야겄습니다. 이 반에는 기성회장 아들도 있고, 자모회장 딸도 있어서 좌우간 유지급 애기덜이 다 모여 있습니다. 그런디 학부형들이 언간(너무) 깐깐해갖고, 웬만한 선생들은 감당을 못헌단 말입니다. 그러고 아그들도 보통은 넘지라우. 공부를 잘허기도 허제마는, 까딱허다가 선생이 잽해버린단 말입니다.' 아이, 그러드란 마다."

"기성회장 아들은 저일 테고, 자모회장 딸이라면 향숙이 말씀이신가요?"

"그러제. 그런게 내 구미가 딱 땡기는 것 있지이. 그래서 내가 그랬제. '그래요? 거 재밌겄습니다. 그러면 어디 내가 한번 해 보까요?' 그랬지야. 그랬데이 교장 허는 말이 '아이고, 그래 주실랍니까? 고맙습니다. 고맙습니다' 허는 것이여. 그래서 느그반 애기덜을 찾으러 나섰든 것이고…."

"……."

"근디 여그 저그 흩어져 갖고 무질서허게 놀고 있는 아그덜을 보고 있을란게, 차말로 한심허드라. 군기를 잡아야 쓰겄다, 요놈들을 휘어 잡을라면 첨부터 강헌 인상을 심어주어야 쓰겄다 생각을 허고 있든 참에, 니가 걸려든 것이여."

"아무리 그렇다고, 그렇게 쥐 잡듯이 하셨어요? 엉겁결에 당한 일이라 며칠간 정신이 없더라고요."

"허허허…. 그랬을 거이다. 1주일 정도 군기를 잡음시로, 실은 나도 영판(아주) 심(힘)이 들드라. 몸도 몸이제마는, 인자 애린 아그덜한테 너무 심허게 허는 것 아니냐 싶기도 허고. 그러나 내친 걸음인디다가 타고난 천성이 놈(남)한테 지기 싫어허기 땜에 당분간 그럴 수배키 읎었지야. 교장한테 장담헌 말도 있고."

"근데 왜 저에게 웅변을 시키셨어요?"

"아, 그것? 내가 딱 느그 반에 들어간게, 젤 눈에 띈 애기가 바로 너였그든."

"혹시 아버님이 기성회장이란 것 땜에요?"

"물론 그러기도 했겄제마는, 꼭 그것 때문만은 아니고. 머리도 있어 보이고, 공부도 갠찮게 허는 것 같고, 인물도 훤칠허고. 허허…. 그래서 나름대로 기대를 걸어볼 만 허다고 생각을 했지야. 물론 기성회장님 장남이란 사실을 일찌감치 알고는 있었고, 그때만 해도 젊고 패기 있는 회장님이 내 배짱에 맞었그든. 높은 공부도 허신디다 생각이 늘 앞서 가시고, 또 촌에서는 보기 드물게 끝까장 뒷받침을 해줄 수 있는 집안분위기 아니었냐? 그때 보통 애기들은 국민학교만 졸업허고 농사일 돕고 그래야 했그든. 땅 몇 평 팔아 중학교 월사금(수업료) 낼 수 있닥 해도, 글 안 헌 학부모들이 많앴그든. 말허자면, 너 같은 경우는 싹수가 있었든 것이제에. 너도 알겄제마는, 학생들을 볼 때 선생 눈이 젤 정확헌 것 아니냐?"

"……."

"근디 내가 딱 본게, 니가 성공헐라먼 고쳐야 헐 점이 딱 한 가지 있는디, 그것이 뭇이냐? 사내자식이 너무 암뜬디다가 내성적인 것이 흠이드란 말이제. 모름지기 남자란 당찬 구석이 있어야 허는디, 그러들 못 허드란 말이제. 그래서 내 속으로 그래 갖고 니가 무슨 큰일을 허겠냐 싶어서, 니 성격을 완전히 뜯어고치기로 마음을 먹었든 것이여."

"저도 그것 땜에 늘 고민을 했지요. 소심한 성격 고쳐보려 중학교 때 쌈박질도 해보고, 축구도 해보고요. ROTC 지원한 것도 마찬가지예요. 장교가 되어 아버지의 병역기피에 대해 두 배로 국가에 충성하겠다는 각오도 있었지만, 부하들을 통솔하다 보면 리더십도 생기고 내성적인 성격도 고쳐질 거라는 기대도 있었거든요. 그 덕분인지 지금은 많이 좋아졌어요. 어쨌든 그래서 일부러 저에게 웅변을 시키신 거여요?"

"인자사 내 말을 알아 듣구만. 첨에는 부반장으로서 해야 헐 일을 이것저것 시켜보기도 했제마는, 암만해도 시언찬 허드란 말이여. 그래서 애초 계획에도 읎든 웅변 프로그램을 학예회에 집어늫고는, 너를 연사로 뽑을라고 고민깨나 했다는 것 아니냐? 허허허……."

"그래서 저도 이상하다 했어요. 다 외우지도 못했고…."

"생각해봐라. 무조건 너를 지명해버리면 아그덜 사이에서 불만이 생기고, 그렇게 되면 글 안 해도 말발이 세다는 학부형들이 카마이(가만히) 있겄냐? 말썽 생길 소지가 다분허기 땜에 내 나름대로는 머리를 쓴다고 쓴 것이제. 그래서 공평허게 반장을 포함해서 임원들 다섯 명한테 원고를 외워오라고 안 허디야? 물론 너도 포함시키고. 일단은 똑같은 자격을 주되 단 하루만 말미를 준 것은, 니가 다른 애기들보다 암기력에서 절대 뒤쳐지지 않을 것이라 믿었기 때문인데…."

"제가 외우는 데에는 소질이 없거든요."

"나는 고로코(그렇게) 안 봤단게. 어쨌든 이튿날 모두 외운 사람은 읎었지야? 그래서 카마이(가만히) 생각허다가 다른 아그덜보다 상대적으로 더 많이 외웠다는 명분을 걸어서 너를 지명해버린 것이여."

"그러면 제가 원고를 외우건 말건, 그것은 애당초 문제가 되지 않았던 셈이네요?"

"허허허…. 말허자면 그러제. 어차피 주인공은 너였기 땜에 다른 애기들이 더 많이 외워 왔으면 또 다른 방법을 썼겄제. 가령 내일까지 더 외워 오라거나 그래도 안 되면 더 연장헌다든가. 어쨌든 각본은 벌써 나와 있었그든."

"선생님께서 저를 편애하셨네요?"

"허허허…. 그런 셈이지야 이. 국민학교 선생으로서는 자격이 제로라고 봐야지야. 그래도 나는 후회 안 헌다. 선생이 뭣이디야? 여러 제자들 중에서 가능성 있는 애기를 확실허게 밀어주는 것이 선생의 헐 일 아니냐? 그 많은 수를 다 인물로 만들 수는 읎는 노릇이그든. 더구나 그 어려운 시절 촌에서 싹수있는 아그덜이 흔치도 않고, 또 아까도 말했제마는 끝까장 뒷받침헐 수 있는 집안이어야 헌게. 느그덜 5, 6학년 때에 그 유명헌 한해(旱害)가 연 이태씩이나 들어갔고 논바닥이 쩍쩍 갈라지고 먹을 물도 읎어 갔고 을마나 심들었는지 아냐?"

"알지요. 우리나라에서 67년, 68년 가뭄은 유명하잖아요? 제가 6학년과 재수생 시절인데요. 그래서 저희는 수학여행도 못가고, 중학교 진학한 친구들도 3분지 1이 안 되고 그랬지요."

"3분지 1이 뭣이냐? 요즘 말허면, 졸업 앨범비가 읎어 갔고 졸업식에도 못 온 아그들이 수두룩했지야. 나중에 졸업장은 다 타갔제마는. 중학교 월사금 낼 돈 있으면 그 돈으로 땅 한 평이라도 더 산다는 것이 그때 상하사리 사람들의 생각이었어. 포도시(겨우) 중학교 가봐야 백수면에 있는 중학교나 영광읍에 있는 중학교 가고 그랬지야. 물론 안 간 것보당은 낫제마는. 너같이 광주로 유학 간 아그덜이 얼마나 되얐간디?"

"근데 저는 저대로, 일류중학교 못 갔다고 비관하고 그랬지요. 그래서 선생님한테 엄청 맞기도 하고요."

"허허. 그때 일 생각허먼 지금도 너한테나, 느그 어무니께 미안허다. 그러나 내 속으로는 재수생인게 더 열심히 공부해야 헐 턴디, 니가 외막이나 어디로 돌아댕김시로 자고 댕긴다는 소문을 들었그든. 부모님 말씀도 안 듣고 허니, 누구도 해볼 재간이 읎다는 것이여. 그래서 에라이 이노모 자식, 내 손에 걸리기만 해봐라. 요로코 공구고(겨냥하고) 있었그든. 근디 니가 딱 걸려든 것이여. 아무리 그랬다고 고로코 뚜드러 패야 쓰겄냐? 술 땜에 그러기도 했제마는, 내 속이 지랄 같어서 그랬은게 니가 이해해라."

"이해는요. 오히려 그때 제 속이 얼마나 후련했는데요? 울고 싶은데 뺨 때려주시는 격이었거든요. 그리고 운동회 날 말입니다. 그때 비가 참 많이도 왔지요."

"아, 그때? 그때 교무실에서 이런 일이 있었지야."

빗속에서 운동장을 정리한 교사들은 내일은 푹 쉴 거라는 기대감을 안고, 교무회의에 참석했다. 그러나 교장의 입에서는 의

외의 말이 튀어나왔으니.

“선생님들 모다 한 분도 빠짐없이, 내일 정상 출근허시오.”

“…….”

순간 벌레를 씹은 듯, 모두의 얼굴이 일그러졌다. 그러나 간혹 한숨소리만 새어 나올 뿐, 누구 하나 이의를 제기하는 사람은 없었다. 무거운 침묵이 흐르고 있을 즈음, ‘탁’ 하는 둔탁한 소리와 함께 앙칼진 외침이 적막을 깨트렸다.

“내 좆도, 나는 내일 못 나와!”

기다란 검정 출석부를 내려치며 벌떡 일어선 사람은 다름 아닌 호랑이.

“하루 종일 고상시캐 놓고 내일 또 나오라고? 나올라먼 교장허고 교감이나 나오든지 말든지, 느그덜 알아서 해!”

자리를 박차고 일어서는 그를 바라보며 교사들의 얼굴에는 희색이 감돌았고, 교장은 우거지상이 되었다. 교장의 눈치를 살피던 교감이 쪼르르 달려왔다.

“천선생, 천선생. 아이, 어째 그러시오?”

“어째서 그러냐고? 시방 나한테 물어봤냐?”

“아니, 내 말은 허실 말씀 있으시먼 좋게 말로 허시제 그러냐 그 말이제. 시방….”

“나는 느그덜같이 점잖허들 못헌게, 요로코배키 못 허겄다. 어쩔래?”

“정 그러시면, 내일 천선생만이라도 푹 쉬시오.”

"뭇이 어찌고 어째야? 나만 푹 쉬어야? 에라이, 상렬어 새끼야. 너도 교감이라고 자리에 안거 있냐?"

"아니, 내 말은…."

"야이 자식아! 어디 나 혼차 쉬고 잪어서(싶어) 이러는 줄 아냐? 작년에도, 그 작년에도 운동회 날 다음날은 모다 쉬었담시로? 근디 어째서 내일은 나오라고 허는 거여? 임마!"

교감의 멱살을 추켜든 채 금방이라도 내려칠 기미를 보이자 주위에 있던 교사들이 달려들어 간신히 손을 떼어놓았다.

"천선생. 참으시오. 인자 그만허면 되았은게 참으시란 말이오."

어느 정도 사태가 마무리되자 꿀 먹은 벙어리 마냥 잠자코 있던 교사들이 호들갑을 떨기 시작했다.

"아이, 뭇헐라고 천선생을 건드까? 고냔시(괜스레) 긁어 부시럼을 만들어 갖고는…."

"그런 게. 항시 허든 대로 냅두제마는, 맬급시(괜스레) 일을 시끄랍게 만드는가 모르겄어. 시방."

"교감선생님도 그래요. 말이 나왔은게 그러제, 내일 같은 날 정상 출근허는 학교가 대한민국에 어디 있다요? 해년마닥 쉬어 왔음시로 뜽금읎이 나오락 헌게 누구든지 승질 나제에."

"선생들은 그런다 칩시다. 아그덜 대그빡 속에 공부가 들어가기나 허겄소? 말 같은 소리를 해야제 갱. 억지로 공부시킨다고 해서 되간디?"

결국 그 날의 전쟁은 호랑이의 일방적인 승리로 끝났다. 모두가 하루 쉬기로 한 것.

"킬킬…. 나도 평소 승질이 괴팍해서 오해를 사기도 했었넌디, 그날만큼은 내가 단단히 한몫을 했다고 생각허는 눈치드라."

"결국 그날 저녁, 가게에서 기울인 소주잔은 승리의 축배였던 셈이네요?"

"킬킬킬…. 그런 폭이지야. 사실 내가 발령 받은 지 을마 안되든 땐디, 어쭈코 어쭈코 해서 소장파의 리더로 떠오를 수 있었냐 허먼, 바로 이런 정의감 때문이었다고 봐야지야. 허허허…. 어째서 웃냐?"

"아니요. 웃기는요?"

"거칠 거칠헌 것 같제마는, 옳다고 생각허는 일에는 물불을 가리지 않는 의리와 박력, 그것이 진정한 싸나이들의 전매특허 아니겄냐? 느그 아부지도 바로 이런 모습에 반하셨다고, 늘 말씀을 허시고 그랬그든."

"아. 예. 그런데 시험문제 하나 틀렸다고, 저에게 벌을 주셨잖아요? 그리곤 아무 말씀도 없이 가셔버려서 밤중까지 복도에 꿇어 앉아 있었거든요. 혹시 그때 잊어버리셨나요?"

"그런 일이 있었냐? 나는 모르겄넌디?"

결혼 휴가는 총 1주일. 결혼식 후의 시간을 더 갖기 위해 식을 이틀 남겨두고 광주에 내려왔고, 맞추어둔 양복과 구두를 찾았다. 2월 1일 밤, 광주기상청 생긴 이래 가장 많은 눈이 내렸다는 보도가 나왔다. 미끄러운 길과 추운 날씨에도 아랑곳하지 않고 '우인(友人)'이란 녀석들은 신랑을 달아먹는다며 밤새워 볶아댔다. 이리 끌려 다니고 저리 도망 다니다가 둘은 자정이 훨씬 넘어서야 예식장에 가까운 모텔로 돌아올 수 있었다. 김씨 부부는 당일 아침 일찍 머리를 다듬어야 한다며, 미리 올라와 동생들 자취방에서 묵었다. 드디어 결혼식 날. 아침이 밝았음에도 눈발은 멈춰지지 않았다. 이발소에 들어가 별로 다듬을 것도 없는 장교 머리에 손질을 가했다.

'신랑입장'이라는 멘트를 기다렸다가 정면을 향해 나아갔다. 순간, 등 뒤에서 웃음소리가 들려왔다. 무슨 일인가 뒤를 돌아보려다 그냥 걸었다. 신부입장이 끝나고 주례사가 시작되었다. 처음에는 그럴 듯 했다. 그러나 장광설이 이어지며 무슨 내용인지 도통 귀에 들어오지 않았고, 며칠 동안 누적된 피로가 일시에 몰려오기 시작했다.

'선생님이 너무 긴장하셨나? 주례사가 너무 길어…….'

건들거리는 육체를 간신히 지탱하며, 식이 빨리 끝나기만을 학수고대했다. 그 와중에도 조금 전 김씨의 얼굴에 드리워진 그늘이 생각났다.

'왜 그렇게 안절부절 못 하셨을까? 무슨 일 있나? 평소에도 짜증을 자주 내는 편이긴 하나 오늘따라 유독 심하신 것 같아. 또 사람들은 왜 그렇게 웃었을까? 내 등 뒤에 뭐가 붙어있기라도

했나? 유쾌하게 식을 진행하자 입을 맞추어둔 정수 녀석은 왜 또 저리 굳어있을까?'

어제 오후 예식장 현장에까지 와서 발도 맞추고 입도 맞추어 보지 않았는가 말이다. 식이 끝나자마자 녀석부터 닦달했다.

"야, 너 왜 사회를… 연습한 대로 안 했어? 분위기가 너무 가라앉은 느낌이었단 말이야."

"나도 그렇게 헐라고 했는데, 느그 아부지가 결혼식은 엄숙해야 헌다고 허셔서 그랬제 어째야?"

"아버지가 그런 것까지 간섭하셔?"

"말도 말어라. 니가 장남인 데다 어려운 손님들이 많이 온다고, 신신당부를 허시드라."

"참, 아버지도. 그래도 임마, 사회자가 왕 아니냐?"

"혼주 명령인데, 사회자라고 뱉 수 있냐?"

"그건 그렇고, 사람들이 왜 그렇게 웃은 거야?"

"짜식! 누가 군인 아니랄 허까 봐 고로코 착착착 걸어갔냐? 어디 꼭 군인들 행군허는 것 같드만. 그런 디다가 문 걸음이 고로코 빨라 갓고는. 아조 막 쫓아가드만. 아이, 고로코도 급허디야?"

"나는 천천히 갔는데?"

"그것이 천천히 간 것이라고야? 쪼까 서두를라고 맘 먹었으면 아조 탐박질헐 빤 봤구만. 그런 디다 마지막 단상에 올라가서는 왼쪽 발에다 오른발을 착 갖다 붙이니, 을마나 우습겄냐? 꼭 병영에서 제식훈련 허는 것 같드만. 나도 사회 봄시로 볼테기(볼)가 터질락 해서 혼났다야."

"그런 줄은 모르고, 사람들이 웃어 뒤를 돌아볼까 하다가 말았는데…."

"안 돌아봐서 망정이제, 거그서 신랑이 돌아 봤으면 한바탕 또 난리가 났을 거이다."

그러나 사진촬영이 끝날 때까지 김씨의 얼굴에는 구름이 가시지 않았다. 박씨의 대답인즉, 하사리에서 출발한 버스가 여태 도착하지 않았다는 것. 관광버스를 세 량 불렀는데, 영광읍에서 출발한 차는 무사히 도착한 반면, 하사리에서 출발하기로 되어 있던 두 량이 눈에 파묻혀 있다가 조금 전에야 현지에서 출발했다는 설명이었다. 결국 식이 끝난 한참 후에야 무사히 도착하긴 했으되 그동안 노심초사했을 김씨를 생각하면 마음이 아팠다.

민주공화당 영광 장성 함평지구당 수석부위원장을 역임한 김씨가 영광군 농업협동조합장에 임명된 때가 민수의 대학 1학년 때. 기사 딸린 마크 4 승용차를 자취집 앞에 세워놓고 잠깐씩 들를 때마다 민수는 아버지에 대한 무한한 존경심을 품곤 했었다. 본래 뇌물이나 아부와 거리가 멀었던 김씨는 3년의 재임기간 동안 농협에서 벌인 수익사업이 좋은 성과를 내며 출자조합원들에게 많은 이익을 돌려주었고, 그 덕분인지 어렵지 않게 연임이 되었다.

하지만 병적이리만치 청렴을 강조했던 김씨는 통일주체국민회의 대의원들이 연합하여 추천한 사람을 끝내 염산 단위조합장직에 앉히지 않았다. 이유는 그 당사자가 염산 면장직을 수행할 당시 뇌물수수죄로 옷을 벗은 전력이 있다는 것이었고, 사실 그것은 객관적으로 보아 정당한 처사였다. 하지만 자기들 뜻을 거역한 김씨에 대해 대의원들은 증오심을 품게 되었고, 그것은 곧 온갖 비방과 중상모략으로 이어졌다. 먼지를 털어내듯 흠을 찾는데 혈안이 되어있는 그들에게 김씨의 병역기피는 좋은 먹잇감이 되었다. 그러나 그 '죄'마저 5.16 혁명 후 박대통령이 제시한 부역을 감당함으로써 이미 법적인 청산이 되어 있었으니.

달리 공격의 빌미를 찾지 못한 대의원들은 할 수 없이 김씨에게 화해의 손을 내밀었다. 하지만 벌써 속이 뒤틀린 데다 일찌감치 마음을 비워버린 김씨는 끝내 그들의 청을 거절하였고, 즉각 사표를 제출한 다음 하사리에 들어가 두문불출하기 시작했다. 한편, 제출된 사표에 대해 당시 농수산부장관은 '김씨 외에는 대안이 없다'며 수리를 거부했다.

무려 3개월 동안 군 농업협동조합장직이 공석이 되는 초유의 사태가 벌어졌고, 아내(박씨)와 동생(민수의 숙부) 등은 아이들의 장래를 생각해서라도 화해하고 출근하라고 김씨를 졸라댔다. 그러나 '꼬치가리(고추 가루)' 외에 '콘크리트'라는 별명으로 불리기도 했던 김씨가 고집을 꺾을 리 만무했고, 다급해진 박씨는 '네 아버지를 달랠 사람은 너밖에 없다'며 전방근무 중인 민수에게 설득을 종용했다. 그러나 민수는 박씨의 염원과는 반대로, '구부러지기보다는 차라리 부러지는 편이 더 낫다'는 충언을 편지로

써 보냈다. 그리고 김씨는 '아들 가르친 보람을 비로소 느낀다'며 끝까지 버티었고, 그렇게 하여 사표는 수리되고 말았다. 국회의원을 꿈꾸며 수십 년 동안 쌓아온 명성이 하루아침에 무너지는 순간이었다.

공직에서 물러나 찾아주는 사람도, 알아주는 사람도 없던 시절 거행된 이 결혼식은 김씨의 입장에서 '아직 내가 죽지 않았다'는 메시지이자 한과 서러움을 털어버릴 수 있는 한마당 잔치이기도 했다. 그러고 보면, 호랑이로 하여금 순순히 주례를 맡도록 허락한 처사는 어디까지나 신랑(장남)의 의사를 존중한 하나의 '결단'에 속했다.

짧은 휴가에 날씨마저 좋지 않아 신혼여행은 포기했다. 대신 시내 호텔에서 하룻밤 묵고 이튿날 하사리의 동네잔치에 참석하는 것으로 아쉬움을 달랬다. 꿈같은 시간들을 뒤로 남긴 채 전방으로 향하자 또다시 혹독한 군 생활이 기다리고 있었다. 10.26과 12.12로 위태로운 시간들이 다 지나간 줄 알았더니, 웬걸 5.18광주민주화항쟁이 발발하면서 병영은 팽팽한 긴장감으로 숨이 막힐 것 같았다.

1980년 4월. 연천군 현가리 전차사격장에서 철수한 민수 소대는 GOP 남방한계선 철책 바로 아래의 독립부대로 다시 배속되어, 본격적인 수색대 활동에 들어갔다. 비무장지대 안으로 들어가 낮에는 군사분계선을 넘어오는 북한공비를 발견하는 즉시 사살하는 수색작전을, 밤에는 침투가 예상되는 길목에 자리 잡고 앉아 꼬박 밤을 새우는 매복 작전을 수행하였다. 꽁꽁 얼다시피 한 맨땅 위에 판초*와 모포 몇 장 깔고 앉아 무려 10시간 이상을 견뎌야 하는 작전이었다.

그러던 어느 날, 부대에 '데프콘 2'**의 비상사태가 발령되었다. 완전군장을 꾸려놓은 채 24 시간 출동대기상태를 유지해야 하기 때문에, 취침할 때조차 군화를 벗을 수 없었다. 병사들 얼굴에는 웃음이 사라지고 말수가 적어졌으며, 식욕마저 상실한 경우가 많았다. 상부의 명령에 따라 손톱 발톱을 깎고 유서를 쓰게 하는데, 그동안 눈물을 줄줄 흘리는 병사들도 있었다. 돈은 관물대(소지품을 보관하기 위해 놓아 둔 선반. 사물함)사이에 꽂아놓은 채, 신경조차 쓰지 않았다. 10일 가까이 뜬눈으로 밤을 응시하다가 어느 날, 새벽녘에 트랜지스터라디오를 켰다.

"긴급뉴스를 말씀드리겠습니다. 광주지역에 계엄군이 투입되

---

* 판초(poncho): 원래는 남아메리카 지역에서 망토처럼 덮는 민속 외투였음. 군대에서는 일명 판초우의로 통한다. 단순히 우의뿐만이 아니라 다목적 도구로 사용하는 편인데, 가령 군용 텐트 위에 덮어서 비가 들이치지 않게 한다거나 땅바닥에 물건을 놓을 때 흙 등이 묻지 않게 깔개로 쓴다거나 하는 등 자질구레한 쓰임새가 많다.

** 데프콘(Defense Readiness Condition): 모두 5단계로 나뉘며, 숫자가 낮아질수록 전쟁발발 가능성이 높다는 것을 의미한다. 데프콘 5는 적의 위협이 없는 안전한 상태, 데프콘 4는 대립하고 있으나 군사개입성이 없는 상태를 의미한다. 한국에는 1953년 정전 이래 데프콘 4가 상시적으로 발령되어 있으며, 데프콘 3은 군사개입 가능성이 있을 때, 데프콘 2는 적이 공격 준비태세를 강화하려는 움직임이 있을 때 발령된다. 데프콘 2가 발령되면 전군에 탄약이 지급되고, 부대편제 인원이 100% 충원된다. 최고의 단계인 데프콘 1은 전쟁이 임박해 있을 때 발령된다.

어 모든 상황이 종료되었습니다. 피해는 극히 최소한으로 머물고….”

순간 민수는 자리를 박차고 일어나 ‘만세!’를 불렀다. 어제 최규하 대통령이 헬기로 광주시내 상공을 선회하며, ‘폭도들’에게 최후통첩을 했다는 보도에 희망을 걸었었다. 오늘 내일 틀림없이 어떤 조치가 내려질 것으로 직감했었는데, 그것이 정확하게 맞아떨어진 것이다. 5월 27일 새벽 2시. 광주 시내로 진입한 2만 5천여 명의 계엄군은 전라남도 도청에서 1만여 발의 총탄을 퍼부어 끝까지 항전하던 시민군을 살상했다. 도청 안의 시민군은 자진 투항하자는 쪽과 결사항쟁하자는 쪽으로 나뉘어져 있었지만, 계엄군이 도청을 점령하면서 모든 생존자들이 체포, 연행되었다. 이로써 진압작전은 ‘성공리에’ 마무리된 것이다.

6월초. 민수는 외박신고를 했다. 유동 터미널에 도착하여 고속버스를 내려서는데, 바라보는 눈빛들이 싸늘했다. 전남대 정문 사거리 근처의 집 앞까지 가는 동안 택시기사는 한마디도 대꾸하지 않았고, 골목을 들어갈 때 알만한 얼굴들마저 모두 고개를 돌렸다. 2층 계단을 뛰어올라 서둘러 군화 끈을 푼 다음, 수진을 껴안았다.

‘여보, 고마워. 건강하게 잘 버텨주어서 감사해.’

1980년 비상계엄이 지속되는 가운데 ‘서울의 봄’이 유동적으로 흘러가던 4월, 전두환 합수부장은 중앙정보부 부장직을 겸하게 되면서 신군부를 대표하는 실질적인 최고 권력자가 되었다. 최규하 과도정부와 전두환의 실질권력이 공존하고 있던 안개정국 속에서 1980년 5월, 학생들의 반(反)군부 가두시위가 벌어졌다. 이 시위가 날이 갈수록 열기를 더해가자 여야 정치권 역시 계엄해제 촉구와 유신헌법 개헌에 합의함으로써 신군부의 정권 장악 의도에 서서히 제동을 걸기 시작했다. 이러는 가운데 신군부는 우월한 물리력을 동원하려는 음모를 진행하고, 이때 광주항쟁이 좋은 먹잇감으로 떠오른 것이다.

정권찬탈에 눈이 먼 신군부는 1980년 5월 17일 비상계엄 포고령 10호를 통해 국회와 대학을 폐쇄하고, 모든 정치활동을 금지할 것이며, 파업금지와 함께 언론검열을 강화할 것이라고 발표하였다. 5.17 계엄확대는 유력한 야당정치인인 김대중을 정부 전복(顚覆) 기도혐의로 체포하고, 김영삼을 가택연금시킴으로써 12.12 하극상에 이어 군부의 권력 장악 의지가 표출된 또 한 번의 쿠데타였다.

이러한 군부에 온몸으로 저항했던 사건이 광주민중항쟁이었던 바, 이에 대해 신군부는 공수부대를 투입하는 등 매우 폭력적인 조치로 대응하였다. 대학생 중심이던 시위에 광주의 일반 시민들과 고등학생들까지 합류하기 시작한 19일 오후, 시위참가자는 최소 3천 명 이상으로 늘어나 있었다. 계엄군의 진압은 더욱 가혹하게 변했다. 옆에 서있던 친구가 대검에 찔려 피를 흘리고 아녀자들이 곤봉에 맞아 숨이 끊어지는 장면 앞에서, 시민들은 무장투쟁의 길을 선택할 수밖에 없었다. 외부로부터의 도움이 전혀 없는 가운데 자기보호를 위해 무장해야 했던 광주 시민군은 마침내 도청을 '접수'한다. 22일 이후 광주는 지극히 정상상태를 유지하였다. 외신기자들에 의하면, 계엄군이 물러가고 시민군이 치안과 방위를 담당하는 가운데, 시민들은 자치질서를 찾아가고 있었다. 이 기간은 '광주해방구' 또는 '해방광주'라고 불리기도 한다. 그러나 그 아름다운 공동체는 계엄군의 무자비한 진압으로 철저히 부수어져야만 했다.

결론적으로 '광주'는 오직 권력만을 추구한 신군부의 야욕을 위해 수많은 광주 시민들이 무고하게 희생되었다는 것으로 정리될 수 있다. 어떤 이유에서도 용인될 수 없는 어처구니없는 비극, 그럼에도 불구하고 이후 한국의 모든 민주화운동이 그로부터 에너지를 얻게 되는 역사의 분수령, 바로 그것이 '광주'였다.

결혼 이후에도 한동안 최전방근무가 이어졌다. 그리고 마침내 1980년 8월. 전역 10여 개월을 남겨둔 시점에서 영외거주 허락이 떨어졌다. 부엌 하나에 달랑 방 하나. 한겨울에는 윗목에 연탄난로를 들여놔야 할 만큼 추웠지만, 연천군 대광리에서의 신혼생활은 달콤하고 행복했다.

전역을 2개월여 앞두고, 비교적 후방인 연천군 전곡면으로 발령이 났다. 머지않아 창설될 사단 수색대대로 편입되기 위해 고강도 훈련을 받아야 한다나. 이름 하여 특공무술. 대검으로 찌르거나 그것을 막는 동작, 남자의 제1급소를 걷어참으로써 일격에 상대방을 제압하는 동작 등, 보기만 해도 무시무시했다. 그보다 민수를 경악하게 한 것은 허름한 건물에 수용되어 있는 사람들이었다. 말짱하게 생긴 그들 중의 일부는 '영문도 모른 채 끌려왔는데, 입을 것과 먹을 것, 감기약조차 제대로 주지 않는다'며 고통을 호소했다. 군홧발에 정강이가 채여 피가 철철 흐르는데도, 언감생심 치료는 꿈도 꾸지 못한다는 것. 이른바 삼청교육대 수용자들이었다.

1980년 5월 17일 비상계엄이 발령된 직후, 국가보위비상대책위원회가 사회정화 정책의 일환으로 군부대 내에 설치한 기관. 국보위사무실이 서울 삼청동에 있어서 '삼청교육대'라는 이름이 붙었다는데, 명분은 '폭력범과 사회풍토 문란사범을 소탕하기 위함'이었다. 하지만 실제 끌려간 사람 중 30% 이상은 무고한 시민들이었다. 불시 검문하여 신분증을 지참하지 않았다는 이유로, 혹은 술 먹고 길거리에서 잠깐 동안 앉아 있었다, 밤 12시 통금시간을 어겼다, 전두환에 대해 '문어 대가리, 대머리, 살인자'라 말하였다, 술에 취해 아버지에게 땅을 떼어 달라 떼썼다는 이유로, 심지어 구두를 닦던 열두 살 소년이 영문도 모른 채 끌려갔다. 여자의 경우 모두 319명이었는데, 대개는 윤락여성, 포주*, 계주들이었다. 하지만 간혹 평범한 가정주부도 끼여 있었

* 포주(抱主): 창녀를 두고 영업을 하는 사람.

다. 실적 올리기에 눈이 먼 경찰 때문이었다. 이들은 조사과정에서 예사로 알몸 신체검사를 받았는데, 한 여성은 "이 XX년, 너 하나 죽이기는 개 죽이기보다 쉽다"는 폭언과 함께 정강이를 걷어차이는 등의 폭력을 당했다고 한다.

이들에 대한 순화교육은 연병장 둘레에 헌병이 총을 들고 감시하는 가운데, 육체적 고통을 가하는 가혹한 방법으로 이루어졌다.* 그리고 무자비한 인권탄압이 자행되었던 바, 하루 종일 뛰고 구르며 기합을 받았으며, 그러다가 뒤처지면 짐승처럼 얻어맞았다. 말을 잘 듣지 않는다는 이유로 손발을 개줄로 묶은 뒤, 밥도 개처럼 먹게 했다. 배가 고파 쥐이라도 캐먹으면, 입을 삽으로 찍어버리는 경우도 있었다. 삼청교육대에서 풀려나온 사람들 가운데에는 자살하거나 신체적 불구로 고통 받는 경우가 많았다. 심지어 한탄강** 부근에는 구타로 숨진 희생자들을 처리하기 위한 '시체처리 공장'이 있었다고 하는데, 죄목은 탈영이었다.

전역한 후 한 달쯤 지났을까. 고교동창생 창모에게서 한 통의 편지가 날아들었다. 올해 철학과 졸업반인 녀석에게 대학원 입학시험 출제경향에 대해 물은 적이 있었는데, 그에 대한 상세한

---

* 후일 국회의 국정감사 발표에 의하면, 삼청교육대 현장 사망자가 52명, 후유증으로 인한 사망자 3백 97명, 정신장애 등 상해자가 2천 6백 78명인 것으로 집계되었다.

** 한탄강(漢灘江): 강원도 평강군에서 시작하여 철원군을 지나 임진강으로 흘러 들어가는 강. 길이는 141km. 한자어로 '큰 여울이 있는 강'이라는 뜻을 지녔으며, 주변 경치가 무척 아름다워 대표적인 여름 피서지 중 하나이다.

답변이 적혀있었다. 처음에는 서울로 진학할까 했었다. 하지만 가족이 딸린 데다 광주에서 중고등학교에 다니는 동생들도 있고 하여, 모교로 진학하기로 맘먹었다. 김씨는 마침 친구 하나가 철학과에 교수로 와 있다는 뉴스를 전했다.

"명재남 교수님이요? 저 다닐 때에는 그런 분 없었는데요."

"니가 졸업허고 나서 새로 왔는 갑이여. 나 허고는 중학교 동창인디, 여그 영광 불갑 출신이여야. 작년엔가 은젠가사 박사학위 받어 갖고, 교수로 왔는 갑이드라."

"아, 어쩌면 그분 후임으로 왔는지도 모르겠네요. 저희 4학년 때, 교수직을 던지고 미국으로 떠난 교수님이 계셨거든요. 그분 친동생이 율산 그룹 회장인데, 포항제철보다 더 큰 제철공장을 이쪽에 짓는다고 하더라고요. 그래서 본인이 미국 현지 사장으로 가야 한다고 했었는데, 아마 최근에 정치바람을 맞아서 형편이 여의치 못한가 봐요."

이른바 율산 그룹. 1975년 신선호, 강동원 등 5명의 서울대학교 출신 20대 청년사업가들이 오퍼상(무역대리업) 창업을 시작으로 사업을 전개하여, 중동 산유국을 상대로 막대한 양의 시멘트를 수출하여 엄청난 부를 축적하였고, 4년여 만에 대기업으로 성장한 기업이었다. 언론에서는 이를 두고 '재계 신데렐라의 탄생', 또는 '무서운 아이들'이라고 대서특필하며 찬사를 보냈다.

그러나 정부는 1979년에 '8.8부동산 종합대책'을 발표한다. 중동건설 특수 등에 힘입어 천정부지로 치솟는 부동산 가격을 잡기 위해서였다. 이로 인하여 율산은 자금압박을 받기 시작한다. 이때 신선호는 서울 신탁은행으로부터 500억 원을 융자받은 뒤, 잠실 호수부지 총 200만 평 가운데 30만 평을 낙찰 받았다. 그러나 이후 개발계획이 수포로 돌아가고, 의류사업이 부진을 면치 못하자, 티켓을 만들어 관련 기관과 거래처, 은행 등에 선물하였다. 그런데 이 일이 청와대 사정반에 의해 적발되었다. 티켓을 받은 3천여 명의 공무원들이 파면 또는 직위 해제되고, 율산 그룹의 임원들이 소환되어 조사를 받았다.

또 이 일과 맞물려 3억 5000만 달러 규모의 사우디아라비아 주택공사가 최종 계약단계에서 물거품이 되고 말았다. 이에 그룹에서는 뒤늦게 정부에 구제금융을 요청하였는데, 이때 받은 70억 원의 구제금융 자금마저 모두 단자회사*의 빚을 갚는 데 쓰였다. 더욱이 땅값마저 폭락하는 바람에 부동산 처분도 불가능하게 되었다. 엎친 데 덮친 격으로 신선호의 비리가 중견 간부들에 의해 낱낱이 밝혀지면서 그룹의 총수가 구속되고, 계열사들 역시 도산하거나 남에게 경영권을 넘기게 되고 만다. 율산의 부도는 금융부채 및 방만한 기업 확장이 몰아온 실패 사례로 인식되었다. 그러나 어떤 사람은 지역감정에 기반을 둔 정치권의 음모나 재계의 견제가 원인이라고 말하기도 한다. 동시에 젊은 창업주들이 추구했던 열정과 아이디어, 재계의 기득권 파괴, 돌

---

* 단자회사(短資會社): 단기 금융시장에서 자금을 대출해주거나 차용, 또는 중개를 하는 회사.

파력으로 요약되는 '율산 정신'만큼은 시간이 갈수록 더 빛을 발할 것이라는 평가도 있다.

1981년 12월 초에 치러진 대학원시험을 통과했고, 이듬해 3월 개강을 했다. 석사과정 지도교수는 당연히 명재남 교수였고, 그의 전공을 따라 헤겔철학으로 방향이 정해졌다. 민수 자신의 취향이나 기질과는 다소 동떨어졌으되, 명교수와의 개인적인 인연과 1980년대 초반 한국 철학계에 불어 닥친 헤겔 붐이 함께 작용했다. 급우라고 해봐야 갓 대학을 졸업한 후배들뿐, 대학동창생들은 졸업한 후 제각기의 길을 찾아 떠난 다음이었다. 개학하는 즉시 중앙도서관 지하실의 대학원생용 독서실을 찾았다. 그리고 제일 안쪽 후미진 곳에 고정좌석을 만들어 공부에만 매달렸다.

'청춘의 공백기, 잃어버린 3년을 보충하기 위해, 남보다 두 배는 더 노력해야 한다!'

두 과목 수강에 주당 여섯 시간. 원서로만 진행되는 수업에 늘 발표순서가 들어 있어 그 준비에만도 많은 시간이 소요되었거니와, 외국어 공부에도 소홀할 수 없었다. 변한 것은 삶만이 아니었다.

"여보, 암만해도 군에 있을 동안 가졌던 내 생각이 좀 잘못된 것 같아."

"어떻게요?"

"뭐랄까. 너무 한쪽으로만 치우쳐 세상을 본 것 아닐까 해서.

'광주'만 해도, 주로 정부나 군인의 입장에서만 바라보았거든. 근데 막상 '진상'을 알고 나니까, 자꾸 화가 나고 피가 끓어. 요즘 우리 사회 돌아가는 꼴도 그렇고…."

"어음사기 사건인가 뭔가 터졌다면서요?"

"그 여자가 사기 친 돈을 1만 원짜리로 쌓으면, 백두산 높이가 넘는대."

"와! 진짜요?"

"1만 원짜리 100장, 그러니까 100만 원을 1센티미터로 잡았을 경우, 1억이면 1미터 아니야? 2천억이니까 2천 미터이고. 그러니까 백두산 높이 2천 7백 미터에 버금가는 거지. 어떤 사람은 7천억이라고도 하니까, 그렇게 되면 7천 미터가 넘는다는 소리고, 그러면 에베레스트 산 높이에 맞먹는 거지."

이른바 이철희-장영자 사건. 사채시장의 '큰손'으로 군림해온 장영자와 그의 남편 이철희가 저지른 거액의 어음사기사건이 터진 것이다. 1982년 5월 20일 검찰이 발표한 바에 따르면, 대통령 전두환의 처삼촌 이규광*(당시 광업진흥공사 사장)의 처제인 장영자와 육사 2기 출신으로 중앙정보부(오늘날의 국가정보원) 차장과 유정회 의원**을 지낸 이철희 부부는 권력의 후원을 앞세워, 자

---

* 이규광(李圭光, 1925년~2012년): 형 이규동(육사 2기)을 통해 전두환의 처삼촌이 되고, 처 장성희를 통해 장영자의 형부가 되며, 그의 장인과 김대중의 본부인 차용애의 친정어머니가 남매간이므로 김대중의 처외삼촌이 된다.

** 유정회 의원: 유신정우회. 유신헌법에 따라 대통령의 추천으로, 통일주체국민회의에서 선출된 전국구 국회의원.

기 자본률이 약한 몇몇 건설업체와 접촉하였다. 그리고 유리한 조건으로 자금을 제공해주는 대신, 담보조로 대여 금액의 2배에서 9배에 이르는 액수의 어음을 받고 그것을 사채시장에서 할인하여 자금을 조성하였다. 그밖에 주식투자를 하는 등의 수법으로 81년 2월부터 82년 4월까지 6,404억 원에 달하는 거액의 어음사기 행각을 벌인 것이다.

'건국 이후 최대 규모의 금융사기 사건'으로 불린 이 사건으로 몇몇 기업이 도산하고 은행장들이 구속되었다. 국회에서는 여야 간에 일대공방이 벌어졌으며, 권정달 민정당 사무총장이 경질되고 내각개편이 단행되었다. 또한 금융실명제* 실시 방침으로 경제계에 파문이 일었다. 권력 측근들이 여러 명 관련되어 권력형 부정사건의 대명사가 되어버린 이 사건으로 인하여, 집권 초기부터 정통성과 도덕성을 인정받지 못하던 전두환 정권은 씻을 수 없는 오점을 안게 되었다. 재판 결과 이철희, 장영자 부부에게는 법정최고형인 징역 15년에 몰수 및 추징금이 선고되었고, 이규광은 징역 1년 6월에 추징금 1억 원이 선고되었다. 그리고 이철희, 장영자 부부는 10여 년 복역 후, 가석방으로 풀려났다.

"정치하는 놈들이 정신을 차려야 해. 선량한 시민들을 죽이고

---

* 금융실명제(金融實名制): 가명 혹은 무기명에 의한 거래를 금지하고, 실명(實名)임을 확인한 후에만 금융거래가 이루어지도록 하는 제도. 실질적으로는 1993년, 대통령 김영삼이 ≪금융실명제 및 비밀보장을 위한 법률≫을 발표함으로써 시행되었다.

무력으로 정권을 잡았으면, 정치라도 똑바로 해야 할 거 아니야? 부정부패에 우민(愚民)정책이나 쓰고. 국민들이 정치에 관심을 갖지 못하도록 느닷없이 프로야구나 만들고, 무슨 민속씨름대회나 열고…."

"당신, 너무 치우친 것 아니어요?"

"뭐가? 아… 점점 비판적이 되어 간다고? 한국이 짧은 기간에 경제성장과 민주화를 동시에 달성했다고 그러는데, 바로 그 때문에 우린 어느 한쪽만 봐서는 안 된다고 생각해. 양쪽 모두를 성찰할 수 있어야 한다고. 그동안 나도 한쪽에 치우친 경향이 있었는데, '광주'의 목소리를 생생하게 들어본 까닭도 있고, 또 반정부적인 명교수님의 기질에도 영향을 받은 측면이 있을 것이고. 어떻든 나는… 그 누구야? 아홉 시만 되면, '땡'하고 나오는 그 자 말이야."

"……?"

"그 자가 아직까지 건재하다는 사실이 몸서리쳐지도록 싫어."

10. 패배자의 모습으로

석사학위 과정을 마치는 대로 박사과정에 진학하여야만 시간강사 자리라도 구할 수 있을 텐데, 막상 모교에서는 입학문을 꽉꽉 걸어 잠가놓은 상태. 마흔 살 이하는 절대로 받아주지 않기로 교수회의에서 의결했다는데, 교수들이 내세우는 이유랄까 명분은 어이가 없었다. 학부 1년 선배 가운데 서울의 모 대학에서 석사학위를 받은 사람이 모교의 교수들에게 통사정을 하여 박사과정에 들어오도록 허락을 받았단다. 그런데 이 '버르장머리 없는' 인간이 한 학기도 등록하지 않은 채, 또 일언반구도 없이 독일 유학을 떠나버렸다는 것. 이 일에 속이 상한 교수들이 '아직 덜 떨어진 제자들'을 받아주어서는 안 된다고 하며, 마흔 살로

하한선을 그어버렸다는 것이다. 그러나 기실 속사정은 따로 있었다. 본인들도 박사학위가 없는데 제자에게 학위과정을 가르치고 또 학위를 주는 일이 이치에도 맞지 않을뿐더러 이 일이 소문날 경우 권위에도 금이 갈 것을 염려하였던 것. 일종의 콤플렉스가 교수들 모두를 속 좁은 인간들로 만들어버린 셈인데, 이 일로 인하여 명교수는 더욱 고립되고 말았다.

사실 명교수가 나이 50이 되어 모교로 오긴 했으되, 교수들의 시기 질투는 끊이지 않았다. 다른 교수들에게 없는 박사학위를 소지하고 있는데다 명강의로 소문이 나 학생들로부터 인기를 독차지하고 있다는 것이 주된 이유였다. 하여 민수가 명교수를 석사과정 지도교수로 선정할 때에도 다른 교수들의 눈총을 많이 받았었다. 대학에서 실력 있는 교수가 동료들로부터 따돌림을 당한다는 사실은 공공연한 비밀. 명교수가 임용되는 과정에도 이 메커니즘은 어김없이 작동했다고 한다. 그가 박사학위를 받아 제일 먼저 찾아간 곳은 물론 모교인 광전대학교였다. 그러나 교수들은 그와 비교되는 것을 달가워하지 않았다. 그때 목양대학에서 명교수에게 손을 내밀었다. 후발 국립대학으로서 지역거점 종합국립대인 광전대학교와의 경쟁의식이 작용하여 '선수'를 친 것이다. 그런데 이 일을 전해들은 모교(광전대학교)의 교수들이 새삼스럽게 명교수를 초빙하였다. 본래 그 자리를 원했던 명교수로서는 마다할 이유가 없었다. 거기까지는 좋은데, 남의 이목에 둔감한 데다 자기 일에만 몰두하는 스타일의 명교수는 온

다간다 말도 없이 목양대학을 떠나버렸다.

어떻든 학과 분위기를 잘 아는 명교수가 민수를 데리고 직접 충성대학교에까지 갔고, 그곳에서 박주동 박사를 만났다. 이 획기적인 사건에 의해 모교 교수들의 눈치를 보며 우물쭈물하는 선배나 동기들에 비해 민수는 비교적 일찍 박사과정에 들어갈 수 있었다. 이때부터 시간강사 자리를 찾아보았다. 경력도 쌓아야 했을 뿐더러 아들까지 태어난 마당에 한 푼이라도 벌지 않으면 안 될 상황이었기 때문이다. 생활비조로 매달 20만원씩 보내주겠다는 김씨의 약속은 서너 달 만에 공수표가 되었고, 석사과정 내내 아내는 이리저리 돈을 꾸러 다니느라 정신이 없었다.

그러나 지방대학 석사학위 논문 하나 달랑 들고 찾아온 불청객을 따뜻하게 맞이해주는 곳은 어디에도 없었다. 여러 곳을 전전하다가 어렵사리 강사 자리를 얻은 곳이 다름 아닌 목양대학. 명교수의 학부시절 스승이자 현재 박사과정 제자인 문정민 교수의 소개로 신과장을 만났고, 신과장의 배려로 첫 학기 6시간을 배정받았다. 난생 처음으로 대학 강단에 서게 된 것이다.

그런데 나중에 알고 보니, 명교수가 박사학위를 들고 처음 찾아간 사람이 문정민 교수였고 그의 소개로 신과장을 만났단다. 신과장의 적극적인 추천으로 교수 자리를 얻을 수 있었는데, 모교에서 초청장이 오자 한 마디 인사도 없이 떠나버렸던 것. 어려울 때 도와주었더니 그럴 수 있느냐며, 은혜를 몰라도 유분수지 도저히 상종 못할 인간이라고 신과장은 노발대발했고, 한참 지난 일인데도 그는 제자인 민수의 면전에서 '스승'에 대한 욕을 퍼부어댔다. 그토록 살벌한 분위기였기에 사실 신과장의 대학 동기동창이자 동료교수인 문교수의 고집이 아니었다면, 민수가 강사로 채용되기도 어려웠을 판. 그때부터 민수는 신과장 앞에서 명교수 일을 절대로 입 밖에 꺼내지 않았다.

모든 키는 신과장이 쥐고 있음을 알아차린 다음부터 그의 비위를 맞추고자 애를 썼다. 억지로 교회를 나간 일도 오직 그 때문이었다. 교회의 장로인 그에게 눈도장을 찍는 것이 유일한 목적이었던 것이다. 그의 권유에 따라 그 의미조차 알지 못하는 '세례'란 것을 받았고, 성가대에도 섰으며 구역장도 맡았다. 명절이면 과일이며 쇠고기며, 그 부인의 고급 속옷까지 사다 바쳤다. 학교에 가서도 다른 교수의 연구실에는 일부러 들르지 않았다. 그가 다른 교수와 교제하는 것을 싫어할 것 같았기 때문이다. '오직 나에게는 당신뿐'이라는 몸짓으로 다가갔다.

1년 후. 드디어 학과의 조교 자리를 놓고 경합이 벌어졌다. 그 자리는 정식 교수인 전임강사로 바로 승진(신임채용이 아닌)할 수 있었기 때문에 사실상 교수 자리나 진배없었다. 민수는 나름대로 최선을 다했다. 하지만 끝내 넘지 못할 산이 있었으니, 그것은 바로 학연으로 맺어진 인맥과 뇌물이었다. 그리고 냉엄한 현실에 눈을 뜬 것은 불행하게도 탈락이 결정된 바로 그 순간이었다.

'과연 어디에서부터 일이 잘못되었는가? 항상 현실을 인정하지 않으려는 나의 어쭙잖은 양심 때문인가? 그게 내 인생에 걸림돌이 되고 있는가? 그러나 설령 그렇다 한들 어쩔 것인가? 도덕도, 양심도 없이 막 살 수는 없지 않은가 말이다.'

이번에는 화살을 외부로 돌려보았다.

'문제는 죄악이 가득한 이 세상이야. 돈과 정실에 따라 움직이는 못된 인간들. 정직한 사람이 대우를 받는, 그런 세상은 언제쯤 올까?'

신과장 집에서 가끔 마주쳤던 오근식의 능글맞은 미소가 떠올랐다. 돼지 같은 몸집에 두꺼운 테의 안경이 신과장의 표현처럼 '예쁘장하기는'커녕 역겹기 한량없었다. 세상에! 그놈이 예쁘장하다고? 신과장도 눈이 삐었지. 아니, 대학 후배라고 눈에 콩깍지가 씌었겠지. 그도 아니면 뇌물에 눈이 멀었을 수도 있고.

'녀석은 분명 돈을 갖다 바쳤을 거야. 그래서 신과장은 나에게 왜 밤낮 과일만 사오느냐고 타박했을 테고. 그런 건 얼마든지 우리 집에도 있다고 했지. 아! 그 말을 일찍 알아들었어야 하는데. 이 멍청한 놈, 미련한 놈….'

전쟁에 패한 장수에게 어찌 변명이 있을 손가.

'나와 타인들, 이 세상은 서로 맞지 않다. 전방에서 보았던 5분 방벽*처럼 내 앞에는 늘 높다란 벽 같은 것이 서 있다. 왜 나는

* 5분 방벽=대전차 방호벽: 중요 군사 요충지 도로마다 설치된 벽 형태의 대전차장애물. 보통 전차가 통과할 수 없을 정도로 높고 가파른 벽을 쌓아서 구축한다. 이 시설은 물론 적의 공격 앞에 언젠가 무너진다. 하지만 그 공격속도를 단 5분이라도

유독 이런 일에 약한 걸까? 왜 잘하다가도 결정적인 순간에 안타를 치지 못하는 걸까?'

중학교 입시에서도, 고등학교 입시에서도 다 된 밥에 코를 빠뜨리는 경우가 많았다.

'난 뒷심이 약하다. 베짱이나 승부욕도 없다. 치고 나가야 할 때 머뭇거리다가 결국 당하고 만다. 일찌감치 호랑이로부터 지적받았던 이 모든 약점들을 아직도 난 극복하지 못했다. 그의 정성에 보답하지 못한 채로 있다. 그는 나를 위해 반복하여 백미터 달리기도 시켜보았고, 웅변을 하도록 배려도 했었다. 그런데 비무장지대 안을 드나들던 수색소대장의 그 처절한 경험으로도 여태껏 그 고질병을 고치지 못하다니.'

희망을 품어야 한다 하면서도 자꾸 절망의 소리가 터져 나왔다.

'다시는 이런 기회가 오지 않을 거야. 하나 남아있는 전임교수 자리는 오근식의 차지가 분명하고, 그가 승진하고 난 다음 비게 될 조교자리에 그가 나를 추천할 리는 만무하고. 왜? 동갑내기의 경쟁자였을 뿐만 아니라 신과장의 교회에 함께 출석하는 데다 또 그가 입학하지 못한 박사과정에 적을 두고 있으니까. 라이벌이 될 가능성이 높으니까. 더욱이 이제부터 신과장은 전임교수가 되어버린 오근식의 뜻을 거스르지 않으려 들 것이다. 기회가 온다 한들 내 스스로 그 녀석 아래에서 근무하고 싶지도 않고,

---

지연시킬 수 있다는 데 의미가 있다.

또 그럴 자신도 없고.'

그렇다고 이제 와서 모교에 고개를 들이밀 수도 없는 노릇이었다. 사실 광전대에서 학사와 석사학위를 받긴 했으되, 미리 진을 치고 있는 학과의 선배들 때문에 모교에 남고자 하는 꿈을 일찌감치 접었었다. 그 덕분에 명절 때 모교 교수들을 찾아다니는 번거로움에서는 벗어날 수 있었지만. 그런데 새삼스럽게 모교를 찾다니. 그건 죽기보다 싫었다. 그렇다면 이제 대학교수의 꿈은 접어야 하지 않을까?

중학교 2학년 때 수면제를 삼키려다 포기했고, 고등학교 입시에서 낙방했을 때에는 맥주 세 병으로 끝을 내려 했다. 하지만 역시 실패했다.

'또다시 원점으로 돌아왔구나. 왜 나는 늘 이 모양일까? 걸을 때마다 넘어지고 뛸 때마다 자빠진다. 오근식 그 놈하고는 인생항로 자체가 다르지 않은가 말이다. 운 좋은 녀석은 내가 실패했던 바로 그 고등학교 출신이고, 아마 그 덕에 S대학도 들어갔을 테고, 그 S대 졸업장 덕분에 쉽게 조교도 되고. 그리고 교수자리마저 눈앞에 두고 있으니…. 나의 인생은 어차피 실패하도록 운명 지워져 있다. 살면 살수록 농락만 당하고, 버티면 버틸수록 수치만 더해진다. 아! 불공평한 세상이여, 부조리한 나의 인생이여!'

목포 부둣가에서 도초도* 행 여객선에 몸을 실었다. 뱃전에 기대어 하얀 포말을 뒤로하며 갈라지는 물길 속을 들여다보았다. 그대로 첨벙 뛰어들고 싶은 충동이 일었다.

'조금만 더 기다리자. 29년을 버티어왔는데, 예에서 하루쯤이야. 짧고도 짧은 나의 인생, 영겁의 세월에 견주면 찰나에 지나지 않을지라도 마침표 하나는 찍어 두어야지.'

두어 시간쯤 지났을까. 도초 섬에 내려서는 그 길로 중학교를 찾았다.

"아, 천선생님이요? 그 양반은 가거도*로 전근가셨넌디? 소흑산도라고도 허는디, 여그서 배타고 한참을 가다보면 흑산도가 나오그든이라우. 거그서 또 몇 시간 가야 허는디, 오늘은 너무 늦어갖고 배가 끊어졌을 것이요마는…."

일직교사의 설명을 뒤로한 채 발길을 돌렸다. 하기야 온다고 미리 연락을 한 것도 아니고, 수제자가 찾아올 것으로 예상할만한 상황도 아니었다. 그도 그럴 것이 여전히 크리스마스카드는 보내고 있고 간혹 편지도 썼으되 그로부터 답장을 받아본 적도 없고, 또 이상하게도 전화할 생각일랑은 하지 못했다. 결국 결혼

---

* 도초도(都草島): 전라남도 신안군 도초면에 딸린, 우리나라에서 열세 번째로 큰 섬. 목포에서 서남쪽으로 47㎞ 지점에 위치해 있으며, 목포에서 출발하는 정기여객선과 쾌속선이 1일 2~3회씩 운항된다.

* 가거도(可居島): 우리나라에서 해가 가장 늦게 떨어지는, 최 서남단의 섬. 일제강점기에 '소흑산도'로 바꾸었다가 2008년 원래의 이름으로 환원되었다. 6.25 전쟁이 거의 끝날 무렵에야 전쟁 발발 사실을 알았다고 한다. '중국에서 닭이 울면 들린다.'고 하지만, 직선 최단거리로 385km나 된다. 목포항에서는 140km 정도 떨어져 있는데, 해류의 속도가 빠른 데다 해상교통도 불편하다. 그나마 풍랑이 조금만 높아도 자주 결항하기 때문에 울릉도, 독도와 맞먹는 우리나라 최고의 오지라고 할 수 있다.

식 이후 한 번도 그를 만나보지 못했던 셈. 함평 고향집의 사모님께 물어 이곳에 부임해있다는 소식을 들은 지가 불과 얼마 전인데, 그 사이에 더 멀리 전근을 가신 모양이라 생각했다.

'흑산도도 만만치 않은데, 거기서 더 들어가시다니. 어떻든 마지막으로 난 그를 만나야 한다. 그리고 물어야 한다.'

불가사의한 일이었다. 친구들은 그에게서 배운 것이 없다고 말하며, 민수 역시 거기에 동의하는 편이었다.

'그런데 왜? 그의 얼굴과 함께 떠오르는 것은 고함과 기합, 무서운 표정뿐인데 왜 나는 인생의 마지막 터미널에서 매번 그를 떠올려야 하는가?'

대충 저녁을 때운 다음, 섬 전체에서 하나뿐이라는 다방을 찾았다.

"가거도요? 엄청 멀어요. 흑산도에서도 다섯 시간은 더 걸릴 걸요. 참, 그리고 오늘 태풍주의보가 내려져서, 내일 배가 뜨지도 못할 텐데요."

레지는 민수의 행색을 훑어보며 껌을 짝짝 씹어댔다. 달리 할 일도 없어 속절없이 텔레비전 화면만 들여다보았다. 날씨 예보상의 내일은 여전히 흐리고, 비오고, 태풍이 불었다. 레지의 눈치도 보이고 하여 자리를 박차고 일어섰다.

허름한 여인숙을 찾아들었다. 하룻밤 자는데 2천원. 유리 대신 붙여놓은 비닐 창은 가장자리가 뜯겨져 나풀거리고, 여기저기 찢어진 벽지 위로 빗물은 흘러내리고, 문틀은 귀신의 곡소리에

장단이라도 맞추는 양 주기적으로 덜그럭거렸다. 세찬 바람에 방 안은 한데나 다름없었고, 어둡고 침침한 푸른색 조명은 더욱 스산한 분위기를 연출하고 있었다. 뒤돌아서 뛰쳐나가고 싶었다. 하지만.

'죽으려고 작정한 놈이 무서워하고 두려워 할 게 뭐 있어? 땅속 깊은 곳에 비하면 이런 데도 감지덕지해야지. 그보다도 날씨 때문에 그곳에 가지 못한다면… 그래. 편지라도 쓰자. 유서라도 남기자.'

사랑하고 존경하는 선생님!

그동안이나마 건강하셨는지요? 선생님을 찾아 이곳 도초에까지 왔건만, 선생님은 계시지 않았습니다. 지금 제가 편지를 쓰고 있는 이곳은 어느 허름한 여인숙입니다. 바다를 향해 입을 크게 벌리고 있는 창문 틈새로 세찬 바람이 몰아칩니다. 선생님과 제가 처음 만났던 제 고향 역시 칠산 바다에서 불어오는 바람이 무척이나 셌던 곳 아닙니까? 제가 힘들고 어려울 때마다 정신적 버팀목이 되어주셨던 선생님을 뵙기 위해 수백 리 바닷길을 달려왔습니다만, 선생님은 벌써 이곳을 떠나 계시더군요.

선생님!

저는 또다시 패배자가 되고 말았습니다. 이 세상을 바르고 진실하게, 정도(正道)를 걸으며 살아가려는 제가 잘못일까요? 선생님께서는 저희들더러 늘 올바르게 살아야 한다고 가르치시지 않았습니까?

그러나 이 세상은 과정이야 어찌됐든 결과만 놓고 따집니다. 모든 영광은 승자에게 돌아가고, 패자에게는 비웃음과 비난만이 남게 됩니다. 이제 저는 이 비정한 메커니즘을 몸소 겪으며 또다시 좌절하고 있습니다.

제가 살만한 가치가 있는 건가요? 제 삶에 어떤 의미가 있을까요? 언젠가 선생님께서는 이렇게 말씀하셨다지요? '백수남국민학교에서 내가 한 일은 김민수 하나를 남긴 것뿐이다'라고요. 제 후배들에게 하셨다는 그 말씀을 지금도 기억하시나요? 이 못난 저를 왜 그렇게 믿어주셨습니까? 그러실 만큼 과연 제가 가능성이 있는 녀석이었던가요? 중학교 입시, 고등학교 입시에서 낙방만 거듭했던 제가 또다시 참담한 패배를 당한 지금에마저 선생님의 그 말씀은 과연 유효한가요?

저는 지금까지 힘들고 외로울 때 늘 선생님을 생각했습니다. 그토록 철저하게 저를 믿어주신 분이 이 세상에 계시는데, 차마 그분을 실망시켜 드릴 수는 없다고 생각했습니다. 생의 마지막 순간에 항상 그분을 떠올리며 이 순간까지 버티고 인내하며 제 삶을 끌어 왔습니다. 그러나 오늘밤 몸서리쳐지게 외롭고 고독한 이 초라한 방에서, 그보다 더욱 초라한 한 인간이 절규하고 있습니다. 저는 왜 항상 선생님에게 패배의 보고서만 올려야 하나요? 선생님 앞에 자랑스러운 제자로 서기를 간절히 원했던 제가 왜 오늘 선생님께 이런 글을 써야만 합니까?

지금까지 그러셨던 것처럼 이번에도 선생님께서는 침묵하시겠습니까? 어쩌면 제가 이곳에 왔다는 사실조차 한참 후에야 아실 것이고, 오늘의 이 참담한 감정이 전달되는 데에는 그만큼의 간극이 있게 되겠지요. 그리고 그 무렵에 저는 어떻게 되어 있을지… 그건 저도 모릅니다. 이렇게 글이라도 쓰지 않으면 도저히 견딜 수 없을 것 같아서 펜을 들었습니다. 그럼 내내 건강하시고 안녕히 계십시오.

1984년 6월 8일　도초에서　못난 제자 올림

물론 답장은 기대하지 않았다. 편지가 무사히 도착할 수만 있어도 다행이다 생각했다. 전기 고등학교 입학시험에 낙방하고서 그를 찾아간 적이 있었다. 하사리에서 친구들과 어울려 술 마시고 노래하고, 여자아이들 뒤꽁무니 쫓아다니고, 패싸움도 벌이다가 문득 그를 만나야겠다는 생각이 들었다. 영광읍을 거쳐 비포장도로를 달리던 완행버스, 함평 손불의 어느 언덕배기에 내려섰을 때 다가오는 암담함, 막연히 만나야 한다는 일념으로 눈길을 걸었고, 어느 순간 그와 마주했었다. 그리고 화를 내듯, 반항하는 심정으로 담배를 꺼내 물었다. 분노에 찬 그의 손이 뺨을 갈길지도 모른다는 기대 반 우려 반의 심정. 하지만 그는 끝내 침묵을 지켰다.

그 후로 그 사건에 대해서는 서로 입을 닫았다. 결혼식 주례 부탁을 하러 갔을 때에도 그 일만은 입에 올리지 않았다. 악몽이라도 되는 양, 그 일은 민수 자신의 삶에서 지워졌다. 아니, 부끄럽고 창피하고 불유쾌한 사건이 자신의 삶과는 무관한 어떤 것으로 남기를 간절히 바랐다. 하지만 그 일은 오늘 편지의 내용과 어딘지 닮아 있었고, 그래서 엄연한 사실이자 지울 수 없는 아픔으로 다가왔다. 편지지에 눈물이 번져 글씨가 어른거렸다. 임자와 함께 뜬눈으로 밤을 지새운 베개는 흥건히 젖어있었다.

“오늘은 심들 것 같고라우. 내일이나 뜰란가….”

선창에서 만난 사나이는 심드렁하게 중얼거렸다. 편지를 우체통에 집어넣고, 목포행 여객선에 몸을 실었다.

‘이젠 한 가지 일만 남았다.’

시간을 지체하면 마음이 약해질지 모른다는 노파심도 작용했다. 쇠뿔도 단 김에 빼라고 했거늘, 한껏 달구어진 이 비애감을 행동으로 풀어 제쳐야 한다. 비겁한 도망자가 아님을 이제는 몸으로 증명해야 한다. 쉴 새 없이 물줄기를 쏟아 붓는 먹구름 하늘을 바라보며 뱃전을 향해 나아갔다. 그러나 아래를 내려다보는 순간, 엉겁결에 억 하는 소리가 튀어나왔다. 바다는 결코 푸르지 않았다. 맑고 투명하여 아름다운 그런 색깔이 아니었다. 거무튀튀한 소용돌이 속에서 혀를 날름거리는 마귀의 형상이 나타났다.

‘아! 저건 지옥의 모습이 아닌가? 과연 내 몸이 저 속으로 빨려 들어가야 하는가? 시체를 뜯어먹는 물고기들이 득실거릴지도 모르는데….’

몰아치는 공포감은 스물아홉 살 가장의 분노와 좌절을 한입에 삼켜버렸다.

'여기까지 와서 물러서면 어떻게 해? 이 정도의 각오조차 하지 않았단 말이냐? 또 한 번 실패자로 남을래? 어서, 어서 뛰어들어! 약해지지 마. 여기서 포기하면 넌 또다시 실패한 인생이 되는 거야. 너 스스로에게 조롱거리가 된다고. 네 인생, 네 한목숨마저 네 맘대로 못한 데서야 말이 되니? 김민수! 망설이지 마라. 오늘 돌아서면 언젠가 다시 맞닥뜨리게 된다고. 그 고통. 그 아픔을 또 겪을래? 이번 한 번만 용기를 내면 만사 오케이야. 곧 편안해진다고. 세상을 향해 승리할 수 있는 유일한 길이란 말이야.'

오른쪽 다리를 배 난간에 걸친 다음 왼발을 들어 올리려는데 어쩔 수 없이 눈길은 바다로 향했다. 더욱 진해진 죽음의 색깔, 뱃전을 때리는 세찬 파도.

'아, 내가 꼭 이런 식으로 죽어야 하는가? 이 궂은 날씨에, 아무도 보는 이 없이, 이 망망대해에 몸을 던져야 하는가? 공양미 삼백 석에 아버지의 눈을 뜨게 한 심청이도 아니고….'

심사가 복잡해지려는 순간, 뒤에서 비명소리가 들렸다.

"여보, 여보! 이리 좀 와보세요. 이 사람이 물속에 빠지려나 봐요."

젊은 부부.

"아이 아저씨! 왜 그러세요? 무슨 일인지 몰라도 이러시면 안 되지요."

잽싸게 허리를 감싸 쥔 사내의 두 팔을 힘껏 뿌리쳤다. 하지만 역부족. 선실(船室)로 들어온 세 몸뚱이는 영락없이 물에 빠진 생

쥐 꼴이었다.

“왜 남의 일에 간섭을 하고 그럽니까?”

“간섭이 아니라, 사람이 죽으려 하는데 일단 살리고 봐야지요.”

“당신네가 나를 언제 봤다고….”

“금방 여기서 봤지요. 하하…. 그러지 마시고 일단 참으십시오. 따지고 보면 다 죽고 싶지요. 하루에도 열두 번씩 죽고 싶은 것이 사람 마음 아닙니까?”

“그래요. 이 이도 사업에 실패하여 죽으려 했는데, 은사님을 뵙고 나서 힘을 얻어 오는 길이거든요.”

“은사님…이요?”

“저희들을 가르쳤던 분이 가거도에 계시는데, 천진한 선생님이라고요.”

“예? 천선생님이요?”

“천선생님을 아세요? 저희들은 남녀공학 고등학교를 다녔는데, 저희들 담임선생님이셨거든요. 그런데…?”

“아니요. 그냥….”

“엊그제 현충일이 겹치고 하여 겸사겸사 찾아뵈었다가 도초에 있는 친척집에 들렀다 올라가는 길이어요. 근데 갑자기 초등학교 때 제자 말씀을 하시더라구요. 저희들도 학교 다닐 때 너무나 자주 들었었는데요. 결혼식 주례도 서 주셨다 하더라고요. 그런데 무슨 어려운 일이 있는지, 요즘 꿈속에 자주 나타난다고요.”

"그 분이 제 집사람 3학년 때, 그 제자 신부감으로 점찍어놓고 그랬어요. 히히…."

"당신도. 왜 그런 쓸 데 없는 소리를 하고 그래요?"

"다 지난 일인데 뭐 어때?"

민수는 충격으로 할 말을 잃고 말았다. 키가 큰 여자는 한눈에 보기에도 미인이었다. 적당한 살집에 하얀 피부, 호수처럼 맑은 눈이 보는 사람의 마음을 집어삼킬 것만 같았다.

'주례 부탁을 하러 갔을 때, 골라놓았다던 신부감을 이런 데서 만나다니. 만약 이 여자가 내 정체를 안다면? 그토록 침이 마르도록 칭찬했던 제자가 스스로 목숨이나 끊으려는 못난이임을 알아차린다면? 나도 우세, 선생님도 우세로구나.'

집에 들어서자 수진이 반색을 한다.

"여보, 몸은 어때요? 점심은요? 선생님 뵈었어요?"

"……."

"많이 위로가 되었지요? 지혜가 이상하게 당신만 찾고, 지수도 말은 안 하지만 엄청 기다리는 눈치였어요."

"애들이 나를?"

"그리고 어머님에게서 전화가 왔었는데, 땅콩집 다 짓고 상량식인가 낙성식인가 한다고 내려오래요. 이번 주말에…."

남 못지않게 잘해주고 싶은 욕심과 따르지 못하는 현실 때문에 늘 미안했던 아이들.

'그들이 나를 애타게 기다렸구나. 주변 사람들에게 항상 짐이 된다 여겨왔는데 그게 아니로구나. 아무 짝에도 쓸모없다고 한탄해왔던 내 존재도 누군가에게는 필요했구나. 그래. 눈 질끈 감고 살아보자. 죽고자 하는, 이 독한 마음 갖고 살다보면 결국에는 살아지지 않겠는가? 조교? 그까짓 것, 아무나 하라고 해.'

부쳐지지 않는 편지, 부칠 수 없는 마음의 서신을 써내려가기 시작했다.

'선생님, 저는 생의 굽이굽이마다 당신을 찾았습니다. 제가 지쳐 쓰러지고 싶을 때, 당신에게 손을 내밀었습니다. 인생의 해답을 구해 달라 요구했습니다. 그때마다 당신의 손은 멀리 있었고, 당신의 입술은 열리지 않았습니다. 그럼에도 저를 향한 당신의 손짓을 보았고, 당신의 침묵 속에서 저를 향한 가르침을 들었습니다. 위로나 격려의 말씀이 아닐지라도, 거창한 교훈이 담긴 답장이 아닐지라도 저는 당신의 그 침묵이 던지는 큰 메시지를 읽고 있습니다. 그 메시지란 그래도 나는 너를 믿는다….입니다.'

물론 그것은 민수 스스로 만들어낸 신화일 수도 있었다. 스스로 지어낸 전설일 수도 있었다. 그럼에도 그것은 민수의 삶을 지탱해준 위대한 힘이었다.

'두음법칙과 모음조화, 곱셈과 나눗셈보다 더 중요한 것을 선생님에게서 배웠습니다. 저에게 꿈과 야망을 심어주셨지요. 불굴의 의지와 인내심도 가르쳐주셨고요. 공부가 인생의 전부가 아니라는 것, 불의한 세상에 저항할 줄도 알아야 한다는 것, 세상에는 제자를 끝까지 믿어주는 스승이 있음도 알려주셨고요. 그보다 소중한 교육이, 그보다 귀한 가르침이 어디 있겠습니까? 선생님께서는 왜 굳세져야 하는지, 왜 강해져야 하는지, 왜 기를 쓰면서 승리해야 하는지 일일이 말씀해주시지 않았지만 이제 제 몸으로 그것을 알아갑니다. 도서벽지 점수를 따기 위해 멀리에 근무하신다는 소식도 들었습니다. 그러고 보니 선생님은 지금도 저에게 가르침을 주시네요. 불꽃처럼 치열한 삶을 살라고 말입니다. 선생님, 언젠가 당신 앞에 다시 서겠습니다. 오늘처럼 초라한 패배자가 아니라, 환하게 웃는 승리자의 모습으로 기필코 다시 서겠습니다.'

하사리에서는 땅콩밭 한가운데 집짓는 일이 거의 마무리단계에 접어들고 있었다. 고등학교 졸업 후 대학진학에 실패한 두 살 아래의 동생 민국은 중장비 기술을 배우니 어쩌니 하면서 허송세월을 보내다가 서둘러 결혼을 하였고, 박씨가 20년 동안 운영해온 동네 가게를 물려받아 있었다. 타고난 천성이 착한 데다 근면 성실하여 그런대로 잘 버티어 나갔는데, 문제는 한 울타리 안에 살면서 사이가 자꾸 벌어지는 아버지 김씨와의 관계였다. 중촌과 백수남초등학교 사이의 허허벌판 외딴 곳에 집을 짓는 것도 그 일과 무관하지 않았다.

"우리가 중국 사람들한테 꾸어준 빚 허고 외상값 대신, 이 집을 잡어 놨었그든. 그런디 그 빚을 못 갚은게 어쩔 것이냐? 이 집이라도 잡어야제. 또 우리 땅콩밭이 이 근방에 다 모타(모여) 있기도 허고, 또 느그 아부지는 사람들한테 질렸다고 역불러(일부러) 동네에서 뚝 떨어진 디다가 멋진 한식집을 짓어 갖고 식구들끼리만 살았으면 허는갑이여."

근방에 흩어진 땅콩밭이 60마지기(12,000평)이고 집터와 공터를 합쳐 600평이 넘는단다. 이 대지 위에 민국이 축사를 지어 몇 년 동안 비육우를 키우기도 했으나 동네에서 왔다 갔다 하기도 멀고 해서 겸사겸사해서 집을 짓기로 했다는 박씨의 설명이었다.

담장 안의 집터 200평 위에 건평만 약 40여 평에 달하는 5칸 꺾임 모양의 한식 기와집. 그 설계도뿐만 아니라 암기와, 수기와, 기둥과 대들보 모두를 경주에서 직접 운반해왔다. 지붕 위로 올라가는 황토만 해도 수십 트럭이 넘고, 보통 집의 기둥만한 굵기의 서까래들은 몇 년 전부터 김씨 소유의 솔밭에서 베어내 말린 것들이었다. 비용 또한 엄청났다. 밥과 음식, 황토나 서까래 등을 일일이 계산에 넣지 않았는데도 현금으로 3천만 원이 훌쩍 넘었다.

"도시에 이런 집이 있으면, 몇 억 나갈 것이다. 땅만 해도 벌써 몇 평이냐? 울타리 안으로만 해서 200평, 한 마지기 아니냐? 앞으로 이 담장 우게로 기와도 얹고, 그 안에다가 정원수도 심고, 연못 만들어 잉어도 키우고 헐 참인디…."

"……."

"인자 저 북쪽으로 소나무… 해송(海松)을 쭉 심고, 그래야 바람막이 역할을 허그든. 그러고 집 걸막(골목) 들어오는 디다가 키 큰 나무들, 무궁화 같은 것들을 양쪽으로 쭉 심거 놓으면 좋아야. 말허자면 별장이제 별장. 앞으로 여그다가 큰 식당 같은 것을 해도 갠찮을 것이다. 그러고 느그덜이 도시에 터를 잡게 되먼, 이 집을 그대로 뜯어다가 옮개도 되고. 한식집이 좋은 이유가 그것 아니냐? 절대 못을 안 쓰고 구멍을 파서 연결허기 땜에, 옮길라고 맘 먹으면 어디든지 그대로 빼서 옮겨 갖고 다시 지스먼 되그든."

그래. 반드시 교수가 되어 이 집도 도시로 옮기고, 부모님 모시고 오순도순 잘 살아야지. 천진한 선생님 앞에 승리자의 모습으로 서야지.

11. 비극을 넘어

시간강사 신분이었음에도 신과장과 학과 교수들에게 올인을 하였다. 명절 때마다 과일이며 쇠고기를 사들고 열 명이나 되는 교수들 집을 찾아 광주, 목포, 서울 등을 쏘다녔다. 동부인(同夫人)하는 것이 훨씬 더 성의 있게 보인다는 모 선배의 충고에 따라 아내와는 항상 동행했고, 맡길 곳이 마땅찮은 두 아이도 함께 데리고 다녔다. 그러나 이미 철밥통을 꿰찬 교수들의 마음은 철옹성처럼 단단했다. 칼자루를 쥔 자들과 칼끝을 잡은 자, 대학교수라는 특혜로 갑옷을 입은 자들과 벌거숭이 몸뚱이, 그들과 민수는 그렇게 철저한 갑을(甲乙)관계였다. 아이들의 과자 값을 아껴, 아내의 속옷 값을 절약하여 사들고 간 선물을 두고 돌아서 나오며, 시원찮은 그들의 반응에 마음이 녹아내렸고, 뒤통수에 와 박히는 그들의 눈총에 온몸이 달아올랐다.

'과연 내가 이렇게 살아야 하는가? 그까짓 대학교수가 뭐길래 그들 앞에서, 아니 내 사랑하는 가족 앞에서 비굴한 모습을 들켜야 하는가?'

대학 1학년에 재학 중이던 막둥이 여동생이 가출한 지 달포* 가량 지난 8월의 어느 날 아침. 요란하게 벨이 울렸다. 어젯밤 한 오토바이가 갓길에 세워져있던 트럭의 범퍼를 들이받아 네 명이 그 자리에서 죽었는데, 그 가운데 여동생이 들어있는 것 같다는 내용이었다. 부리나케 광전대 부속병원 영안실로 달려가 여동생의 시신을 확인하였다. 형사의 안내에 따라 사고 현장을 방문하였지만, 그곳에는 아무 것도 남아 있지 않았다. 트럭과 오토바이는 벌써 치워진 상태였고, 사고 당시의 흔적이나 파편조차 남아있지 않았다. 대신 도로에 사고지점을 나타내는 표시만 하얀색으로 그려져 있었다. 결국 가해자 측으로부터 진정성 있는 사과나 보상금 한 푼도 받지 못한 채, 정확한 사인(死因)도 규명되지 않은 채 여동생 사건은 종결되고 말았다.

그러나 이 사건이 남긴 그림자는 결코 짧지 않았다. 한 달이 가고, 두 달이 지나도 어둡고 음산한 집안분위기는 좀체 해소되

---

* 달포: 한 달이 조금 넘는 기간.

지 않았다. 가족들끼리 서로 얼굴 마주치기가 민망할 정도로 서먹서먹했다. 이듬해 음력설이 지나고 이틀째가 되었을 때, 민수는 책도 봐야 하고 논문도 써야 한다고 둘러대며 올라가겠노라 했다. 하지만 쌀이랑 김치, 젓갈이라도 가져가려면 준비가 필요하니 하룻밤만 더 자고 가라는 박씨의 권유에 따르기로 했다. 저녁을 먹는 둥 마는 둥, 섬돌 위의 신발을 향해 허리를 구부리는데 등 뒤에서 인기척이 느껴졌다. 이제 설을 지나 갓 여덟 살이 되는 딸아이. 유치원을 졸업하고 올봄 초등학교에 입학할 아이, 동그란 얼굴에 눈이 큰 아이 지혜였다.

민수는 중촌동네 가운데의 가게까지 몰고 온 오토바이를 변소 옆 헛간에 괴어놓고, 마침 가게를 보고 있던 둘째 여동생 민희에게 키를 맡겼다. 고교를 졸업하고 빈둥빈둥 놀고만 있는 아이였다.

"나 마실에 갔다 올 테니, 이 키 갖고 있어라. 덤벙대다가 잃어버리지 말고…."

"지혜 땅콩집에 있어? 왜 안 데리고 왔어? 보고 싶은디…."

"날도 추운데, 뭐 하러 오토바이 바람 쐬고 데리고 와? 그러다가 감기 들면 어쩌려고?"

천천히 걸어 '꿩바탕(꿩이 많이 난다 하여 붙여진 지명, 동구 밖으로 나가는 작은 언덕을 일컬음)'에 있는 철근의 집엘 들렀다. 초등학교 6학년 재수할 때, 함께 다녔던 후배이자 친구. 철근은 영광군청과 백수읍사무소에 근무한다는 친구들 서너 명과 어울려 잔을 기울이고 있었다. 간단히 수인사가 건네지고 곧이어 술내기 고스톱 판이 벌어졌다. 10시 반쯤 되었을까. 민수가 수중의 돈을 모아 철근의 동생에게 건넸고, 그는 맥주를 한 아름 껴안은 채 들어왔다.

"가게에 누구 있던가?"

"민희가 있든 디라우."

술이 두어 순배쯤 돌았을 때, 시계를 보니 벌써 자정이 가까워 있었다. 막 방문을 나서려는데, 역시 1년 후배인 영식이 집에서 자고 가라 권했다. 민수는 '가게에 가봐서 오토바이가 있으면 땅콩집으로 가고, 없으면 다시 오겠다' 약속하였다. 가게 앞문은 이미 내려져 있었다. 왼쪽으로 가게를 끼고 대문을 통과하여 마당을 가로질러 헛간 쪽으로 다가갔다. 가게 방에 잠들어있을 민국 부부가 깨지 않도록 하기 위해 최대한 발소리를 죽였다. 오토바이는 그 자리에 우뚝 서 있었다. 하지만 키가 꽂혀 있지 않았다. 여동생들 가운데 가장 영리하고 센스가 빠른 아이, 키를 꼭 갖고 있으라는 큰오빠의 지시를 망각하지는 않았을 터.

'그럼 어떻게 한다? 그렇다고 민국을 깨울 수는 없는 노릇….'

가게에 딸린 방으로부터 창호지를 통해 어슴푸레한 불빛이 새어나오고 있었다. 숨을 죽이며 고양이걸음으로 살금살금 다가가 보았다. 방안에서는 아무런 기척이 없었다. 눈을 돌려 마당 서쪽에 웅크리고 있는 사랑채를 바라보니, 칠흑처럼 어두웠다. 전기 고등학교 입시에 떨어졌다고, 맥주 세 병을 마시며 '생 쇼'를 벌였던 곳. 몸을 돌려 마당을 빠져나왔다. 가게 건물을 오른쪽에 끼고 삥 돌아 나왔을 때, 가게 안에서 무슨 불빛 같은 것이 새어 나왔다. 형광등을 끄지 않았나 싶었지만, 그렇다고 이 시간에 동생 부부를 깨울 수도 없는 노릇이었다. 마침 영식은 이부자리를 펴는 중이었다. 이런저런 이야기를 나누는 중, 요란한 스피커소리가 곤히 잠들어있는 중촌 동네를 깨웠다.

"주민 여러분! 지금 즉시 가게 앞으로 나와 주십시오. 우리 동네의 가게에서 불이 났습니다. 주민 여러분, 지금 나와 주십시오!"

옷을 몸에 다 꿰지도 못한 채, 내달렸다. 숨을 몰아쉬며 가게 앞에 다다랐을 때, 사위(四圍)는 고요했다. 맹렬한 화염이라든지, 사람들의 부산한 움직임 같은 것도 없었다. 다만 가게 안쪽에서부터 새어나오는 가느다란 연기만이 이곳이 화재의 현장이었음을 말해주고 있었다. 가게 안으로 뛰어들었다. 누군가가 뒤에서 팔을 잡아당겼지만, 힘껏 뿌리쳤다. 전선(電線) 타는 냄새가 코를 찔렀다. 방문을 열어젖혔다. '가족' 중 누군가의 오른쪽 다리가 직각으로 세워진 채, 미동도 하지 않았다. 반듯하게 누운 상태의 몸뚱이는 이미 시커멓게 그을어 있었다. 그 안쪽은 자욱한 연기로 시야가 차단되었다. 뒤따라 온 호식이 팔을 낚아챘다. 엄청난 힘에 이끌려가면서도, 머릿속은 의문으로 가득 찼다.

'그 다리의 주인은 누구이며, 왜 저토록 태연하게 누워있단 말인가?'

무서운 침묵이 이어지던 중, 대문 쪽 마당에서 슬그머니 다가

오는 그림자 하나가 있었다. 민국이었다. 민수는 덥석 그의 손을 잡았다. 그러나 녀석은 고개를 푹 숙인 채, 역시 말이 없었다. 두려움이 엄습해왔다. 그의 두 팔을 붙잡고 흔들어댔다.

"네 아이들은 다 어디 있냔 말이야?"

"쩌그…… 다 있어라우."

"그래? 정말로? 그러면 되었고…. 그러면 가게방 안에는 누구…야?"

민희와 지혜란다. 민수는 그 자리에 털썩 주저앉았다. 눈물도 나지 않고, 소리칠 기력마저 없어졌다. 하늘을 올려다보았다. 찬바람이 스쳐 지나가는 서쪽 하늘에는 구름이 잔뜩 끼여 있었다. 음력 정월 초사흘 날의 새벽하늘은 잿빛 얼굴로 넋 나간 한 아비를 묵묵히 내려다보고 있었다. 민수가 일곱 살 때 동네 한복판에 지어진 가게, 동네사람들의 도움으로 터를 닦고 기둥을 세웠던 곳, 지금껏 가족 모두를 먹여 살리다시피 한 그곳이 오늘밤 여덟 살짜리 딸과 둘째 여동생을 삼켜버린 지옥의 현장이 되다니.

"지혜가 죽어? 세상에, 이런 법이 어디 있어? 천사같이 천진무구한 아이가 불에 타 죽다니…."

미친 사람마냥, 소리를 질렀다. 버성겨지기 일쑤인 이 세상을 향해, 수없이 실패한 입학시험과 패배로 끝이 난 조교채용 등늘 등 뒤에 비수를 꽂는 운명을 향해 울부짖었다.

사건의 전말은 이랬다. 민수가 동네로 마실 나간 후, 땅콩집에 있던 지혜는 할머니 박씨를 계속 졸라댔단다. 견디다 못해 막둥이 삼촌이 오토바이로 그 아이를 가게에 데려왔고, 키를 돌려받은 민희는 자정이 다 되도록 나타나지 않는 큰오빠를 기다리다가 작은 오빠 부부더러 사랑채로 가서 자도록 권유하였다. 지혜가 촛불을 켜 달라 졸라 그걸 텔레비전 위에 놓고 잠이 들었고, 그 사이에 텔레비전이 폭발하는 바람에 화재가 발생했단다. 엄청난 폭음과 충격에 여동생은 정신을 잃었고, 여덟 살짜리 지혜는 살려 달라 비명을 지르다가 숨을 거두었단다.

바야흐로 역사는 세계 곳곳에서 대형 인명피해를 일으키고 있었다. 1986년 초. 하사리 중촌에서의 비극이 일어나기 이틀 전, 7명의 승무원을 태운 미국의 우주왕복선 챌린저호가 플로리다주의 케이프커내버럴 기지에서 발사된 후 75초 만에 공중에서 폭발하는 사고가 있었다. 한 달여 전에는 우크라이나의 체르노빌에서 발생한 원전 사고로 막대한 인적, 물적, 환경적 피해가 발생했다. 물론 좋은 일도 있었다. 30억 아시아인의 스포츠 잔치인 제10회 아시아경기대회가 천고마비 계절의 서울에서 열린다 하여, 온 나라가 그 준비에 한창 들떠 있었던 것. 분단국의 어려운 여건을 극복하고 성공적으로 치러낸다면, 2년 후의 서울올림픽에도 좋은 영향을 줄 수 있을 것이라고 매스컴은 선전에 열을 올리고 있었다.

5월의 어느 날. 목양대학의 조교로 발령을 받는 일이 생겼다. 사고 소식을 들은 신과장이 동정심을 발휘한 덕분이라고나 할까. 불과 1년 6개월여 전에 점령하지 못했다 하여 죽네 사네 했던, 바로 그 자리가 깜짝쇼처럼 주어진 것이다. 오근식이 전임강사로 승진해간 덕분이긴 하나, 그것도 취직이랍시고 기분은 좋았다. 사무실과 책상이 주어지고, 정기적으로 들어오는 수입이 있었던 데다 무엇보다 의료보험 혜택을 받을 수 있다는 점이 기뻤다. 따로국밥 취급을 받는 '보따리 장사'에서 거대한 공동체 안으로 편입되었다는 느낌이 좋았다. 오전 9시 이전 사무실에 당도하기 위해 6시 무렵 집을 나섰고, 학과의 교수들이 모두 퇴근한 오후 6시 이후 사무실을 나왔다.

그럼에도 교수채용 문제는 학과 내 양 진영 교수들의 대립으로 인해 유야무야되기를 반복했다. 두 번, 세 번. 그때마다 최후의 보루라 간주되는 학과장, 살아있는 그 '권력'에 최선을 다했다. 하지만 일은 점점 꼬여만 갔다.

'광주학살'로 정권을 잡은 전두환은 권력의 칼을 맘껏 휘두르기 시작했다. 그 대표적인 사건이 국제그룹 공중분해. 양정모 회장이 결정적으로 미움을 받게 된 사건은 1984년 12월 22일에 발생한다. 다음해 2.12총선을 앞두고 기업들의 협조를 얻어내기 위해 소집한 청와대회의에 지각하고 만 것. 폭설로 비행기가 연착된 때문이었는데, 이때 전두환은 "어디 외국이라도 갔다 왔나?"며 불쾌감을 감추지 않았다고 한다. 그럼에도 '눈치코치 없는' 양회장은 "부산지역에 임해(臨海)공단을 건설해 달라"고 건의를 한다. 부산에서의 선거결과는 민정당의 참패. 이때부터 국제그룹은 무자비하게 해체되기 시작한다. 선거 후 1주일 만에 그룹해체 사실이 발표되었는데, 양회장은 이를 30분 전에야 통보받았다고 한다. 당시로서는 롯데보다도 더 큰 기업(재계 순위 7위)이 해체되고, 그 알짜회사들은 전두환에게 막대한 헌금을 바쳤던 기업들에게 넘어갔다. 이들 기업은 전두환 정권 아래에서 대출원금의 상환유예나 이자감면 등의 엄청난 특혜를 받았고, 이는 다시 청와대에 대한 거액헌금 납부로 이어졌다.

전두환은 아웅산 사건 유가족들의 위로금과 장학 사업을 명목으로 일해재단을 비롯하여 동생 전경환이 이끌던 새마을운동본부와 새마음 심장재단 등 온갖 단체를 설립했다. 전두환이 일해재단*을 세운 원래의 목적은 퇴임 이후에도 정치적 영향력을 행사하기 위함이었다. 하지만 1984년 말, 양 김씨(김대중, 김영삼)의 민추협이 바람을 일으키고 있었기 때문에 2.12총선을 승리로 이끌기 위해서는 막대한 정치자금이 필요했다. 그런데도 불황 때문에 10대 재벌만으로는 수금이 이루어지지 않았다. 그러자 재벌순위가 뒤로 쳐진 기업들에까지 손을 뻗었던 것. 전두환의 입장에서는 힘에 넘치도록 정치헌금을 납부한 기업에게 나누어 줄 먹이가 필요했고, 여기에서 희생양으로 등장한 곳이 바로 국제그룹이었다.

---

* 일해재단(日海財團): 1983년 12월 1일 발족. 일해(日海)는 전두환 전 대통령의 아호. 경기도 성남시 시흥동 230에 부지 6만여 평, 연건평 3,500여 평으로 건립하였으나, 5공 특위의 조사대상이 됐다. 1988년 세종연구소로 명칭이 변경되었다.

대학교수라는 직업. 해마다 자격고시가 있어 합격과 불합격이 판가름 나는 것도 아니고, 시험을 봐서 점수대로 임용되는 것도 아니었다. 실력은 기본이요, 여기에 경력과 주변의 평판이 곁들여져야 하고, 행운의 여신도 미소를 지어주어야 한다. 하늘에 박혀있는 그 '별'을 따기 위해서는 학과 교수들의 동의라고 하는 첫 번째 관문을 통과해야 한다. 그걸 위해 민수는 불철주야 교수들의 심기 관리에 심혈을 기울였다. 학과 교수들 못지않게 신경써야 할 대목은 학생들이었다. 불가근불가원(不可近不可遠). 너무 가까이 해서도 안 되지만, 도외시해서도 안 된다는 원칙을 지켜나갔다. 하지만 학생들을 끔찍이 생각하는 교수도 있긴 했다. 그 대표자가 문정민 교수였다.

"아이고, 요놈오 나라가 어쭈코 될란고. 우리 학생들이 불쌍해. 그 건국댄가 어디서 학생들이 많이 죽고 다치고 그랬드만. 따지고 보먼, 다 우리 자식들 아니라고? 참, 이 정부가 정신을 채래야 헐턴디."

이른바 건국대 사태. 1986년 10월 28일부터 4일간 전국 26개 대학생 2천여 명이 건국대학교에서 전국 반외세반독재 애국학생투쟁연합 결성식을 갖고 발대식을 벌이던 중, 교내로 진입한 3천여 명의 경찰과 대치하던 끝에 수많은 학생들이 연행되고, 구속 송치된 사건이었다.

"아무리 그렇다고, 헬리콥터까지 띄우고, 학생 수보다도 헐썩(훨씬) 많은 경찰들을 캠퍼스 안에 들여보내야 쓰겄어?"

"신문에 보니까, 단일사건으로는 건국 이래 최대 규모라면서요?"

"천이백 몇 명인가 구속되었다고 그러대. 멀쩡헌 대학생들 다 전과자로 만들어 뭣헐라고 그러냔 말이여? 다들 미쳤어. 솔직히 학생들 말도 틀린 것은 아니제. 반공 이데올로기가 분단 이데올로기이자, 식민지 이데올로기라는 말이 뭣이 나뻐? 그러고 금강산댐인가 평화의 댐인가 만든다고 허는디, 그 말을 어쭈코 믿을 것이여?"

"그래도 설마 그런 것까지 거짓말을 할까요?"

"김선생이 순진해서 그래. 요새 국민들이 대통령 직선제 요구를 허니까, 관심을 엉뚱헌 데로 돌릴라고 허는 짓거리란게. 누가 속을 줄 알고? 한강이 넘쳐서 서울 시내가 물에 잠기고, 63빌딩 꼭대기까장 물이 찬다고? 허허이. 소가 웃을 일이제. 지금이 노아의 홍수 시댄가?"

"신문방송에서 보도할 때는 미리 확인을 하지 않을까요?"

"확인은 무슨. 우겟놈들이 언론사를 꽉 잡고 있넌디, 함부로 말을 허겄어? 알아도 못허제. 국민들 입에 자갈 물리고, 성금 걷어서 정치자금으로 쓰고…. 을마나 좋겄어? 꿩 먹고 알 먹고, 누이 좋고 매부 좋고…. 지난번에 독립기념관에서 일어났던 불 말이야. 그것이 실은 누가 누구를 죽일라고, 일부러 질렀다는 말이 있드란게."

지난 8월 초. 준공을 불과 11일 앞둔 날 오전 10시. 독립기념관 본관건물인 기념당 천장에서 불이 나 천장 부분을 다 태우고,

다음날 새벽에야 불길이 잡혔다. 이 불로 독립기념관은 광복절 개관이 무기한 연기되고 말았으니. 문교수가 음모의 증거로 든 것은 다섯 번씩이나 폭발한 사실, 그 시간에 마침 노태우가 시찰하러 오도록 되어있었던 점, 벌건 대낮에 하필 중앙에서 화재가 발생한 점들을 꼽았다. 직접적인 화인(火因)은 전기배선 공사의 부실로 인한 과전류*라 발표되었고, 준공을 1년이나 앞당기는 등의 졸속이 빚어낸 인재(人災)라는 평가도 있었다. 이에 대한 문교수의 관점은 그의 평소 시국관과 일치했다.

"그것도 마찬가지여. 원래 계획대로 허먼 될 일을 뭣헐라고 서두냔 말이여? 그 짓거리도 국민들 관심을 돌려 볼라고 허는 짓이그든. 2년 전엔가 개통헌 88고속도로도 졸속으로 해갖고, 밤나 패이고 망가지고 그러잖이여?"

우리나라에서 최초로 완전한 시멘트 콘크리트 포장도로라고 선전하는 도로. 이에 대해 문교수는 '고속도로는 콘크리트보다 아스팔트가 더 나은데도, 전두환의 동생 전경환이 시멘트 팔아먹기 위해 꼼수를 부린 것'으로 보았다. 콘크리트는 햇빛이 반사되어 눈이 부신 데다 노면도 울퉁불퉁하고, 타이어도 쉬이 닳고, 기름도 많이 먹고, 사고 위험도 그만큼 더 커진다는 것. 그럼에도 한쪽에서 돈을 벌게 하고, 명분상으로는 영남과 호남의 지역감정을 극복한다고 하니 꿩 먹고 알 먹는 셈 아니냐는 것이다. 전두

* 과전류(過電流): 전압이나 전류의 급격하고 순간적인 증대.

환이 노태우를 죽이려 한 것 역시 장세동에게 권력을 물려주려 했기 때문으로 보았다. 첨에는 둘이 손잡고 쿠데타를 했지만, 막상 권력을 물려주려고 하니 친구보다는 부하가 더 낫겠다 판단했다는 것이다.

충성심에서나, 두뇌에서나 전두환 최고의 충복으로 평가받는 장세동이었다. 1979년 12.12 군사반란 당시 육군 수도경비사령부 제30경비단장으로 전두환에게 협력하였던 그는 이때 장태완 등과의 일전(一戰)도 불사(不辭)하였다고 한다. 그는 육군 수도경비사령관 장태완 장군이 경복궁을 공격하려 했을 때, 탱크 한 대 당 72발씩 포탄을 싣게 하고, 이미 한 발은 장전한 상태였다. 일촉즉발의 불바다마저 각오한 것이다. 그 후, 1980년 정호용 특전사령관의 특전사령부 작전참모로 부임해서는 그해 5월의 5.17 비상계엄에도 관여하였고, '광주'가 진압된 후에는 육군 준장으로 진급하여 제3공수특전여단장 보직을 수행하였으며, 1981년 7월에는 제5대 대통령 전두환의 경호실장에 임명되었다. 그리고 작년(1985년)까지 국가안전기획부장(오늘날의 국정원장)에 재직하였으니 노태우, 노신영과 함께 전두환의 후계자로 지목되어 제5공화국의 실세라고 불릴 만도 했다. 3년 전(1983년)에는 동남아시아 5개국 순방길에 나섰다가 미얀마 사건도 경험한 그였다. 사절단 80여 명과 함께 대통령 수행원의 한 사람으로 미얀마(버마)를 방문했던 그는 전두환과 함께 뒤늦게 출발하여 아웅산 묘소 폭탄테러 사건에서 기적적으로 살아남을 수 있었다. 귀국 후, 아웅산 참사를 막지 못한 책임을 지고 경호실장 사표를 제출했으나 전두환이 반려하였다. 금강산댐과 평화의 댐 공작에도 관여하여 대통령 자리까지 넘보고 있다는 것이다. 이에 맞서는 노태우 역시 만만치 않았다. 현재 여당 대표최고위원인 그는 이미 정무장관도 거쳤고, 서울올림픽대회 및 아시안게임 조직위원장, 대한체육회장과 한국 올림픽위원장도 역임하였으며 비록 전국구이긴 하나 국회의원에 당선되어 대표위원에 뽑힌 상태였다.

그러던 어느 날, 이른바 4.13 호헌(護憲)조치가 취해졌다. 1987년 4월 13일 전두환이 대통령직선제 개헌을 비롯한 국민들의 민주화 요구를 거부하고, 계속해서 군사독재정권을 유지하기 위해 모든 개헌 논의를 중단시킨 조치였다. 그러나 독재정권의 기대와는 반대로, 4.13 호헌조치는 오히려 국민들의 민주화 요구에 불을 댕기는 역효과를 낳고 말았다. 전국 각지에서 장기집권의 음모를 비난하고, 개헌을 요구하는 시위가 잇따랐던 것이다. 호헌조치의 배경에는 1987년 1월 14일 나라를 떠들썩하게 만든 사건이 자리하고 있었으니, 서울대생 박종철이 치안본부 남영동 대공분실에서 조사를 받다 고문과 폭행으로 사망한 것이다.

그 전해에는 이른바 부천서 성(性)고문 사건도 있었다. 주민등록증을 변조하여 위장 취업한 혐의로 경기도 부천경찰서에서 조사를 받던 권인숙(당시 23살, 서울대 의류학과 4년 제적)이 문귀동 경장으로부터 성적(性的) 모욕과 폭행을 당한 사건을 일컫는다.

이후 국민들의 시위는 더욱 격렬해져 1987년 6월 10일에는 전국 18개 도시에서 민주헌법쟁취국민운동본부가 주최하는 대규모 가두집회가 열렸다. 이때 김대중 씨는 투쟁의 중심인물이 되어 있었다.

1980년 '광주' 이후 체포와 수감, 사형선고를 경험한 그는 1982년 미국으로 망명한다. 그리고 1985년 제12대 총선을 앞두고 전격적으로 귀국했다. 김대중의 귀국은 국민들에게 일대 사건으로 받아들여졌다. 그 결과는 그가 김영삼과 함께 급히 만든 신한민주당이 제12대 총선에서 어용야당이던 민주한국당을 제치고 제1야당으로 떠오른 데서 잘 나타난다. 이에 힘입어 그는 대통령직선제 개헌투쟁을 본격적으로 전개했던 것이니.

물론 이를 가만히 지켜보고 있을 전두환이 아니었다. 1987년 4월 20일부터 4월 24일까지 통일민주당의 20여 개 지구당에 폭력배들을 난입시켜, 기물을 부수고 당원들을 폭행하는 등 난동을 부리게 한 것이다. 이른바 '용팔이 사건'이었다. 이로 인해서 민주당의 창당대회는 인근 식당이나 길거리에서 약식으로 치러졌다. 그러나 이러한 사태에 고분고분할 대한민국의 국민들도 아니었다. 이후 시위는 더욱 격렬해져 1987년 6월 10일에는 전국 18개 도시에서 대규모 가두집회가 열렸다. 직장의 점심시간이나 퇴근 시간 무렵이면, 깔끔하게 차려입은 사무직 노동자들(이른바 '넥타이 부대')이 곳곳에서 시위대에 합류한, 이른바 6.10민주항쟁. 노동자들은 노동조합을 결성하였으며, 교사들은 전국교직원 노동조합(전교조)을 출범시켰다.

민정당 대선 후보였던 노태우는 전두환에게 직선제 개헌안을 수용할 것을 건의하여 승낙을 받아냈다. 이후 노태우는 김대중 사면복권 및 구속자 석방, 사면, 감형 등을 비롯하여 야당과 재야 세력이 주장해온 개헌 등의 요구를 대폭 수용하고 직선제 형태의 대통령 선거를 골자로 하는 내용의 8개항의 시국수습방안(6.29 선언)을 발표한다. 그해 7월. 전두환은 노태우의 6.29 선언을 전격 수용하여 새 헌법에 따른 대통령 선거가 예고되었고, 노태우는 민정당의 제13대 대통령 후보로 선출된다. 이로써 제5공화국의 정치적 위기는 극복된다. 그러나 정권교체에 대한 국민들의 여망을 저버린 채, 김대중 통일민주당 고문과 김영삼 통일민주당 총재가 후보 자리를 놓고 갈등하다가 1987년 10월, 분열을 일으키면서 독자 출마를 강행하게 된다. 여기에 야당으로서는 또 하나의 악재가 터졌으니.

이른바 KAL기 폭파사건이었다. 1987년 11월 29일 바그다드에서 서울로 가던 대한항공 858편 보잉 707기가 미얀마 근해에서 북한공작원에 의하여 공중 폭파된 사건. 사고기는 이라크의 바그다드를 출발하여 아랍에미리트의 아부다비에 기착*한 후, 다시 방콕에 기착하기 위하여 비행하던 중이었으며, 기내에는 중동에서 귀국하던 해외근로자가 대부분인 한국승객 93명과 외국

* 기착(寄着): 가는 길에 잠깐 들름.

승객 2명, 그리고 승무원 20명 등 115명이 탑승하고 있었다. 이 여객기는 29일 오후 2시경 미얀마의 벵골만 상공에서의 무선보고를 끝으로 소식이 끊겼다. 애꿎은 생명들을 뒤로 한 채, 역사는 바야흐로 제13대 대통령선거*를 향해 진격해가고 있었다.

하지만 정치는 어디까지나 정치. 민수로서는 교수직에 진출하는 것이 발등에 떨어진 일이었던 바, 그럼에도 인사문제는 좀체 풀리지 않았다. 그러다가 마침내 전공분야마저 공채에서 사라졌다는 소식이 들려왔다. 더 이상 버티는 것은 인간으로서 자존심마저 버리는 일이라 여겨졌다. 농사를 짓건, 장사를 하건 그건 알 바 아니었다. 여러 차례 목숨을 끊으려고도 했고 목숨보다 소중한 딸까지 잃었는데, 먹고사는 일 갖고 고민할 '군번'이 아니었다. 이렇게 정리하고 나니, '배짱'이 생겼다. 느지막이 출근하여 정시(定時)에 퇴근하였다. 토요일 같은 때는 아예 출근조차 하지 않은 채, 아내와 함께 하루 종일 찬송가를 부르거나 기도하며 시간을 보냈다. 그러던 어느 날, 사표를 제출해야겠다는 생각이 들었다. 쥐꼬리만 한 봉급 받으며 조교직책 감당하려 이 학교에 온 것도 아닌데, 괜한 일에 힘 뺄 필요가 없다는 계산이 나왔던 것이다. 어떤 방식으로 사표를 제출할 것인가 고민하다가, 영어

---

* 제13대 대통령선거: 1987년 12월 16일 국민의 직접선거로 치러진 대통령선거. 노태우 민정당 후보가 제13대 대통령으로 당선됨으로써 군부통치 청산과 문민통치의 실현이라는 국민적 여망이 좌절되었다.

과 진승일 교수 집에 들렀다. 저녁을 먹고, 바람도 쐴 겸 해서였다. 하지만 그의 입에서 '유종의 미(有終之美)'라는 것도 있고 하니, 내년 2월말 조교임기 때까지만 참으라는 충고를 들었다.

그러던 중 광림대학에 철학교수 자리가 났다는 소식이 들려왔다. 지금까지 선택과목이었던 철학이 교양필수로 바뀌면서 사람이 하나 필요하게 되었다는 것이다. 주민등록 등초본, 학사, 석사 학위증과 성적표, 박사과정 수료증명서와 성적표, 시간강사 경력, 조교경력, 학위논문 및 연구논문 등 전형에 필요한 서류를 준비하는 데에도 신중에 신중을 기하였다. 드디어 전형일. 영어에 대해서만큼은 원래 자신이 있던 터였고, 전공시험 역시 많이 준비해온 분야에서 출제되었다. 최종코스인 면접까지 끝내고 결과를 기다렸다. 이튿날 오후, 서류를 준비하라는 연락이 왔다. 일종의 합격통지서였다.

지난날 패배와 좌절의 순간들, 치욕과 모멸의 역사가 주마등처럼 스쳐지나갔다. 세 번씩이나 낙방한 중학교 입학시험, 전기고등학교 입시실패, 조교 경합에서의 탈락, 여동생 둘과 딸의 어이없는 죽음, 4년 동안 몸과 마음을 바쳐 일했던 대학에서 온갖 중상모략과 비방을 받아야 했고, 이제 두어 달 후면 쫓겨나야 할 형편 등등. 돌아보면 실패의 흔적이요, 패배의 기록들뿐이었다.

'하지만 이젠 아니다. 저주받았다고 여겨지던 인생이 축복의 삶으로 부활하고 있지 않느냐? 실패했다고 손가락질 받던 나의 삶이 성공의 역사로 다시 쓰이고 있지 않은가?'

임명장 수여식은 오전 9시 총장실에서 열렸다.

"성명 김민수. 광림대학교 전임강사에 임함. 1988년 2월 22일 광림대학교 총장 신○○."

보직교수 여남은 명이 지켜보는 조촐한 자리였고, 손에 받아 든 임명장 역시 평범한 한 장의 종이에 불과했다. 하지만 그 속에는 수많은 사연, 언어들이 담겨 있었다. 실패와 좌절로 점철된 한 인간이 대한민국 국립대학 교수로 활짝 피어나는 순간이라니. 사랑하는 아내 수진과 어머니 박씨, 그리고 딸 지혜의 얼굴, 호랑이 선생님의 모습이 눈앞에 어른거렸다.

몸부림치다가 꿈을 펴보지도 못한 채 시드는 것이 아닐까 두려웠다. 하사리에서 쳐다보았던 그 찬란하고 아름다운 무지개가 색이 바랜 채, 하늘 저 편으로 사라지는 것은 아닐까 노심초사했었다. 자신에게 높은 꿈과 포부를 심어준 호랑이 선생님께 또다시 실망을 안겨드릴까 봐 전전긍긍했었다. 다가가면 그만큼 더 멀리 달아나는 파랑새처럼 영영 나에게서 멀어지는 것은 아닐까 무척이나 겁이 났었다. 다른 친구들은 100미터 달리기 속도로 뛰어가는데, 자신만 제자리걸음, 아니 뒷걸음질 치는 것 같아 애가 탔었다. 하지만.

'들리나니 축하의 언어요, 만나나니 반가운 얼굴들뿐이라. 내 인생에 언제 실패가 있었으며, 내 삶에 언제 좌절이 있었던가? 그것들은 모두 이 한편의 드라마를 위한 소재에 지나지 않았나니…'

12. 은사 앞에 승리자로

함평으로 가는 시외버스 안. 아내의 얼굴은 어느 때보다 행복해보였다.

"어때, 좋지?"

"좋지요. 처음 볼 때부터 난 당신이 성공할 줄 알았어요."

"세상에 태어나 가장 기뻤던 날들이 세 번 있었던 것 같아. 대학에 합격한 날, 우리 지수 태어난 날, 그리고 엊그제 교수 임용장을 받은 날…."

"나 만난 날은 그 가운데 못 끼는 거예요?"

"응? 당연히 끼지. 하하하… 사실 세 번 모두가 당신이 있어서 가능했던 일 아니야?"

"돌아보면 모두가 고맙지요. 성경에 '모든 것이 합력하여 선을 이룬다'는 말씀이 있다는데, 이번 당신 일에 꼭 들어맞는 것 같아요."

"모교에 연연하지 않고 충성대학으로 박사과정 진학한 일도 잘한 것 같고, 조교 사표를 내지 않고 버틴 일도 많은 도움이 되었고, 명재남 교수님이 강사로 나가시던 자리여서 정보를 얻을 수도 있었고, 신과장님은 또 교무처장님과 친구 사이여서 보탬이 되었고…."

"누구보다 천진한 선생님께서 좋아하실 것 같아요."

"인생의 굽이굽이마다 선생님을 찾았지. 크리스마스카드는 지금까지 매년 보냈고. 고교 입시에서 낙방한 뒤, 당신과 함께 주례를 부탁하기 위해서, 그리고 조교경합에 실패한 후. 그때는 대면하지 못하고 편지만 띄우고 왔는데, 편지를 받으셨는지 안 받으셨는지…."

그는 민수 부부를 사랑채로 안내했다.

"선생님, 오늘은 희소식입니다. 제가 교수가 되었습니다."

"그래? 아이고, 잘했다, 잘했어. 나는 진작부터 니가 성공헐 줄 알고 있었다."

과일주와 강정이 담긴 소반이 들어왔고, 술이 한 순배 돌고 난 후.

"선생님, 부족한 저를 그렇게까지 믿어주신 것 너무 고맙습니다. 선생님의 애정과 격려가 없었던들 오늘의 제가 있었겠습니까?"

"……."

"제가 넘어질 때마다 포기할 수 없었던 건 선생님 때문이었습니다. 어렸을 적에는 부모님이셨지만, 사춘기 이후부터는 선생님이셨지요."

"그래. 고맙다. 나도 여러 제자들 중에서 너를 가장 믿었었지 않냐?"

"그 때문에 친구들로부터 시기도 많이 받았고요."

"허허. 그 누구냐? 근식이지? 양근식, 그놈이 은제 안 그러디야? 선생님은 밤나 민수만 이뻐허고, 우리는 내 좆도 사람도 아니요? 그러고 말이다. 허허허…."

"하하하, 그 친구, 아무튼 재미있어요."

"내가 처음 발령을 받어 갖고 백수남교를 갔넌디, 니가 눈에 딱 띄드라. 기성회장 아들에 머리도 좋고 그런디, 딱 한 가지가 부족허드란 말이다. 무인지 알겄지야?"

"사내자식이 너무 내성적이었다는 말씀 아닙니까?"

"옳제. 그래서 너한테 웅변도 시키고 그런 것이여."

"오늘에 와서 생각해보면, 그런 것들이 다 밑거름이 되었던 것 같습니다. 그때 선생님이 잡아주시지 않았다면 제가 어떻게 대학생들 앞에서 강의를 하겠습니까?"

"허허허…. 좌우간 니가 그때 을마나 암뜨든지 차렷경례를 못

헌게 반장도 못 시키고, 책 읽으락 허면 얼굴만 뻘개져 갖고 우물우물허고. 그래서 웅변연습도 시키고, 달리기도 이길 때까장 허게 허고 그랬든 것이제."

그때 홍시를 접시에 담아 들어온 사모님이 한마디 거든다.

"아이고, 이 양반이 주례 부탁을 받고 밤잠을 안 자 감시로 원고를 쓰시는 디, 머리를 수건으로 싸매고 꼬박 일주일을 책상에 붙어 앉어 갖고는…."

"저희들 결혼 때 말입니까?"

"고시공부허실 때도 고로코는 안 허셨을 것이구만이라우."

"허허허…. 너한테 엉겁전에(엉겁결에) 부탁을 받고 카마이 생각헌게 잠이 안 오드라. 생각해 봐라. 그래도 내 교직생활의 첫발을 띤 것이 그쪽인디, 어찌됐건 나를 아는 사람들이 다 몰려올 것 아니냐? 그런 디다가 어르신께서 또 사회활동을 많이 허신 분이라 하객들도 많을 것이고, 인자 마흔 살 포도시(겨우) 넘은 놈이 주례를 헐라고 본게, 아따! 되게 떨리드라."

"선생님도 떠실 때가 있었어요?"

"그런 게 말이다. 웬만해서는 글 안 헌디…."

"그때 신랑인지 주례인지 모르겠단 말이 나왔었잖아요?"

"그때만 해도 한참 젊었지야. …그래서 광주시내 예식장 시(세) 군데를 돌아댕김시로 녹음을 안 했냐? 고놈을 갖고 집에 와서는 사그리(모조리) 베꼈어. 그래서 젤 좋은 대목만 골라 뽑아서는 인자 날마다 연습을 허는 것이여. 저 사람이 그때 한약인가 보약인가를 해 맥이지 안 했냐? 나 고시 공부헐 때도 그로코는 안 했그든. 그래 갖고도 막상 당일이 된게 다리가 후들후들 떨리는디, 나 참 기가 맥해서….”

“하하하….”

“움마, 시방 웃을 일이 아니란게는. 그래서 함평읍에 나가 갖고 약국에서 신경안정제 두 알을 사먹고, 택시로 광주시내까지 안 들어갔디야? 그날 너도 알겄제마는 눈도 징허게 많이 와갖고, 버스 할라 안 댕기고 그랬그든.”

“그날, 눈은 원 없이 왔지요.”

“현대예식장이었지야? 그 예식장 밑에 있는 다방에 앉어서 커피잔을 딱 드는디야이. 나 그짓말 하나도 안 보태고 손이 달달달 떨리는 것 있지? 나를 안내헌 느그 동네 그 누구냐? 그 양반 앞에서 챙피해갖고 얼릉 잔을 놓아버렀지야. 그런디 희한허게 막상 단상에 딱 슨게, 은제 그랬냐는드끼 맘이 착 가라앉은 것 있지야? 하객들을 우리 반 학생들로 간주허기로 했그든. 그때부텅 맘 놓고 해 버렀제. 허허허….”

“그래서 주례사가 그렇게 길었구먼요? 저는 몸이 앞으로 자꾸 엎어지려고 해서 아주 혼났습니다.”

“허허허, 준비해갖고 간 원고는 많고, 고놈을 다 읽어야는 쓰겄넌디 어쩔 것이냐? 처음 주례를 서본게 시간개념도 읎겄다, 그러다 본게 쪼까 질어졌을 것이다.”

“조금이 아니라 많이 길어졌지요. 하하하….”

"허허허…."

"……."

"그건 그러고 말이다. 사실 인자사 말헌다마는, 니가 목양대학에서 무슨 조교가 무인가 허는 경쟁이 있었담시로? 그때 안 되았다고 나를 만나러 도초까장 왔다가 돌아갔을 때 말이다."

"아, 예. 그때 선생님께서 소흑산돈가 가거돈가 하는 데로 떠나신 뒤였지요."

"동상들을 그럭저럭 대학까장 다 마쳐 주었넌디, 그러고 난게 인자 내 새끼들이 남드라. 그 아그들도 많은 디다가 무장무장 커가는디, 평생 평교사만 허기도 그러드란 말이다. 요즘 사람들은 교감이나 교장이락 허먼 또 다르게 보그든. 그래서 다른 재주는 읎고 도서벽지 점수라도 따볼라고, 내가 자청해서 들어갔었지야. 거그서 한 3년 있었넌디, 지금 생각해보먼 나도 그때가 젤 고상허든 때였는갑이다."

"그러니까요. 선생님은 선생님대로 한창 고생하실 땐데, 저는 제 입장만 생각하고…."

"나도 사람인디, 고향 허고 식구덜을 떨어쳐놓고 혼자서 그 먼 섬에 있고 싶었겄냐? 그래도 인생이란 것이 치열헌 싸움 아니겄냐? 나 자신과의 싸움이라고 봐야제."

"저는 선생님의 삶 속에서도 많이 배웁니다. 일단 그날 하룻밤을 잤는데요, 이튿날 태풍으로 배가 못 뜬다고 그러더라고요. 그래서 그냥 돌아오고 말았지요."

"그런 게 말이다. 니가 거그서 하룻밤 잠시로 나한테 편지를 썼지 않냐? 매칠 후에 그 편지를 받어 들고, 어찌나 기가 맥히고 눈물이 나든지. 아니, 빈말이 아니라 참말이란게. 지금 말인게 그러제, 그때는 차말로 미치고 폴딱 뛰겄드라."

"편지를 받긴 받으셨네요?"

"그랬제. 그때 바로 답장을 쓸라고 했지야. 그랬넌디 해필 문 바쁜 일이 생개 갖고 차일피일 미루다가 말아버렸다마는. 내가 지금까정 살아옴시로 제자 때문에 그렇게 가슴 아파 본 적이 읎었다. 니가 오죽했으먼 섬에 있는 나까장 찾아 나섰겄냐 싶고, 또 그 편지가 사람 속을 확 뒤집어 놓드란게. 솔직히 매칠간 목구먹으로 밥이 안 넘어가드라."

"……죄송합니다."

"아니여. 절대 그런 뜻이 아니고. 요로코 존(좋은) 날이 오고 본게, 생각나서 허는 소리다."

"편지를 부치고 목포로 돌아오는 배 안에서 결판을 내려 했지요. 근데 어떤 부부를 만나서요…. 아무튼 그때 까딱 맘을 잘못 먹었더라면, 오늘 같은 일이 없었겠지요."

"그런 게 말이다. 너도 그런 과정을 통해서 사회를 배우는 것이여. 어디 공부만 해갖고 되디야? 교감 승진도 마찬가지여야. 내가 아무리 열심히 해도 밀어주는 사람이 읎으면 절대로 안 되야."

"그건 사실입니다. 선생님, 이제부터 제가 선생님의 힘이 되어 드렸으면 좋겠네요."

"아먼, 그래야제. 그러고 말고. 아이, 선생이 제자 덕도 보는 법이여."

"그럼요. 그래야지요."

"그런게 사람은 근본이 있어야 헌단 말이 딱 맞어야. 느그 부모님이 너를 고로코 가르치지 않으셨으면 니가 그 어려운 일들을 극복해 냈겄냐? 웬만한 사람은 좌절해버리고 말지야."

"선생님 같으신 분이 계셨으니까 많은 힘이 되었지요."

"그래? 허허허. 나도 끼어줄래?"

"그럼요. 저에게는 부모님 못지않으셨는데요 뭘. 부모님에게는 부모님 몫이 있고요, 선생님은 또 선생님 몫이 따로 있더라고요. 사실 그 후로도 여러 번의 고비가 있었습니다. 애기 일도 그렇고……."

"그 소식은 나도 난창에사(나중에야) 들었고, 니가 속상해 허까봐 말을 안 헐라고 했다마는. 그때도 을마나 마음이 아프든지. 너를 만나면 문 헐 말이 있겄냐? 그래서 차라리 모른 척 허자 허고, 은제 연락도 못했다."

"잘하셨어요. 저 역시 그런 일로 선생님을 뵈면 더 죄송할 것 같아서요. 어떤 친구가 그러더라고요. 자기 같으면 진작 타락해 버렸을 거라고요. 여기 집사람도 있지만, 저 역시 어떻게 이겨냈는지 모르겠어요. 사실 그때는 내 자신이 독해져야겠다는 생각이 들더라고요. 여기서 쓰러지면 선생님의 가르침도 물거품이 될 것 같고요."

"그럼. 그러고 말고. 너도 교육자제마는, 교육이 왜 필요허디야? 영어단어 하나 더 외우고, 수학문제 하나 더 풀면 뭇헌디야? 물론 그런 것이 필요 없다는 말은 아니제마는, 인생의 굽이굽이마다 그 어려움들을 이겨내라고 가르치는 것 아니냐? 그러고 늘 말했제마는, 남자는 야문 맛이 있어야 허그든."

"그것 때문에 선생님께서 저를 많이 야단도 치시고 훈련도 시키셨던 것 아닙니까? 선생님, 저도 이젠 많이 잊었어요. 벌써 2년이 조금 넘었거든요."

"어쭈코 잊혀지기야 허겄냐마는, 그런다고 생각만 허고 있으면 뭇헐 것이냐? 인자 그 이야기는 허지 말자. 가슴만 아픈게. 자, 술이나 한잔 더 허자."

"예, 좋습니다. 선생님, 오늘은 맘껏 취해보겠습니다."

"너도 술 헐 줄 아냐? 내 앞에서 억지로 마신 것 아니고?"

"아니요. 사회를 알려면 술도 한잔씩 해야 하는 것 아닙니까?"

"아먼, 그러제. 남자가 술을 못 허먼 출세허는디 지장이 많은 법이다. 좌우간 건강을 해치지 않는 범위 안에서 한잔씩 헐 줄 알아야 혀. 술 못 먹는 사람들이 대개 짜잔허게 놀고 글 않디야거."

"선생님, 저도 마시기로 작정하면 술을 잘해요. 근데 오늘밤 제가 취하면 어떻게 하시겠습니까? 실수를 할지도 모르는데요?"

"실수? 좋지야. 아무리 실수를 해도 갠찮은게, 오늘은 죽어라고 먹어 빠리자. 작것, 누구 말마따나 술이란 것을 죽을라고 먹제

살라고 먹겄냐? 건강 생각허고 오래 살라먼 뭣헐라 술을 먹어야? 보약을 먹제. 안 그러냐?"

"옳습니다."

"나도 건강상 술을 먹지 말으라고 옆에서는 그랬싼디, 오늘 같은 날 안 마시고 은제 마시겄냐? 먹다가 죽어도 먹어야제. 안 그러냐? 민수야, 아니 김교수님."

"선생님도 참, 제자더러 교수님이 뭡니까?"

"어째서야? 내가 틀린 말 했냐? 교수 보고 교수라고 헌디 뭣이 잘못이디야?"

"그래도요. 저는 선생님의 영원한 제자입니다."

"하모! 그래야제. 교수가 되고 박사가 되야도 너는 영원히 내 제자여. 이 천진한의 제자란 말이여."

"그럼요. 아무튼 선생님, 오늘밤은 맘 놓고 마시겠습니다."

"그러란 게. 그래 버러."

마주앉아 서로 주거니 받거니 하다 보니 취기가 올라왔다. 그가 정색한 얼굴로 민수를 쳐다보았다.

"인자 자리도 잽히고 그랬은게, 차분허게 공부해라."

"그래야지요. 쉬엄쉬엄 할 생각입니다. 결혼이 빨랐던 데다 딸린 식구가 있다 보니 직장에 대한 스트레스가 심했던 것 같아요. 너무 늦는 것이 아닌가 애도 많이 태웠는데요. 막상 되고 나니까, 빨리 된 편이라고 주변에서 말들 하네요."

"올해 서른세 살이라고? 그러면 아조 빠른 편이제. 대학교수로서 늦은 나이가 아니여."

"그래서 박사학위는 천천히 받을까 합니다."

"어째서?"

"교수가 되기 전에는 학위를 서두르려고 했지요. 학위가 있어야 공채경쟁에서 유리하니까요. 그런데 이제 교수가 되어버린 마당에 너무 서두를 필요가 없다고 생각해요. 졸속으로 작성하기보다는 잘 준비해서 어디에 내놓아도 손색이 없는 논문이 되게 하고 싶어서요. 서둘러 졸작을 내놓기보다는 좀 늦더라도 좋은 작품을 만들어보고 싶다는 말씀이지요."

"그것도 좋은 생각이긴 헌디, 일을 고로코만 볼 것은 아니여. 주마가편(走馬加鞭)이란 말도 있지 않냐? 달리는 말에 채찍을 가헌다고, 이왕 탄력을 받었을 때 일을 마무리해야 헌다 그 말이여. 니가 여그서 자만에 빠지거나 게으름을 피우면, 또다시 너를 추월허는 사람이 나온다는 이야기제에. 니가 몇 년 전에 당했던 패배를 다시 되풀이허지 말라는 법이 읎다는 말이지야. 그런게 방심은 절대 금물이여."

"말씀 듣고 보니 또 그러네요."

"솔직히 내가 너한테 기대헌 것은 대학교수가 아니었다. 그냥 교수로 끝나버릴 것 같으면 애초부터 기대도 안 했어."

"선생님도. 요즘 대한민국에서 대학교수 자리가 어딘데요? 그것도 국립대학 교순데요."

"알아. 다 알제 내가 몰르겄냐? 이 나이 먹어갖고 지금도 교수님들한테 배우러 댕기지 않냐? 그러기는 허제마는 이왕이면 다홍치마라고, 교수에 박사학위까지 따버리면 헐썩 낫지야. 금상첨화(錦上添花)라 그 말이여. 구색을 갖출 것은 갖추어 놔야 경쟁력이 더 세진다 그 말이제. 그러고 너, 내 앞에서 약속헌 것도 있지 않냐? 미국유학 댕개 와서 박사 될란다고…."

"어? 선생님께서 그걸 어떻게 기억하세요? 5학년 때니까 벌써 20년이 지났는데…."

"20년이 아니라 30년이 지내 봐라. 내가 잊어버리는가. 니 일이라면 내가 모르는 것 있디야? 지금까장 잊어본 적이 읎다."

"역시 선생님은 선생님이시네요. 사실 목양대학에서 제 일이 자꾸 미뤄지고 학과 교수들이 이리저리 반대하고 그럴 때, 아버지께서 속이 상하셔갖고 차라리 독일유학을 다녀오라고 하신 적이 있었어요. 제 전공의 경우에는 미국보다 독일 쪽이 더 낫거든요. 근데 딸린 식구들이 있는 데다 외국에서 학위를 해오려면 시간도 많이 걸리고, 또 그러는 사이에 국내대학 사정이 어떻게 변할지 알 수도 없어 결단을 못 내렸던 거지요. 결국 국내대학으로 박사과정을 진학해서 지금은 논문제출만 남겨놓고 있는데요, 지도교수님은 이왕에 교수가 되었으니 다른 제자들을 먼저 내보내고 저한테는 천천히 하자고 그러시더라구오. 그래서 그랬던 것인데…. 아무튼 알았습니다. 선생님과의 약속 때문에라도 학위를 서둘러야겠네요. 그때에도 선생님과 이렇게 한잔 하는 거지요?”

“시방 술이 문제냐? 일단 학위를 따 놓고, 그 다음을 보는 것이여.”

“……?”

“다음 일은 그때 가서 또 이야기허겠제마는, 어쨌든 인자 너는 다른 사람보담 헐썩 앞서 가게 되얐어. 원래 느그 아부지 땜에 니가 20년 정도는 벌고 들어간 폭이제마는….”

“20년이요?”

“그러지야. 20년. 다른 사람들이 20년을 노력해야 얻을 것들을 너는 이미 안고 출발헌 셈이란 말이여. 이런 말은 쪼까 거시기허다마는, 가령 아무개 같은 애기가 아무리 노력을 헌다고 허자. 뛰어봤자 배룩이고 날라봤자 포리 신세제, 지가 벨 수 있겄냐? 즈그 아부지가 누군지, 즈그집 내력이 어쩐지를 뻔히 다 아는디, 누가 그 아그를 믿고 밀어주겄냐? 허지만 너 같은 경우는 어르신께서 이루어놓은 바탕이 있기 땜에, 여그서 니가 쪼끔만 더 노력허면 되는 것이란 말이여.”

“아버지를 존경하셔요?”

“고것을 말이라고 허냐? 니 앞이라서가 아니라 어르신은 참 대단허신 분이다. 촌에서 썩기는 아까우신 분이지야. 그 은제냐? 그때 교장허고 나허고 사이가 안 좋은 때였넌디, 어르신은 꼭 우리 젊은 선생들 편에 스셨그든. 그때 운동회 날 너도 기억헐 것이다마는, 그날 운동회 끝나고 무저게(무척) 비도 많이 오고 너랑 백신 가서 자고 오고 그랬지 않냐?"

"알지요. 그때 선생님 술을 많이 드셔갖고…."

"킥킥킥…. 애기 엄마 앞에서 밸 소리를 다 헌다마는, 그때에도 어르신께서 잘해 버렸닥 허드라고. 내가 교장한테 대들어갖고 다음날 쉬게 되고 그랬지 않냐? 어뜬 사람들은 나보고 너무 했다고 허기도 했넌디, 어르신은 남자새끼가 그런 맛이 있어야 헌다고 나를 좋아허시고 그랬지야."

"군 농협장직에서 물러나신 지가 벌써 10년 가까이 되셨네요. 근데 요즘도 정치에 미련을 못 버리시고 그래요."

"한번 정치 맛을 본 사람은 절대로 못 끊는 법이란다. 남자로서 한번쯤은 해볼 만 허고. 어쨌든 지나간 이야기다마는 보통은 아니셨지야. 야무지고, 당차고, 말씀도 잘허시고, 놀기도 좋아허시고, 술도 좋아허시고, 여자도 좋아허시고…. 허허허."

"저 중학교 때 양춤 추는 여자들을 집에까지 데리고 오셔서 밤새 춤을 추시면, 어머니는 또 어머니대로 밥해드리고 커피 끓여드리고 그랬지요. 밖에 나와서는 욕을 바가지로 하시면서도요. 하하하…. 이제 많이 늙으셨어요."

"그런게 인자 니가 바통을 이어 받어야 헌단 말이여. 내 말, 무슨 뜻인지 알겄냐? 니 아부지 한을 풀어드려야제에."

"저보고 정치를 하라고요? 전 별론데요."

"그것이 싫다고 해서 니 맘대로 될 일이냐? 지금까정 너를 키워준 지역사회에 대해 빚을 갚어야제. 느그 아부지한테 정치적 꿈이 있었고 그 꿈이 본의 아니게 좌절되었다고 헌다면, 니가 그 뒤를 이어야 헐 것 아니냐?"

40대 초반의 나이에 민주공화당 영광 장성 함평지구당 수석부위원장을 지내고 47세에 전국 최연소 군 농협조합장을 지내신 분, 3년 임기의 농협장직을 성공적으로 수행하여 2억 원의 흑자재정을 달성하고 그 이익금을 전체 조합원에게 배분하여 칭송을 받은 분, 청렴결백하다 소문이 자자하였음에도 통일주체국민회의 대의원들의 시기와 모함에 의해 중도에 하차한 후로 거의 10여 년 동안 초야에 묻혀 지내는 분, 그 이가 바로 김복동 씨였다. 대학졸업 후에 연합통신 신문기자를 지냈고, 연탄공장 운영에서 실패를 경험한 다음, 고향에 정착하여 농민운동을 시작하였으며 단위조합장을 거쳐 군 농협장직에까지 오른 분, 하사리의 전답을 앞장서 경지정리하고 전국 최초로 수백 개의 관정을 정부 돈으로 파게 하여 가뭄에 대비케 하신 분, 전기, 전화, 수도를 끌어오고 민원이라면 본인 돈을 들여가며 해결해주고자 애썼던 분, 초등학교와 중학교 육성회장직을 수십 년간 감당하고, 공립 고등학교 설립에도 주도적 역할을 하였던 분, 원불교 백수교당 신도회장을 10년 넘게 맡고 있으며 국회의원이 평생의 꿈이라 입버릇처럼 말했던 분, 그 이가 바로 김씨였다. 그 때문에 늦은 밤이나 새벽을 불문하고 부탁하러 온 사람들 때문에 진저리 치던 기억을 민수는 지금까지 갖고 있었다.

"저는 아무래도 정치 체질이 아닌 것 같아요. 그 많은 사람들 비위 맞출라, 애경사 찾아다닐라, 또 부탁받은 것들을 윗선에 또 부탁해야 할 것 아닙니까?"

"허다 보먼 누구나 다 해내는 법이여. 또 국회의원이 그런 심바람(심부름)만 허는 자리가 아니여. 누리는 것이 헐썩 많단 소리지야. 특혜만 해도 100가지가 넘는닥 안 허디야? 그러고 체질이 따로 있디야? 내가 볼 때, 너한테도 정치적인 기질이 있어. 애렀을 때부터 보고들은 것만 해도 어디냐?"

"저 말고도 정치할 사람들은 많을 텐데요 뭐. 어쨌든 저는 학문에만 전념하렵니다. 송충이는 솔잎을 먹고, 누에는 뽕을 먹고 살아야지요."

"물론 그것은 그러지야. 그런게 누가 너보고 교수 사표 내락 허냐? 대학교수는 현직을 유지험시로도 선거에 나갈 수 있담시로? 나갔다가 되면 국회로 가고, 안 되면 도로 교수 허고. 그야말로 안전빵 아니냐?"

"그렇기는 한데요. 그것 땜에 또 말이 많아요. 학교나 학생들도 싫어하고요."

"막상 말로 학교나 학생들 입장에서도 나쁠 것이 뭇 있디야? 학교 명예도 올라가고, 국회에 들어가서 학교 입장 대변해주기도 허고. 그러고 다른 과목은 모르겄다마는, 너는 쫌 특별허지 않냐? 전공이 철학인디, 철학허고 정치허고 뭇이 틀리냐? 철학허는 사람들이 다 정치를 허고 그랬지 않냐 그 말이여. 사실은 또 그래야 허고."

"그 말씀은 옳아요. 공자, 맹자는 직접 정치에 뛰어들었고, 플라톤 같은 경우는 철학자가 왕이 되어야 한다는 말도 했어요. 철학은 전체를 보기 때문에 어느 한쪽에 치우치지 않고 나라 전체를 경영할 수 있다는 말이겠지요."

"시방 내 말이 그 말이여. 그래서 니가 학자로서 학문을 허는 것은 기본이고, 그것을 바탕으로 해서 현실정치에 뛰어들 준비를 해야 헌다는 소리여 시방. 혼자 배와 갖고 안 써먹고 썩혀버리면 문 소용 있디야? 써먹으라고 가르치는 것이고, 써 먹을라고 배우는 것 아니냐? 너도 교육잔게 어디 생각해봐라. 내 말이 틀렸냐? 학교에서 배운 것으로 끝나 버리면, 배운 것이 무슨 보람이 있고 가치가 있겄냐 말이여. 책을 장롱 속에 넣어두고 안 보는 것이나 똑같제. 사회나 국가로부터 받은 것이 있으면 내놓는 것도 있어야 헐 것 아니냐? 지금까장 너를 키와준 이 사회에 보답을 해야 헐 것 아니냔 말이여. 어째 내 말이 틀렸소? 애기 엄마가 대답해 보씨요."

"아이, 다 옳으신 말씀이지요."

"봐. 내 말이 다 맞닥 안 허냐?"

"참. 선생님도. 근데 왜 그리 정치에 관심이 많으세요?"

"나? 허허…. 은제 내가 말 안 허디야? 돌아가신 아버님이 국회의원 선거에 두 번이나 나와 떨어지셨다고. 나도 교직으로 들어서지 않았드라면, 폴세 정치에 뛰어들었을 것이다."

"선친께서 대단하신 분으로는 알고 있었지만, 그렇게까지 하신 줄은 몰랐습니다."

"선거 두 번 떨어지시고 난게, 살림이 다 어작나 버리드라. 그 많든 논밭 싹 읇어져버리고 빚만 남는디, 사람 참."

"근데 왜 자꾸 정치에 미련을 갖고 그러시는지 모르겠어요. 아니, 제 말씀은 선생님뿐만 아니라 제 아버님까지 포함해서요."

"그것이 바로 사람 사는 맛이제 뭇이디야? 똑같이 이 세상에 태어났넌디, 어뜬 사람은 출세해서 떵떵기리고 살고, 어뜬 사람은 밥 시끼 먹고 똥 싸다 죽고. 그럴라먼 누가 그 짓을 못허겄냐? 폼 나게 한 번 살아 볼라고, 너도 배우고 나도 배우고 그러는 것 아니냐? 누구는 뱃속에서부터 정해져서 나온디야? 왕후장상(王侯將相)의 씨가 따로 있냐 이 말이여. 다 지가 허기 나름이제. 그래서 결론적으로 나는 니가 선생으로 끝나기를 바라지 않는다. 사내자식이 세상에 태어났으면 무인가 큰일을 도모헐 궁리를 해야제, 분필가리나 마시고 애기들 허고 노닥거리기나 해서야 쓰겄냐? 물론 대학교수는 좀 다르다고 허제마는…."

"……."

"아까도 말했제마는, 전공이 철학인게 어디 가서 명함 내놓기도 좋고. 대학교수고 여그다가 박사쯤 되야놓으면, 누가 함부로 못 달라 들그든. 요새 무식헌 것들이 정치헌다고 차코 해싼게, 이 나라가 이 모양 이 꼴인 것이여. 어쨌든 배운 사람이 해야 돼. 더구나 너는 고향에 아버님의 기반도 탄탄허고, 인물 좋겄다,

배울 만치 배왔겄다, 가문 좋겄다…. 놈(남)보당 못헌 것이 뭇 있냐? 사내자식이 욕심을 낼 때는 내야제, 밤낮 샌님처럼 순해 빠져 갖고 어디다 쓰냐고?"

술기운 탓이었을까? 숨이 가빠졌다. 저 깊은 곳에서부터 새빨간 욕망이 꿈틀거리기 시작했다.

'그래. 명교수님은 교수 되기를 하늘의 별따기라고 표현했지. 그런데 난 그 별을 따고야 말았다. 불과 6년 전, 까마득히 멀어 보였던 그 일을 해내고야 말았다! 그 엄청난 목표를 달성했으니, 다음 목표를 세우지 못할 것 없지 않은가? 두 번째, 세 번째 별을 따지 말란 법 없지 않은가 말이다. 더욱이 나를 극진히 사랑하시고 또 나를 너무나 잘 아시는 천진한 선생님께서 바로 그 일을 하라고 독려하시는데….'

6, 7년 전 명재남 교수를 처음 만나던 그 날 그 현장에서 '마흔 살 안에 박사학위를 딸 수 있다'는 말이 나왔을 때, 김씨 얼굴의 먹구름이 걷혔었다. '마흔 살 안에'라는 말에 그렇게도 기뻐하였던 김씨, 벌써 박사과정을 수료했으니 서두르면 2년 안에 즉, 서른다섯 살에 학위를 딸 수도 있다.

'그래. 또 한 번 도전을 시작하는 거다. 다시 한 번 내 인생에 금자탑을 쌓아보는 거다. 쇠뿔은 단 김에 빼고 달리는 말에 채찍을 가한다고 했으니, 여기에서 머뭇거릴 필요는 없다.'

"조금 쉬려고 했는데, 선생님 땜에 쉬지도 못하겠네요."

"쉬엄쉬엄 허되, 완전히 쉬어버리지는 말라는 소리여."

"돌아보면 저한테 항상 비슷한 말씀을 하셨던 것 같아요. 1등 날 때까지 달리기 시합을 시키시며 남에게 절대 져서는 안 된다 하신 일도 그렇고, 사진 뒷면에다 한자로 신념(信念)이라고 써주신 것도 그렇고요."

"옳제. 그것도 기억허고 있구만. 잔소리 같어서 쪼까 거시기허다마는, 너는 다 조은디 당차들 못허고 쪼까 무른 것이 흠이란 게. 솔직히 오늘 니가 와서 말헐 수 없이 좋긴 허다마는, 아직 너는 내가 원허는 김민수의 절반밖에 안 되야. 쉽게 말해서 니 인생 목표의 절반밖에 달성허들 못했다고 생각허면 된다 그 말이여."

절반? 어디서 많이 듣던 소리라 여겨졌다.

'맞아. 어머니가 그러셨지. 네가 네 아버지 절반만 따라가도 좋겠다고 하셨어. 그것도 남편과 실컷 싸운 그 이튿날, 자리에 누우신 채로….'

그때와 마찬가지로 스승의 고언(苦言)은 듣기에 따라 섭섭하기도 했다.

'열심히 한다고 했고 나름대로 성과도 있어 이렇게 찾아왔는데, 하신다는 말씀이 본인 기대의 절반밖에 채우지 못했다니? 바다보다 더 큰 그 욕심을 언제 채워드릴까? 나머지 절반을 채우기 위해 얼마나 더 많은 세월 가슴 졸여야 할까? 얼마나 더 많은 땀과 눈물과 피를 쏟아야 하는 걸까?'

하사리 모래땅을 걷는 기분, 칠산 앞바다 펄 땅을 달려가는 느낌. 머릿속이 혼란스러웠고 가슴이 답답했다. 그럼에도 한편으로는 뿌듯했다. 백만 원군을 얻은 듯 마음이 든든했다.

'이렇게까지 나를 기대해주시는데, 나를 향한 믿음이 이렇게 강하신데 여기에서 내가 머물 수는 없다. 난 또 다시 달려야 한다. 알프스 산을 넘는 나폴레옹을 닮기 위해, 암행어사 출두야를 외치는 이몽룡을 닮기 위해, 나의 찬란한 미래를 향해 달려가야 한다.'

"여보, 머리 안 아파요?"

"응? 여기가 어디야?"

"집이지 어디예요? 어젯밤 생각 안 나세요?"

"글쎄. 함평에서 어떻게 나섰는지, 통 기억에 없네…?"

"아이고, 무슨 술을 그렇게 겁도 없이…."

"택시를 잡아탔던 기억은 좀 나는데…."

광주로 오는 차안에서 뱃속의 것들을 죄다 토한 일, 그때 등을 토닥거리며 걱정해주던 선생님의 음성, 그리고 염주동 아파트에 도착하여 그와 함께 침대에서 뒹굴었던 일들이 어렴풋이 생각났다.

"선생님이 왜 가셔 버렸지?"

"가셔야지 그럼 여기서 주무시겠어요? 나 참. 제자가 술 취한 선생님을 모셔다드리는 것은 봤어도, 선생님이 곤드레만드레한 제자를 데려다주는 일은 세상천지에 없을 거예요."

13. 위기의 순간에 만난 은사의 가르침

민수의 생애에 있어 또 한 분의 스승을 든다면, 석사과정 지도를 맡은 명재남 교수이다. 처음 대학원에 진학하고자 할 때, 그는 '머리 깎고 중이 되려는 각오가 아니면 오지 말라!'고 했다. 석사학위 논문이 통과되었을 때는 '다른 사람보다 먼저 박사학위를 받아야 한다.'며 충성대학의 박주동 박사를 소개해주었다. 교수 임용장을 들고 찾아간 날에는 '광림대학 교수들은 술만 먹고 어영부영 놀기만 한다고 소문이 났으니, 너는 거기에 휩쓸리지 말고 부지런히 연구하고 열심히 가르쳐서 존경받는 교수가 되어라!'고 충고했다. 그의 권유로 입학한 박사과정은 코스 워크까지 마친 지가 벌써 3년이나 지나 있었다.

논문제출 6개월 전부터 수시로 대전을 올라 다니며 지도를 받았다. 박교수의 정력적인 지도는 애초의 내용으로부터 많은 양이 삭제되고 첨가되는 결과를 가져왔다. 논문 초안을 제출한 후 1차부터 4차까지 다섯 명의 위원들로부터 심층심사를 받았고, 이제 마지막 공개발표를 앞두고 있었다. 석사과정의 논문들이 먼저 발표되는 동안, 요동치던 마음이 어느 정도 안정되었다.

'여호수아처럼 강해져야 한다. 담대해져야 한다!'

이 말을 수없이 되뇌는 동안 20여 분 동안의 발표가 마쳐졌다. 청중석의 대학원생들로부터 들어온 질문에 대해서는 어렵지 않게 답변이 이루어졌다. 그러나 가장 앞줄에 앉아있던 학과 교수들은 까다로운 물음들을 던졌고, 평소 박교수와 각을 세우고 있던 한 교수의 질문은 날카롭다 못해 악의적이기까지 했다. 창피를 주고 말겠다는 저의(底意)가 읽혀졌다. 긴장감과 분노에 휩싸여 비몽사몽 답변을 이어가던 중 명교수가 말을 가로막고 나섰다. 그리고는 장황한 일장연설을 하는 가운데 은근히 논문을 칭찬하는 대목을 집어넣었다. 석사과정 지도교수이자 심사위원의 발언이라 그런지 감히 반론을 제기하는 사람이 없었고, 그렇게 유야무야 최종 심사는 마무리되었다.

'아! 교수님이 일부러 방패막이 역할을 하셨구나.'

심사위원들을 필두로 다른 교수들과 대학원생들이 다가와 악수를 청했다. 민수는 50여 장에 이르는 인준 용지를 꺼내어 심사위원들 앞에 내밀었다. 그들이 각자 이름 옆에 직접 사인하고

도장을 찍어주면 논문을 제본할 때에 맨 앞에 끼워 특별한 분들에 대한 증정본으로 삼기 위함이었다. 위원들은 민수가 파 온, 큼지막한 도장을 그 위에 쾅쾅 찍어댔다. 그리고 마지막으로 또 다시 악수를 청했다. 지도를 맡은 박교수는 민수를 꽉 껴안았다.

"이 시간부터 자네는 철학박사여. 어뜬 사람들은 졸업식을 해야 박산 줄 아는디, 그것이 아닌 것이그든. 논문이 통과되는 시점부터 벌써 박사란게. 우리나란게 그러제, 일본에서는 졸업식 같은 것도 읎어. 나도 졸업식인 줄 알고 갔드니, 대학원에 가서 졸업장 찾어가라는 말이 전부여. 그것으로 끝이드란게. 허허 참, 허망허드만."

심사과정에서 딱딱하고 근엄하게 보였던 위원들의 얼굴이 활짝 펴지는 것을 보는 순간, 비로소 실감이 났다.

'아! 오늘로써, 이 시간부로 박사가 되었구나. 초등학교 5학년 때 호랑이 선생님 앞에서 진담 반, 농담 반으로 약속했던 그 꿈을 오늘에야 달성했구나. 코스 워크를 밟느라 3년, 논문준비에 3년을 합하여 6년의 세월을 바쳐 일궈낸 금자탑, 박사는 족보에도 오른다며 눈을 반짝이던 아버지, 마흔 살 안에 딸 수도 있다는 말에 그렇게 좋아하셨는데, 5년이나 앞당겨 그것도 가장 어렵다고 하는 철학박사가 되었구나.'

가장 먼저 생각나는 사람은 역시 호랑이 선생님. 그를 처음 만났던 초등학교 교정의 모습과 동창생들과의 추억이 하나하나 떠올랐다. 원초적인 욕망이라고나 할까? 솔직히 친구들로부터 인정받고 싶기도 했다. 졸업생을 대표하여 답사까지 했는데, 그동안 형편이 풀리지 않아 앞에 나서지도 못했었다. 직장이다 사업이다 친구들이 앞다투어 잘 나갈 때, 자신을 돌아보면 자괴감이 들곤 했었다. 하지만 이제 떳떳이 나설 수 있을 것 같았다. 이제는 고향에, 모교에, 친구들에게 뭔가 해주어야 한다는 생각이 들었다. 그 첫 번째 '사업'으로 동창회 구성을 잡았다.

간절한 욕망은 어느새 사명감으로 바뀌었다. 모교에 들러 졸업생 명부를 입수한 다음 연락처를 확인해나갔다. 그리고 9월 중순의 어느 토요일 오후. 무등산 초입 증심사 계곡의 한 식당에서 '백수남초등학교 제17회 동창회' 창립총회가 열렸다. 5학년 때의 담임 천진한 선생님과 6학년 때의 담임 이봉식 선생님이 초대된 이 자리에서 민수는 초대회장으로 추대되었다. 호랑이는 축사 중에 이런 말을 했다.

"에… 오늘 회장에 추대된 민수는 졸업 후에도 나와 끊임없이 연락허고 만나오고 했넌디, 모두가 내 사랑하는 제자들이긴 허나 특별한 관계라 헐 수 있다 이 말이지야. 효자 중에 못된 놈 읎고, 불효자 중에 잘된 놈 읎다는 말도 있드끼, 스승을 끝까정 스승으로 모실 수 있다면 그 사람은 반드시 성공헐 것이다… 에 나는 요로코 보는 것이제. 내가 가르친 제자가 커서 대학교수가 되고 박사가 되었다면, 그것으로 나는 선생 역할을 다했다고 보는 것이여. 다시 말허자면, 무한한 자부심과 보람을 느끼는 바이다 그 말이제.”

“그러면 교수도 못되고 박사도 못된 놈은 어찐다우?”

기어이 판을 깨고야 마는 근식. 거칠고 짓궂긴 했으되 제법 머리도 있고 그런대로 공부도 잘하여 반장 노릇을 한 적도 있었다. 세월이 흘러 지금은 병원의 사무장 자리를 꿰차고 앉아 있으니 동창생들 중에서는 성공한 편에 속했다.

“누구냐? 응, 너로구나. 양근식, 너는 병원에서 벌어먹고 사는 것을 다행으로 알아. 임마!”

“뭇이라고라고라우? 아따! 선생님은 밤나 민수만 이뻐허고, 우리는 장기판에 졸로배키 안 보이요?”

“아니, 화토판에 흑싸래기가 좋겄다. 허허허…. 농담이고. 내 말은 느그덜 중에 누군가 똑별난 인물이 나와야 허지 않겄냐 그 말이여. 그래야 느그덜 한테도 좋고, 안 그러냐?”

“그러면 이참에 민수를 국회의원으로 만들어 버립시다!”

역시 이번에도 근식이었다. 딸을 잃은 지 얼마 안 되어 조교 자리 하나를 꿰차고 앉아 있을 무렵, 녀석은 생뚱맞게도 그 말을 꺼냈었다. 교수가 되느냐 못 되느냐에 사활을 걸고 있는 사람에게 언감생심 국회의원이라니. 하지만 그 말이 싫진 않았었다. 과대평가되긴 했으되 자신을 알아주는 누군가가 있다는 사실에 큰 용기를 얻었었다. 모든 것을 팽개치고 싶은 절망적인 상황에서 자신의 미래를 기대하는 누군가 있다는 사실이 얼마나 힘이 되었는지 모른다. 모임이 끝나고 몇 명이 남았을 때, 녀석은 또 정치 이야기를 꺼냈다.

"자네 마음은 고마운데, 우선 아버지 일이 먼저고…."

"어르신이 잘 되아야 자네한테도 좋긴 허제. 막상 말로 이번 지자체 선거에서 도의원이라도 되시면 좋긴 허제. 그래도 아부지는 아부지고, 자네는 자네 아닌가? 나는 가방 들고 자네만 따라 댕길란게. 5공 청문회 봤겄제마는 장세동인가 그 사람, 멋지지 않든가?"

"그 사람이 아줌마들한테 인기가 높다며?"

"아줌마들뿐만이 아니여. 주인을 잘못 만나서 그러제, 사람이 아깝다고 다들 그러대. 니미 씨벌 놈들! 여그 붙었다 쩌그 붙었다 험시로 단물만 쪽쪽 빨아먹고 뱉어 버리는 놈들보당 백 번 낫제 어째? 전두환이가 저지른 죄, 지가 다 홈빡 뒤집어쓰고 교도소 들어갔다 나와서 허는 말이 '어르신, 휴가 잘 다녀왔습니다'고 했닥 않든가?"

"그 대가로 몇 십억씩 집어주고?"

"나 같어도 그런 놈한테 한 주먹씩 주고 싶제, 글 않겄는가?"

한 달 후. 모교에 대한 기념사업으로 비디오시설을 해주자는 의견이 나왔다. 300만원이 훌쩍 넘어가는 비용문제를 해결하기 위해 모금운동을 벌였다. 물론 솔선수범한다는 의미로 소정의 금액을 쾌척하기도 했다. 또 모교에서 증축사업을 벌이는데 현관 입구에 대형거울이 필요하다 하여 그 비용을 혼자 껴안았다. 부산에서 맞춤 주문하여 운반해오는 비용까지 추가로 필요하다고 하여 결혼패물과 박사학위 수여식 때 친척들이 선물해준 황금반지까지 모두 다 처분했다.

"이러다가 당신, 아버님 닮아 가는 거 아니어요?"

"뭐가? 정치에 욕심낸다고? 염려 마. 아버지처럼 경상도 종친회에 가셔서 즉석에서 600만원, 원불교에 밭 한 필지 식으로 마구잡이 희사하는 건 아니잖아? 액수도 소박하고, 내 꿈을 키워준 모교에 기증한다는데 얼마나 좋아? 곧 지방자치 선거도 있을 모양인데, 아버지께도 도움이 될 것 같고."

"아버님 도의원 선거운동 하려고 희사했단 소리 들으면 어떡해요?"

"그러잖아도 선거에 이용하실 생각일랑 아예 마시라고 단단히 말씀드렸어. 정말 난 모교에 빚진 심정으로 했어."

교정을 떠나온 지 20여 년 만에 '대학교수'와 '철학박사' 명함이 새겨진 대형 거울을 세우게 되다니. 현관 입구에 우뚝 세워진 거울을 바라보고 있노라니 감회가 새로웠다.

'선생님, 선생님과의 약속을 전 지켰습니다. 아시지요?'

교수 임용장을 받고난 며칠 후. 원형 아제의 부인 당숙모한테서 전화가 걸려왔었다. 원형 아제로 말할 것 같으면, 민수의 오촌 당숙으로서 어려운 가운데 공부하여 전라대학교 교수가 된 입지전적인 인물이었다.

"자네들, 내 말 명심허소. 교수 되야 갖고 한참 기분이 좋았을 때, 부모님께 말씀을 디래야 해. 고름이 살 안 된다고, 이 빚이란 것이 지긋지긋헌 것이그든. 지금은 그래도 견딜 만 헐란가 몰라도, 시간이 갈수록 눈덩이처럼 불어나 나중에는 감당을 못 헌단게. 나도 다 해봐서 알아. 호미로 막을 것, 가래로도 못 막을 때가 곧 올 틴게 정신 똑바로 채래!"

"……."

"그러고 민수, 자네는 문 남자가 고로코 순해 빠져 갖고, 시상에, 부모 앞에서 말 한마디도 못허고 그런가? 자네들이 어디 헛군데다 돈 쓰니라고 빚을 졌는가? 아부지가 허라는 공부 허다가 요로코 빚을 졌제마는, 아부지 소원대로 대학교수가 되얐은게 인자 내 빚을 갚어주어야 헐 것 아니요? 이 말을 어째서 못 허냔 말이여? 좌우간 시숙님 꼴마리를 잡고 늘어지는 한이 있드라도, 돈을 타내야 헌단게."

민수는 노태우가 대한민국의 제13대 대통령으로 취임한 1988년 바로 그 해, 교수 임명장을 받았었다. 물론 겉으로 보기에는 6공화국과 5공화국 사이에 별 차이가 없었다. 그럼에도 소비에트 연방의 미하일 고르바초프 소련 공산당 서기장이 페레스트로이카에 착수하는 등 세계는 바야흐로 자유화의 물결이 넘실대기 시작했고, 그 기운이 한국 땅에까지 상륙을 시도하고 있었으니. 1980년 초 '서울의 봄'이 무산된 후, 역사는 다시 한 번 민주주의를 향한 도도한 행진을 이어가고 있었던 것이다.

1988년의 총선으로 구성된 제13대 국회는 야당 의석수가 여당

의석수보다 많은 대한민국 최초의 여소야대(與小野大) 상황이었고, 결국 야당의 강력한 요구로 5공 비리 특별조사위원회가 설치되었다. 일해재단 비리, 광주 민주화 운동 진상조사, 언론기관 통폐합 문제 등의 진상 조사를 위해 열린, 헌정사상 최초의 국회 청문회였다. 당시 텔레비전으로 생중계되어 국민의 뜨거운 반응을 일으켰던 이 청문회에서 뉴스의 초점이 된 것은 일해재단과 새세대 육영회였다.

그러나 5공 청문회의 하이라이트는 누가 뭐라 해도 광주 민주화 운동이었다. 1980년 5월 18~27일까지 전남도민 및 광주 시민들이 계엄령철폐와 전두환 보안사령관 및 12.12사태를 발생시킨 신군부 세력의 퇴진, 김대중의 석방 등을 요구한 민주화운동. 이 광주 민주화 운동을 야만적으로 진압한 전두환의 증인출석 여부가 최대 관심사가 되었다. 조사위원회는 전두환에 증인출석을 요구했다. 그러나 청문회가 열리기 직전 백담사에서 칩거생활을 했던 전두환은 증인출석을 거부했다.

국회의원들의 끊임없는 증인출석 요구에 못 이겨 청문회에 끌려나온 전두환은 증인선서 없이 준비해온 발표문을 읽어 내려갔다. 물론 이에 대해 당시 국회의원들은 거세게 항의하였다. 전두환 본인뿐만 아니라 이때 증인으로 출석한 주요 인물들(정주영 현대그룹 명예회장, 장세동 전 청와대 경호실장, 김옥길 전 문교부 장관 등)이 변명과 모르겠다는 대답으로 일관하자 국민들의 기대를 모았던 청문회는 아무런 성과 없이 끝나고 말았다. 대신 이때 언론의 주목을 받은 사람이 민주당 초선의원 노무현이었다.

전두환 씨를 비롯한 증인들이 '배 째라'는 식으로 나오자, 노무현은 그들 앞에 날카로운 질문들을 계속 던졌다. 이런 모습이 TV로 생중계되면서 그의 이름 석 자는 국민들의 뇌리에 각인되기 시작했다. 이때 그는 흥분한 나머지, 의원명패까지 집어던졌다. 그러나 전두환에게 '살인마'라고 소리치면서 멱살을 잡은 사람은 그가 아닌, 당시 평화민주당 국회의원 이철용이었다. 그럼에도 불구하고, 5공 비리의 의혹들은 철저히 밝혀지지 않은 채, 전두환의 국회청문회 증언으로 마무리되고 말았다. 여기에는 당시 집권세력의 비호가 한몫을 담당했을 것으로 추측된다.

역사에 발전과 퇴보가 있고 한 인간의 생애에 빛과 그늘이 있듯이, 민수의 삶에도 명암은 늘 엇갈렸다. 민수의 학위논문이 통과된 건, 교수임용을 받은 날로부터 2년 6개월이 지난 1990년 6월이었다.

"지수 아빠여? 나 당숙몬디, 차말로 잘했네. 잘했어. 시상에나, 을마나 고상했으꼬이. 경호 아부이도 고놈오 박사학위 헌다고 을마나 찐꼴을 빼 버렀는고, 끝나고 나서 매칠간 누워 버렀단게. 광전대에선가 어디선가는 논문 쓰다가 죽어버린 교수도 있담시로?"

"전국적으로 몇 명 있는가 봐요. 당숙도 잘 계시지요?"

"지금 옆에서 웃고 있구만. 그나저나 그 빚을 어쩔 것이여? 교수발령 받었을 때도 내가 한 번 말을 헌 것 같은디, 큰아부지한테 말이나 해봤는가 어쨌는가?"

"말씀이야 드렸지요. 집사람과 함께 땅콩집에 내려가 무릎 꿇고, 이만저만 공부하느라 부채가 좀 있습니다, 이것만 해결해주시면 저희들이 헤쳐 나갈 수가 있겠습니다…."

"그런게 무시락 허시든가?"

"너희들 진 빚을 왜 내가 갚냐고. 너희들이 알아서 하라고 하시더라고요."

"시상에, 그것이 시방 문소리여? 큰아들 하나 가르친다고 놈(남)한테 자랑은 허천나게(엄청나게) 허심시로, 공부허다가 진 빚을 어찌라고 그런단가? 그런게 내가 그때 무시락 허든가? 부자(父子)간에 절단 날 폭 잡고, 쌈이라도 해서 받어내라고 안 허든가? 그때는 자네 집에 돈이 쪼까 있었그든."

1988년 당시 김씨는 송정동네 근방의 유황개미 개간지 논을 처분한 돈으로 '백수고등학교 설립추진위원장' 명의로 장학금을 내놓고, 신도회장 자격으로 백수 원불교 교당에 수백만 원을 희사했었다. 또한 작년(1989년) 3월초 요란하게 벌인 본인의 회갑잔치에서도 꽤 많은 돈이 들어간 것으로 민수는 알고 있다. 하사리 김해 김씨의 종손집안 남자로서 회갑을 넘긴 경우가 드문 데다, 장남이 대학교수가 된 마당에 생략할 수 없다 하여 벌인 잔치였다. 무엇보다 3년 전의 불행한 사건 이후 침체되어가던 집안분위기에 반전을 꾀하자는 김씨의 생각이 앞섰는지도 몰랐다.

'아직 우리 집안이 살아있음을 보여주자. 더욱이 내년 지방의회 선거도 있는 마당에….'

"회갑잔치 때 쓴 돈이 3천만 원도 넘는담시로? 그 돈만 있어도 자네들 빚 갚고도 남을 것 아닌가?"

"5, 6년 전 땅콩집 지을 때도 그만큼은 들었지요."

하지만 김씨의 관심은 온통 정치로 향해 있었다. 농민운동가 출신으로 국회의원에 당선된 지경학. 10여 년 가까이 은거하던 김씨는 그의 끈질긴 권유로 평화민주당(평민당) 영광 함평지구당의 수석부위원장에 취임해 있었다. "자리만 지켜 달라!"는 지의원의 부탁은 애초부터 틀린 말이었다. 매일같이 영광읍에 출근하여 밤중에야 퇴근하는 생활이 이어졌다. 만년 야당에 월급이나 판공비, 수당이 있을 리 만무했기에 결국 모든 비용은 김씨의 자비로 부담했다. 그러던 어느 날, 지의원은 덜컥 구속되고 말았다. 김씨가 수석부위원장에 취임한 지 한 달 남짓밖에 되지 않은 시점이었다. "당국의 허가 없이 북한을 방문했다"는 것이 표면적인 이유였으나, 대통령을 노골적으로 비난한 것이 진짜 이유라는 소문이 돌았다. 물론 이번 사태가 김씨에게는 기회일 수도 있었다. 지구당 위원장의 역할을 대신 하다 보니 만나는 사람들의 숫자도 늘어갔고, 목소리도 그만큼 커졌던 것. 머지않아 보궐선거가 있을 예정인데, 지역구 안에서 김씨 외에 뚜렷한 대안이 없다는 소문도 들려왔다.

그러나 얼마 후, 평민당에서는 영남 출신의 대학교수를 들고 나왔다. 이름 하여 신수용. 영남지역 출신이면서도 민주화투쟁의 이력을 지닌 명망 높은 학자 출신이다 보니, 지역감정 해소를 통하여 대통령 자리를 거머쥐고자 하는 김대중 총재로서는 회심의 카드이자 비장의 무기일 수도 있었다. 하지만 내심 바통을 이어받을 것으로 기대하고 있던 김씨 입장에서는 뒤통수를 맞은 꼴이 되었으니.

며칠 동안 죽을상을 짓던 김씨는 '자가발전'으로 원기를 회복하더니, 이내 힘을 내기 시작했다. "머지않아 치러질 지방자치 선거에서 도의원공천을 받는다면, 그것도 괜찮은 일"이라 자위(自慰)하고 나섰던 것이다. 신수용 후보 선거대책위원장을 맡은 김씨를 돕기 위해 원근(遠近)을 불문(不問)하고 찾아온 친척들과 중촌동네 사람들은 눈에 불을 켜고 표밭갈이에 들어갔다. 민수 역시 강의가 끝나는 대로 내려가 승용차로 김씨를 수행했다. 농번기의 농민들은 '선거운동원'으로 변신했고, 수많은 봉투들이 그들 손을 통하여 지역구에 뿌려졌다. 어떻든 전 국민의 관심을 모았던 보궐선거는 신수용 후보의 압도적인 승리로 끝났고, 김씨는 마치 자기 일이라도 되는 양 만세를 불렀다.

13대 총선에서 여소야대를 만든 야3당은 그 여세를 몰아 1989년 12월 31일, 지방의회 및 단체장 선거법안을 통과시켰다. 국민들은 이제 지방자치가 실시되는가 여겼다. 그러나 1990년 1월 22일 전격적인 3당 합당으로 지방자치 실시는 또 미뤄졌다. 중과 부적을 절감한 김대중 총재는 10월 8일, '지자체 전면실시', '내각제 포기' 등의 4개항을 요구하며 단식투쟁에 돌입했다.

단식 중 당시 김영삼 민주자유당 대표최고위원이 병실을 찾아왔다. 그때 DJ는 "나와 김대표가 민주화를 위해 싸웠는데, 민주화라는 것이 무엇이오? 바로 의회정치와 지자체가 핵심 아닙니까? 여당으로 가서 다수 의석을 가지고 있다고 해서 어찌 이를 외면하려 하시오?"라고 말했다(『김대중 자서전』, 2010년). 그러나 단식 8일째인 15일 DJ는 "더 이상 밀폐된 공간에서 단식할 경우, 회복불능의 상태에 빠질 수 있다"는 의료진의 경고를 받아들여, 신촌 세브란스 병원으로 옮겨갔다. 병원에서 단식을 이어가던 DJ는 13일 만인 20일 단식을 끝냈다. 결국 DJ의 단식이 단초가 되어 정치권은 "1991년 6월 30일 이내 기초 및 광역 지방의회를 구성하고, 1992년 6월 30일 이내 기초 및 광역 지방자치단체장 선거를 실시한다."는 데에 합의했다.

여야 간에 전격적인 합의가 이루어지고 선거가 예고되면서 본격적인 도의원 공천경합에 들어갔다. 민수는 당에 대한 헌신도에 있어서나, 지역주민들의 여론에 있어서나, 민주공화당 수석부위원장, 영광군농협조합장 등 과거의 경력에 있어서나 김씨를 대적할만한 인물은 없을 것으로 여겼다. 더욱이 국회의원 보궐선거를 통하여 과거 '전력(前歷)'에 대한 김대중 총재와 당 관료들의 '의심'을 충분히 불식시켰고, 영광·함평 지역구 안에 도의원 자리가 다섯 개나 되는 마당에 김씨의 공천은 누가 봐도 따놓은 당상이었다. 그러나 예상치 못한 복병이 등장하고 말았으니. 주봉팔이 강력한 라이벌로 떠오른 것이다. 초등학교도 제대로 나오지 못한 일자무식. 통일주체국민회의* 대의원을 하면서 군 농협장이던 김씨를 모함하여 쫓아내는데 앞장섰던 인물이다. 이른 봄부터 들끓기 시작한 공천 잡음은 여름의 초입까지 이어졌다. 김씨가 경합에서 밀려났다는 느낌은 곳곳에서 감지되었다. 그리고 끝내 김씨의 공천탈락이 기정사실화되면서 '무소속으로라도 출마해야 한다!'는 의견도 나왔다. 그러나 박씨의 적극적인 만류로 출마는 무산되었고, 선거는 (평민당 공천을 받은) 주봉팔의 낙승(樂勝)으로 끝나고 말았다.

그런데 도의원 선거가 끝난 지 채 한 달도 되지 않은 때. 전라남도 교육위원 선거가 기다리고 있었다. 군의회를 통과된 다음 다시 도의회의 인준을 받아야 하는 험난한 코스였다. 더욱이 도의회에는 라이벌 주봉팔이 버티고 있지 않은가? 민수의 염려와 만류에도 김씨는 출마를 강행했다. 군의회 2층 본회의장에서 열린 두 후보의 정견발표는 청중들의 박수 속에 성황리에 끝이 났다. 그 날 초저녁. 민국을 데리고 땅콩집을 나선 김씨는 자정이

* 통일주체국민회의: 1972년 12월, 조국의 평화적 통일을 추진한다는 명목으로 유신헌법에 의해 설치된 헌법기관이자 국민적 조직체. 국민의 직접선거로 선출된 2,000명 이상 5,000명 이하의 대의원으로 구성되었으며, 의장은 대통령이 맡았다. 통일정책 최고의 결정기관임과 동시에 무기명 투표에 의한 대통령 선거, 국회의원 정수의 1/3 선출, 헌법개정안의 최종 확정 등 막강한 권력을 행사하였다. 그러나 1979년 10월 26일 박정희 대통령이 암살당하자 다음 대통령인 최규하와 전두환을 형식적으로 선출해주는 역할을 맡은 뒤, 이듬해 제5공화국 헌법 발효와 함께 해체되었다.

넘어서야 돌아왔다. 이튿날. 의장이 집계결과를 발표했다. 조통수 후보 다섯 표, 김복동 후보 일곱 표. 더도 덜도 말고, 예상한 표수 그대로였다. 어찌됐건 1차 예비 선거를 통과했으니, 이제 본선에 대비할 단계였다. 민수의 경우, 한번은 아내와 함께, 또 한 번은 아버지 김씨를 따라 주봉팔을 방문했다. 도의원 공천을 둘러싸고 생긴 앙금을 씻고 화해하자는 메시지를 전하기 위해서였다. 밀어줄 것 같은 그의 태도에 기대를 걸고 도의회 연설에 집중했다. 도의회 정견 발표장. 김씨는 민수가 작성한 원고를 마치 자신의 것인 양, 청산유수로 읽어 내려갔다. 그날 밤 9시. 주봉팔은 두 의원(영광군 도의원들)에게 '내가 오늘 복동이를 만나 좋은 쪽으로 이야기할 테니 먼저 내려가라'는 지시를 내린 다음 전남도청 옆 그랜드호텔 커피숍으로 나왔다. 그리고선 김씨더러 '나머지 두 사람이 오지 않아 오늘 일은 글렀다'는 '천인공노할' 사기극을 벌였다. 나중에야 이 사실을 알게 된 김씨는 뒷머리를 잡고 쓰러졌다. 하지만 이미 엎질러진 물이자, 쏘아진 화살이었다. '인간 말종' 주봉팔의 야비한 처신으로 인해 도의원 및 교육위원에 대한 김씨의 꿈은 산산조각이 났다.

정치에서 밀려난 김씨는 화풀이라도 하듯 새로운 사업을 구상하기 시작했다. 염산 봉남리에 조성된 간척지의 바닥을 파 가두리양식장을 만들고, 그 안에 대하*를 키워보겠다는 것. 원래 그 땅은 염전으로 일굴 계획이었단다. 하지만 정부에서 값싼 중국

산 소금을 수입하는 대신, 천일염 생산의 염전은 축소해나가겠다는 방침을 발표하고 말았다. 차라리 그 땅들을 농지로 개발하는 편이 더 이익이라는 논리였다. 이에 따라 김씨의 계획이 염전이나 농지 대신 새우양식장 쪽으로 급선회하기에 이르렀던 것이다. 민수는 다섯 장이 넘는 장문(長文)의 편지를 작성하여 사업을 만류하였다. 경험과 자본과 전망 모두가 없다는 것이 주된 이유였다. 하지만 돌아온 답변은 역시 노(No)였다. 끝내 새우 양식장 조성사업이 착수된 것이다.

작은집과 합쳐 3만여 평에 이르는 펄 땅을, 넷으로 나누어 7천 평 짜리 호지(湖池)를 만드는 작업이 그리 간단치는 않았다. 포클레인과 불도저가 동원된 준설(浚渫)과 제방* 작업에 여러 달이 걸렸다. 또한 각각의 호지마다 수문(水門)을 만들고, 먹이를 주기 위해 보트 4개를 따로 구입해야 했으며, 산소를 공급하기 위한 수십 개의 수차를 설치해야 했다. 인가(人家)에서 뚝 떨어진 허허벌판에 슬레이트 지붕의 건축물(원래 이 건물은 염전조성에 대비하여 염부들의 숙소로 설계된 것이었음)을 올리고 전기와 수도, 전화를 끌어오는 데에도 만만치 않은 비용이 들어갔다. 여기에 대하 종자를 구입하는 데만도 3천만 원이 소요될 판이었으니, 애초에 잡은 예산 1억 가지고는 어림 반 푼어치도 없었다. 하지만 이에 아랑곳하지 않고 김씨는 일생일대의 마지막 사업을 위해 동분서

---

* 대하(大蝦): 큰 새우.
* 제방(堤防): 물가에 흙이나 돌, 콘크리트 따위로 쌓은 둑.

주했다. 땅콩집 주변의 밭을 제외한 나머지 전답들을 모두 처분하였을 뿐 아니라, 농협에서도 융자를 받고 여기저기서 사채를 끌어왔다. 그러나 5년여에 걸친 양식 사업은 모양만 달리한 채 해마다 실패를 거듭했다. 여기에는 당시 유난히 무더운 기후도 한몫 거들었다.

예컨대 1994년 여름. 전국 평균 폭염일수는 29.7일이었고, 서울의 경우 최고기온이 폭염의 기준인 33도를 넘은 날이 29일이나 됐다. 지역별 역대 최고기온 기록 역시 이때에 세워졌다. 사람들은 "너무 더워서 점심을 먹으러 못 나갔던 기억이 난다"고 당시를 회고한다. 당시 기록적인 폭염으로 전국에서 3,384명이 숨졌다. 이는 태풍·홍수 등 모든 종류의 자연재해를 통틀어 역대 가장 많은 사망자를 낸 사례로 기록돼 있다. 이때의 더위가 유난스러운 것은 장마가 짧고 강수량도 적었던 탓이 크다. 비가 적으면 일조(日照) 시간마저 길어져 열기를 식힐 틈이 없는 법이다. 사업의 성공에 대한 염원은 폭염만큼이나 강렬했다. 하지만 목을 축여줄 단비는 끝내 내리지 않았다.

부동산 투기로 온 나라가 떠들썩하던 때. 1988년 서울올림픽의 성공적 개최로 한국은 세계에 그 위상을 떨치는 데 성공하였던 반면, 독재시대의 종식과 지속적인 호황, 경제발전 등으로 인해 부동산가격이 폭등하기 시작했다. 1988년 이후 1990년대 초반 부동산 투기 광풍에 휩싸인 대한민국의 집값은 '자고 나면 오르는' 수준이었다. 그 결과, 1990년 셋방살이를 하던 일가족

4명이 집을 구하지 못해 동반 자살하는 사건이 일어났고, 이어 17명의 세입자가 스스로 목숨을 끊는 '자살 도미노' 현상이 빚어지기도 했다.

돈이 쪼들리는 민수의 경우에도 '부동산'에 대한 기대는 남 못지않았다. 3, 4년쯤 전, 교수발령 받고 그동안 쌓인 빚 때문에 고민하던 그 무렵 가을. 봉선동에 임대아파트를 짓는데, 가격이 싼 데다 조건도 매우 좋다는 소문이 들려왔다.

그 지긋지긋한 지방자치 선거를 치루고 나서 김씨는 평민당을 탈당했고, 그로써 정치와는 인연을 끊게 된다. 그러나 한국의 정치는 총총걸음으로 자기의 길을 재촉하고 있었으니, 1992년 12월 18일 금요일에 실시된 제14대 대통령 선거에서 민주자유당의 김영삼 후보가 당선되었다. 김대중은 이후 야당총재로 복귀하였다가 정계은퇴 발표로 다시 한 번 국민의 시선을 집중시킨다. 김종필은 김영삼 정부의 2인자 역할을 수행하다가 출당되었고, 이후 자력으로 자유민주연합을 결성하여 충청도를 발판으로 다시 3김의 구도 속에 진입하였다. 한편 김영삼은 김종필의 출당 이후, 민주자유당을 자신의 체제로 재편한 뒤 신한국당으로 이름을 바꾸었다.

그러나 YS의 문민정부 시절은 민수에게 가혹했다. 아버지 김씨의 염산 대하 양식장은 매년 실패를 거듭했고, 민수 자신의 경제 또한 위기상황으로 치달았다. 정치와 사업에 실패한 아버지, 늘어만 가는 부채로 민수는 정신적 공황상태에 빠져들고 있었다.

1993년 대한민국의 비극은 새해 벽두, 육지에서부터 시작되었다. 1월 7일 오전 1시 13분. 모두가 잠든 새벽시간, 충북 청주시내(현 청원구 우암동) 한 상가아파트. 아파트 전체가 주저앉은 '청주시 우암상가 아파트 화재 붕괴사건'이 터졌다. 이 사건은 28명의 사망자와 48명의 부상자, 3명의 실종자, 370여 명의 이재민을 양산해냈다. 그로부터 2개월 남짓 후에는 부산에서 사고가 났다. 1993년 3월 28일 오후 5시 24분경 서울역을 출발하여 부산 구평역에 진입하던 열차가 선로노반이 침하되어 있는 것을 발견하고 비상제동을 걸었다. 그러나 제동거리가 미치지 못해 총 4량의 차량이 탈선, 전복되었다. 이른바 '부산 구포역 무궁화호 열차 전복사고'. 이 사고로 78명의 사망자와 198명의 부상자가 났는데, 이는 1978년 이리역 폭발사고 당시의 사망자수를 넘어선 한국 최악의 철도사고로 기록되었다.

이 사고가 일어난 지 채 한 달이 못되어 또 한 번의 대형사고가 터진다. 1993년 4월 19일에 발생한 '논산 정신병원의 화재사고'. 이 사고로 34명이 사망하고 2명이 부상을 당했다. 석 달 후, 이번에는 공중에서 사달이 났다. 1993년 7월 26일 오후 3시 50분경. 승객과 승무원 등 1백 6명을 태우고 1시간 여 전 김포공항을 출발한 아시아나 항공기가 전남 해남군 마산리 뒷산(운거산)에 추락하고 만 것이다. 66명의 사망자와 5명의 부상자를 낸 '아시아나 보잉737 여객기사고'. 지상, 공중에 뒤질세라 이번에는 바다에서 대형사고가 터졌다. 1993년 10월 10일 군산 서해 훼리 소속의 110t급 여객선 서해 훼리호가 전북 부안군 위도 앞바다에 침몰하여 292명의 귀한 목숨을 앗아가 버린 것이다.

국민들의 정신세계에도 혼돈이 찾아들었다. 이른바 휴거소동. 1992년 다미('다가올 미래'의 줄임말) 선교회 등의 시한부 종말론자들이 10월 28일 휴거설을 퍼뜨리며, 사회에 물의를 빚은 것이다. 1992년 마광수 교수의 『즐거운 사라』 파문. 소설의 내용 가운데 여대생이 대학교수와 관계를 갖는다는 것이 문제가 되어 보수적 언론과 문인들, 대학교수들의 반발을 초래했던 사건을 말한다(본격적인 성 개방 바람은 그 이전인 1980년 전두환 정권이 들어서면서부터 불어왔었다. 이 무렵 3S정책의 일환으로 영화검열이 완화되고 심야극장 상영이 허가되었는데, 1982년에 개봉된 영화 〈애마부인〉은 그 시대의 새로운 아이콘이자 한국 에로물의 상징이 되었다).

취임 직후부터 김영삼은 대한민국의 정통성확립에 중점을 기울였고, 바로 그것이 임시정부에 있음을 명시하였다. 임정요인들의 유해환국 사업을 추진했고, 중앙 돔에 자리한 랜턴(불을 밝히는 등)의 해체를 시발점으로 조선총독부 청사는 철거에 들어갔다. 군사정권에 의해 수감되었던 시인 김남주와 노동시인 박노해를 석방하였고, 마광수 교수에게도 무죄판결을 내려 활동을 보장하였다. 김영삼 대통령은 5·16 군사정변을 쿠데타로 정의한 뒤, 각 교과서를 그렇게 고치도록 지시하였다. 박정희 정권에서 강제로 국유화, 국영화한 도로와 철도, 항만 등의 시설을 민영화하였고, 농지개량조합(농업기반공사)과 한국통신 등에 대해서도 점점 민영화하는 방향으로 밀고 나아갔다. 무엇보다 하나회 해체와 금융실명제 실시는 그의 커다란 업적에 속했다. YS가 노태우의 도움을 받아 당선되긴 했으되, 검찰 등에 12.12 군사반란, 5.17 비상계엄 확대조치, 광주 민주화 운동에 대한 수사를 지시하고, 이 사건 관련자들의 재판회부와 처벌까지 이끌어낸 것은 평가할 만하다는 말이 나왔다.

1993년 4월부터 9월까지 지존파가 저지른 엽기적인 연쇄살인 사건. 이름은 1989년에 상영된 홍콩영화 〈지존무상〉에서 따왔단다. 붙잡힌 주범 김현양은 수많은 취재진들 앞에서 "어머니를 내 손으로 못 죽여 한이다.", "인육(人肉)을 먹었다"는 등 상상을 초월한 발언들을 쏟아내 국민들을 경악케 했다. 지존파 사건 이후 발생한 성수대교 붕괴사건과 1995년 발생한 삼풍백화점 붕괴사건은 그 본질상 동일했다. 그들 사건의 이면에는 '돈을 향한 치열하고 충실한 욕망'이 들어있었던 것이다.

봉선동 29평짜리 아파트로 이사 오고부터 새로운 저서 집필에 착수하였다. 2, 3년 전 처음으로 낸 철학개론서와는 달리, 이번에는 대박을 내야겠다는 욕심이 생겼다. 물론 그동안 '돈을 챙길' 기회가 없었던 건 아니다. 아들이 혼자 있는 집에 1,500만 원 현금다발을 놓고 간 교수 지망생도 있었고, 자신의 제자를 심어달라며 현금 1,000만 원을 억지로 떠맡긴 원로교수도 있었다. 그러고 보니 세상은 늘 불공평했던 것 같다. 나중에 들은 바로, 중학교·고등학교 입시에서 '뒷구멍'으로 들어간 여우들(?)은 한둘이 아니었고, 병역면제 받은 '신의 아들들' 또한 부지기수였다. 민수 자신의 조교경합에서나 김씨의 공천과정에서도 도덕과 양심은 돈과 빽(배경)을 결코 이기지 못했다.

'아! 거추장스러운 양심 나부랭이 때문에 이 고통을 당해야 하는가? 독야청청하고자 하는 이 바보에게 손 내밀어줄 사람은 정녕 없는 걸까? 혈육을 잃은 슬픔은 시간이 지날수록 줄어드는데, 이 빚이란 괴물은 시간이 갈수록 눈덩이처럼 커지기만 하니….'

이자 때문에 빚을 내어 이자를 갚고, 다시 그 빚에 대한 원금상환과 이자를 위해 다시 빚을 내야 하는 악순환이 이어지고 있었다. 수시로 날아오는 최고장*, 시도 때도 없이 걸려오는 독촉전화가 자존심을 갉아먹었다. 어렵사리 마련한 돈을 이자 갚는 데 소진해야 한다는 사실, 월급쟁이 신분으로서 몇 천 만원, 아니 억 단위에 육박하는 부채를 짊어지고 살아간다는 것은 지옥이나 진배없었다. 대추나무에 연 걸리듯 한 부채로 인하여 금남로 일대의 금융가를 누비고 다녀야 하는 심정이라니.

완성된 원고 다섯 부를 복사하여 제법 이름이 알려진 다섯 개의 출판사 앞으로 우송했다. 한 달쯤 후, 전화가 걸려왔다. 솔잎

---

* 최고장(催告狀): 빚 갚기를 독촉하는 문서.

출판사의 기획실장 남희수였다. 이튿날 음식점에서 만난 그는 대뜸 100만 원짜리 수표를 코앞에 들이밀었다. 6개월 동안 출판사와 원고 주고받기를 무려 일곱 번. 제목은 출판사의 제안에 따라 『2500년간의 고독과 자유』라 붙였다. 노벨문학상 수상작가인 콜롬비아 출신의 가르시아 마르케스가 1966년 펴낸 『100년 동안의 고독』과 많이 닮은 제목이었다. 책이 나온 며칠 후. 요란하게 전화벨이 울렸다.

"교수님, 『2500년간의 고독과 자유』가 베스트셀러에 올랐습니다!"

"…정말이요?"

"오늘자 조간신문 못 보셨습니까? 교보문고에서 발표하는 베스트셀러 목록에 인문분야 5위로 진입했다니까요."

베스트셀러라. 유명작가들의 이름 앞에나 붙는 것으로 여겨왔던 그 단어를 듣는 순간, 숨이 막히는 것 같았다.

'혹시나 내가 꿈을 꾸고 있는 것은 아닐까?'

"대개 다른 출판사에서는 사재기를 하면서 장난을 치는데요. 사실 저희들은 PR도 안 했거든요. 안 한 것이 아니라, 못했지요. 돈이 웬만치 들어야지요. 그래서 관행대로 각 언론사에 한 질씩 배부한 것뿐인데, 거의 모든 방송국과 신문사의 문화부 기자들이 추켜들고 대서특필하고 있는 것이지요. 서울의 서점 가판대에 올린 지 1주일 만에 뜨는 책은 또 처음이랍니다."

SBC TV 신간서적 소개란에 크게 소개되었고, KBS 〈문화가 산책〉에서는 '화제의 책'으로 떠올랐다. 국민일보, 중앙일보, 경향신문에서도 책표지와 함께 민수의 인물사진까지 덧붙여 대서특필하였고, 동아일보와 조선일보 등에서도 상당한 지면을 할애하여 보도가 되었다. 부산일보와 경북일보 등, 영남권에서까지 대대적으로 소개되고 '뉴스 플러스'와 '뉴스 메이커'와 같은 시사잡지, '주간동아'와 '퀸'과 같은 여성잡지, 그리고 평소에 이름도 듣지 못했던 잡지사에서까지 인터뷰 요청이 들어왔다.

2, 3일 후, 드디어 지역의 언론사에서 연락이 오기 시작했다. '즐거운 비명'이라고 해야 하나? 광주일보와 무등일보에서는 직접 인터뷰하는 사진을 실어야겠다며, 저자더러 내방을 해 달라 했다. 수많은 신문, 방송, 잡지사와 인터뷰를 했고, '저자와의 대화' 시간도 가졌으며, 호텔에서 출판기념회도 열었다. 한 달 사이에 3만 부가 팔려나갔다. 하지만 거기까지였다. 1996년 가을 인문분야 2위까지 치고 올라간 '베스트셀러'는 IMF전야의 폭풍이 불어오면서 곤두박질치기 시작했다. 어려워진 경제형편에서 사람들은 '필수품'이 아닌 문화상품 쪽에서부터 소비를 줄여나갔던 것이다. 다른 분야보다 먼저 출판시장이 직격탄을 맞았다. 돈방석에 앉고자 했던 꿈은 한낱 백일몽으로 끝났다.

집안의 경제형편 또한 악화일로를 걷고 있었다. 김씨더러 정치적 재기를 권유하는 사람들이 없는 것은 아니었지만, '이제 그의 시대는 끝났다'고 하는 것이 대체적인 여론이었다. 그러던 어느 날.

"아이, 민수야. 이참에 군(郡)에서 연락이 왔넌디, 내 앞으로 땅이 12만 평이나 있다고 안 허냐?"

"…12만 평이요?"

정부에서 임시로 특별조치법을 제정했는데 그동안 잃어버렸던 땅들을 찾아 주인 앞으로 돌려주는 작업을 한다는 김씨의 설명이 뒤따랐다. 1994년 9.1일자부터 시행에 들어간 「부동산 소유권 이전등기 등에 대한 특별조치법」은 1985년 이전에 사실상 양도된 부동산을 간편하게 소유주 앞으로 등기할 수 있도록 한 법이었다. 영광군청에서 서류를 떼어보니, 김복동 앞으로 엄청난 땅이 등재되어 있었다. 세금이 다른 농지와 함께 섞여 나오는 바람에 30년 동안 아무 것도 모른 채 세금만 내온 셈이다. 땅콩집을 중심으로 사방에 널려있는 땅 가운데 큰 덩어리는 2~3천 평, 작은 덩이는 100평이나 50평이었다. 15평짜리 자투리땅도 있었다. 지목(地目)별로는 공동묘지와 전답(田畓), 도로, 수로 등 다양했다. 그러나 그 가운데 주로 큰 평수는 공동묘지였고, 전답의 경우에는 많아야 수백 평에 불과했다. 논밭 중에는 현재 중촌 사람들이 벌어먹고 있는 네모반듯한 모양도 있었고, 경지정리 중에 잘려나간 자투리땅도 있었다. 더욱이 김씨 단독보다는 마을 주민 4명이나 민수, 어머니 박씨를 포함한 4~5명의 공동명의가 더 많았다.

그 많은 땅들이 어떻게 김씨 앞으로 남아있었을까? 1968년 민수가 초등학교 졸업할 무렵, 영광군에서 상하사리 근방을 경지정리하려고 할 때, 추진위원장이 된 김씨가 땅값을 한꺼번에 지불했단다. 국유지로 되어 있는 땅을 개인 앞으로 돌려놓은 것. 그러나 일단 경지정리를 한 다음 할당된 면적에 따라 '주인'들로부터 땅값을 받고 명의를 넘겨주어야 하는데, 땅값을 가져오지 않아 명의 이전이 안 되어 있다는 것이다. 하지만 수십 년 전 '주인임'을 증명해내기란 현실적으로 거의 불가능했다. 물증(物證)이 없어 전적으로 증언에만 의존해야 하는데, 그것이 여의치 않은 것. 마침 '증인'이 등장하긴 했다. 민수의 1년 선배로 광주의 일류중학교에 입학한 '천재'의 부친, 즉 인근 초등학교 교사였다. 하지만 그 한 사람의 증언으로 과연 얼마만한 효력이 있을 것인지, 그리고 증언을 뒷받침해주어야 할 지역주민들이 과연 호의적으로 나올지 모두가 의문부호였다. 고등학교 후배인 법대 교수를 만났다.

"아버님 앞으로 땅을 찾아와도, 법적으로는 전혀 문제가 없거든요. 그동안 바치신 세금명세서를 근거로, 소유권을 주장할 수 있다는 말씀입니다. 그러나…."

"그러나?"

"그동안 농사 지어먹는 것을 그냥 두고 본 것은 그 사람에게 소유권을 인정하는 꼴이 될 수 있다는 것이지요. 아버님께서 1년에 한 번, 또는 수년에 한 번씩이라도 도세를 받으셨더라면 이야기가 달라지는데요. 몰라서 그랬다면, 그것도 실수지요. 법이란,

몰라서 한 일에 대해서도 책임을 묻거든요. 액수는 상관없이, 현금이 아닌 곡식으로라도 도세 명의로 받기만 하셨으면 강력히 소유권을 주장할 수가 있단 말입니다. 그러나 아버님이나 상대방이나 서로 모르는 상태에서 30여 년의 세월이 지났다면, 경작자에게 기득권을 인정하는 법이 있거든요. 경자유전 원칙이라고요."

경자유전(耕者有田)이란 '농지는 농업인과 농업법인만이 소유할 수 있다'는 것으로서, 우리나라는 1948년 정부수립 후, 농지개혁법이 제정되면서 이 원칙이 적용되어 왔다.* 며칠 고민하던 김씨는 결국 모든 땅들을 '희사'하는 것으로 일을 마무리했다. 12만 평의 땅 가운데 남은 것은 도로에 물리거나 수로에 묻힌 자투리땅뿐.

다음에 등장한 '신기루'는 칠산 앞바다 공유수면 매립지였다. 김복동 씨 외 3명은 1989년 전라남도 도지사로부터 공유수면매립면허를 받아 1990년 매립공사 실시계획을 인가받았다. 그러나 1991년 3월 외곽방조제를 완공했는데도 면적을 초과했다고 해서 군수로부터 네 번 시정지시를 받았다. 그럼에도 그 지시에 따를 수 없었던 것은 이미 막아놓은 방조제를 허물 수 없었기 때문이다. 그러자 이번에는 '기한 내에 준공처리하지 않았다'는

---

* 1996년 1월 1일 개정된 농지법에 따라 도시거주인도 농지를 소유할 수 있게 되었다. 단, 303평 이상의 농지경작자로 규정되어 있다. 또한 2003년부터는 '주말농장' 제도가 도입되어 도시인 등 비농업인이 농지를 주말, 체험영농 등의 목적으로 취득하고자 하는 경우에는 일정한 범위 안에서 취득할 수 있다.

명목으로, 1992년 6월 도지사로부터 '면허효력이 상실되었다'는 내용과 동시에 '원상을 회복하라!'는 통보를 받았다. 이에 불복하여 1992년 9월 즉각 '효력회복 신청서'를 군에 접수했는데, '초과매립 부분을 원상회복하지 않았다'는 이유로 반려를 해버렸다. 1993년 5월에 다시 접수시키고 동시에 보완서를 제출했지만, 이번에도 역시 불승인통보를 받았다. 그 이유는 '원상회복 지시에 불응했을 뿐만 아니라 준공기간이 초과했으며, 불법 확장지구를 포함하여 공정률이 35퍼센트에 지나지 않아, 65% 이상을 달성해야 한다는 규정에 어긋났다'는 것이었다. 그리고 1993년 11월, 군으로부터 '그 지구를 국유화 조치하겠다!'는 일방적인 통보를 받고 말았다.

민수는 김씨의 동업자와 함께 국민고충처리위원회로 향했다. '원고'가 항의하는 부분은 이웃한 염산에서는 여기(백수)보다 훨씬 많이 초과했어도 허가가 나왔지 않느냐는 것. 방조제를 막은 시기도 비슷하고 군수도 똑같은 사람인 데다 면적은 오히려 칠산 앞바다보다 더 많았지 않느냐는 것이 '민원'의 요지였다. 물론 그쪽에도 똑같이 시정조치가 내려지긴 했는데, 1989년 6월 군수가 '원상회복의 필요가 없음, 초과매립지는 국유화 조치하되 당초 면허면적은 피면허자에게 준공 인가함이 타당함' 이라고 때려놓은 것은 형평성에 어긋난다는 내용이었다. 하지만 '국민고충' 역시 '이의 없음'으로 처리되고 말았다. 군수를 대신하여 원고석에 앉았던 영광군청의 모 과장은 나중에야 '진상'을 털어놓왔다. 김씨가 도의원 선거에서 실패할 때가 1991년쯤이니 정치 바람을 맞은 것이 틀림없고, 그 배후에 주봉팔 세력이 있다는 것이었다. 호남에서의 야당 일당독재와 거기에 기생하여 살아가는 무개념 정치인들, 주봉팔의 치졸한 개인감정, 공무원들의 정치적 편향성과 자기보신 본능, 먹이사슬로 연결된 지역사회…. 이 불합리한 틀 속에서, 민수네 집안이 희생양이 되었던 것이다.

칠산바다 공유수면 매립사건은 깨끗이 잊기로 했다. 돌아보건대, 엄연한 땅주인이 되어도 복이 굴러 들어오진 않았었다. 염산 간척지의 경우. 김씨가 영광군농업협동조합장 시절(1970년대)부터 심혈을 기울였던 땅이 20여 년 만에 수중에 들어오긴 했다. 하지만 그로 인해 얻은 이익은 고사하고, 잔뜩 손해만 보고 말았지 않은가 말이다. 여기저기 빌린 돈을 들여 새우양식장을 만들고 연거푸 투자를 해 보았음에도, 계속되는 실패로 인하여 가산이 탕진되고 말았던 것이다. 결과적으로 그 땅은 저주받은 땅이 되었다. 그걸 보면, 이번 칠산바다 간척지 사건은 차라리 잘된 일일지도 모르겠다는 생각이 들었다.

김씨가 벌인 염산의 새우양식 사업도, 꿈에 부풀었던 베스트셀러도, 12만 평의 땅도, 칠산 앞바다 공유수면 매립지도 상처만 남긴 채 아침안개처럼 사라졌다. 상대해야 하는 금융기관이 신용금고(오늘날의 저축은행)에서 제1금융권인 은행으로 일부 바뀌었을 뿐, 부채의 규모는 더욱 불어나 있었다.

"우리가 절약한다고 해서 문제가 해결될 단계는 지났어. 도박을 해야 해. 승부를 걸어야 한다고. 천진한 선생님 말씀 기억 안 나? 한 아버지가 두 아들에게 돈을 암만 주면서 그랬다잖아?"

함평에 갔을 때, 호랑이 선생님으로부터 들었던 말. 아들 둘을 불러놓고, "이 돈을 갖고 니들 쓰고 싶은 대로 쓰라!"고 했단다. 그러자 큰아들은 그대로 남겨오고, 둘째 아들은 몽땅 다 써버렸다. 이에 그 아비는 "큰아들, 너는 그렇게 절약해 살면, 작은 부자는 되겠다. 그런데 둘째, 너는 큰 사업을 해라. 모름지기 돈을 쓸 줄 아는 사람이 돈도 버는 법이니까."라고 했다는 것이다.

"그래서 당신이 무슨 사업을 하겠다고요?"

"내가 하겠다는 것이 아니라, 당신이 사업을 하면 뒤에서 도와줄 수 있단 말이지."

아파트 앞 학원건물. 1층에 10여 평 가게 칸이 나왔는데, 학원이나 초등학교 아이들을 상대로 라면, 떡볶이, 어묵을 팔면 좋겠다는 아내의 의견이 나왔다. 민수 또한 작은 돈이 모여 종자돈 구실을 하는 경우를 어려서부터 보아왔던 터. 박씨의 작은 가게가 번창하면서 나락장사도, 백해젓* 가공업도 가능케 되었었다. 솔밭 개간사업도, 땅콩밭 및 땅콩집터 인수도 가능했다. 그러나 학교 가는 길목에서 엄마가 라면, 떡볶이를 팔 거라고 하자 지수는 기겁을 했다. 친구들에게 창피하다며, 학교를 안 가겠다고 통

---

* 백해젓: 작은 새우들로 담근 젓.

을 팠다. 다시 생각해보니 교수부인의 체면도 있지 않느냐는 수진의 의견에 따라 사업은 햄버거 및 피자 종목으로 급격히 선회하였다.

민수는 계약금 500만 원을 마련하기 위해 동분서주했다. 그러나 가게를 내는 데에는 임대료 외에 많은 추가비용이 필요했다. 주방을 비롯한 실내의 인테리어, 탁자, 의자와 같은 비품, 대형 냉장고, 오븐 등 필수적인 장비 구입경비로만 최소한 2천만 원이 더 필요했다. 김씨의 지원비 외에 사촌형들로부터 도움을 받았다. 가게 오픈을 앞두고 수진은 보건교육을 받았고, 민수는 사업자등록증을 발급 받기 위해 국세청과 동사무소 등 관공서를 부리나케 뛰어다녔다. 밝고 산뜻한 색깔의 최신형 전화기를 들이고, 외모가 단정한 아가씨 둘을 채용하여 깜찍한 유니폼을 입혀 놓았다. 그러나 개업식 때 반짝하던 경기는 급속도로 하강곡선을 그리기 시작했다. 매상은 오르지 않는데 꼬박꼬박 들어가는 가게운영비에 빚까지 얹혀있다 보니 사업이 잘될 리 없었다. 겨우 겨우 가게를 인계하는 데에는 성공하였지만, 결과적으로 1년 동안 손에 쥔 것은 한 푼도 없었다. 아내의 인건비를 제외하고도 1천만 원 이상 손해 본 장사. 경험도 없는 주제에 시장조사 같은 기본적인 준비조차 하지 않은 채 허겁지겁 시작한 것부터 잘못이었다. 실컷 벌어 이자로 다 들어가 버리는 것도 한 요인이고, 소비자들의 기호를 고려하지 않은 것도 실패의 한 원인이었다.

이 무렵, 신창원 사건이 터졌다. 신창원은 1997년 1월 20일 부산교도소의 화장실 쇠창살을 쇠톱날로 끊고 탈출하기에 이른다. 경찰은 그의 검거를 위해 헬리콥터를 띄우고 전경을 동원했다. 그러나 신출귀몰한 그의 도피행각에 속수무책으로 당하기만 하였고, 열세 번을 눈앞에서 놓쳐 많은 경찰관들이 이에 책임을 지고 사퇴했다(그 후인 1999년 7월 16일, 마침내 신창원은 전남 순천의 아파트에서 가스관 수리공의 제보를 받은 경찰에 검거되었다. 체포 당시 입었던 화려한 빛깔의 쫄티가 유행하기도 했던 바, 그가 쓴 일기에는 이런 내용이 나온다. "내가 초등학교 때 선생님이 너 착한 놈이다 하고 머리 한 번만 쓸어 주었으면, 여기까지 오지 않았을 것이다. 5학년 때 선생님이 이 쌍놈의 새끼야, 돈 안 가져왔는데 뭐 하러 학교 와? 빨리 꺼져 하고 소리 쳤는데, 그 때부터 내 마음속에 악마가 생겨났다." 『신창원 907일의 고백』 가운데서).

초등학교 교사의 무게는 결코 가볍지 않았다. 그런 면에서 민수는 참 운이 좋은 편이라 여기며 나름대로 열심히, 성실하게 살아왔다 자부하는 편이었다. 그럼에도 집안형편은 말이 아니었다. 땅콩집에까지 차압이 들어왔다는 것. 13년 전 새로 한식집을 지으며 주택자금으로 400만 원을 빌려왔는데 원금은커녕 이자마저 감당하지 못하다 보니, 연체에 연체가 붙어 원금 빼고 이자만 1,000만 원이 넘었단다. 뿐만 아니라 염산 대하양식장을 담보로 농협에서 빌려 쓴 2,800만 원에 대해서도 머지않아 차압이 들어올 것이라니. 결국 사업장을 지키기 위해서는 땅콩집을 처분해야 하는데, 이쪽의 급한 사정을 알아차린 주변에서 거저먹으려 달려든다는 이야기가 들려왔다.

"밭은 시방도 평당 2만 원에 서로 살라고 허그든. 심지어는 2만 5천 원에도 살 사람이 있단 마다. 우리 밭이 모다 해서 4천 평 정도 된게, 고놈만 해도 벌써 8천만 원 아니냐? 그러고 채전 붙여먹는 텃밭도 1,000평은 될 것이고, 집터만 해서 600평이 넘은 게 돈으로 계산허면 상당허지야."

"얼른 계산해도 밭 값이 8천에, 텃밭 빼고 집터를 밭 값으로만 계산해도 1천 200만 원이니까, 합치면 9천 2백만 원이구만요."

"거그다가 땅콩집 값이 1,000만 원만 나가겄냐?"

"지을 당시, 현금으로 3천만 원도 더 들었다면서요?"

"그런디 모다 해서 1억만 줄란다고 허니, 밭 값 8천만 원에다가 집터 허고 집값을 합쳐 2천만 원 배키 안 쳐준다는 소리 아니냐?"

그나마 주인이 나왔을 때 처분해야지, 그렇지 않으면 다 무너지지 않겠느냐는 것이 박씨의 지론이었다. 중촌에서 만난 영식과 1억 5백만 원으로 계약서에 도장을 찍었다. 그로부터 한 달 후. 잔금이 다 들어와 부채를 어느 정도 갚았다는 내용의 박씨 전화가 걸려왔다. 그리고 또 다시 한 달여 후. 김씨 부부는 광주의 작은 아파트, '국민주택'으로 이사를 왔다. 천장 부근의 벽지는 빗물에 젖어 얼룩이 져 있고, 벽의 귀퉁이마다 헐어있는 데다 엉덩이가 걸쳐질까 싶을 정도로 변기는 작았다. 세면대마저 떨어져나간 통에 맨바닥에 쭈그리고 앉아 얼굴을 씻어야 한단다. 어울리지 않게 방은 3개씩이나 되었지만, 코딱지만 한 거실이며 지저분한 베란다가 '몰락한 가세'를 여실히 보여주고 있었다. 그 후로 자주 들러야 한다 하면서도 국민주택 들어서기가 싫었다. '가난'을 피부로 실감해야 한다는 사실이 두려웠다. 죄송스러움과 함께 참담한 심정을 가눌 길이 없었다.

어렸을 적, 부모님이 돈을 항아리에 묻어두고 쓰는 줄 알았다. 퍼내도, 퍼내도 마르지 않는 샘물처럼, 계속해서 토해내는 돈 항아리가 마당 어딘가에 묻혀있을 것으로 상상했다. 필요할 때마다 늘 주어지는 돈이었기에, 살아가는 동안 돈 때문에 어려움을 당하리라고는 상상조차 하지 않았었다. 그러나 작년부터 몰아치기 시작한, 이른바 아이엠에프(IMF-국제통화기금) 경제위기. 1997년 대한민국 정부가 IMF에 자금지원을 요청한 사건을 일컫는다. 금융기관이 부도에 직면하고, 이어서 기업이 줄줄이 문을 닫으면서 실업자가 급격히 양산되어 사회 전체가 불안에 떨기 시작했다. '단군 이래 최대의 국가적 위기'라고 불리는 상황 속에서, 생활고를 이기지 못한 서민들이 자살하는 비극적인 상황. 생존경쟁이라고 하는 처절한 세태 속에서 사람들의 눈빛부터 달라졌다.

국가적 위기사태와 보조(?)를 맞추어, 작년 하반기부터 민수의 가정에도 경제적 쓰나미(지진해일에 대한 일본어)가 몰려오고 있었다. 부친 김씨의 정치적 몰락과 사업실패, '베스트셀러' 도서의 판매저조, 피자가게 투자비 미회수 등으로 부채는 눈덩이처럼 불어나 있었다. 그 사이사이 상하사리 일대 12만 평의 땅이 불거지기도 하고 칠산 앞바다 공유수면매립지 건이 떠오르기도 했지만, 신기루처럼, 안개처럼 사라졌다.

"아버지는 죽어라 김대중 씨를 미워하시지만, 이번 신문에 보니까 일본에서 온몸이 묶여 자루 째 물속에 빠지는 순간, 예수님 얼굴을 봤다잖아?"

"요즘 인동초(忍冬草)라는 말이 유행이잖아요? 끝내 겨울을 이겨내는 식물이요. 그 분은 천주교 다니면서도 그러는데, 같은 예수님 믿는 우리도 열심히 기도해야지요. 이번에 대통령도 바뀌고 그랬으니까, 아마 잘 될 거예요."

월광동 지점의 연체이자 700만 원은 가까스로 연기해둔 상태. 그러나 한 달 안에 밀린 이자를 갚지 않으면 신용불량자로 처리하겠다는 최후통첩을 호신금고로부터 받았다. 아무리 궁리해도 묘책은 떠오르지 않았다. '기적'이 일어나지 않으면 모든 것이 끝장이었다. 그런데 새벽기도를 이어가는 동안, '기적'이 일어났다. 물질의 기적이 아닌, 심령의 기적이. 세상이 줄 수 없는 평안과 기쁨을 경험하면서 아내와 아들에게 화내는 일이 줄어들었다. 불안과 초조의 시간이 줄어드는 대신, 기도하는 시간이 늘어났다.

하지만 현실에서는 응답 대신 환란이 찾아왔다. 이자를 갚기 위해 대출을 받고 그 대출금에 대한 이자를 갚기 위해 또 대출을 받는 악순환, 그것마저 더 이상 이어가기가 힘들게 되었던 것. 1998년 5월 15일. 여느 해와 다름없는 '스승의 날'을 맞이하여 꽃다발을 든 학생들이 연구실로 달려왔다. 하지만 이 판국에 꽃다발이 무슨 의미가 있겠는가? 기념식이 끝난 후, 지찬진 교수의 연구실 앞에 섰다. 그를 보증인으로 하여 호신금고에서 빌린 4천만 원에 대한 이자가 눈덩이처럼 불어나 있었고, 연장을 위해 어렵사리 이자를 마련한 상태였다. 시내에서 가장 높다고 소문난 살인적인 대출 금리에 악질적 관행인 '꺾기'가 겹쳐 있었고, '갑질' 약관에 의해 아무리 적금을 부어도 원금과는 연계되지 않는 묘한 구조. 그 때문에 원금에 대한 이자는 이자대로 갚고, 적금은 적금대로 부어야 했다. 또 매년 원금의 20%를 상환해야 하는데, 그때마다 목돈을 마련하기 위해 이리 뛰고 저리 달려야만 했다. 더욱이 요 몇 달간 연체에 IMF까지 겹치고 보니, 이자는 천정부지로 치솟아 있었다. 5백만 원을 마련하여 도장을 받으려 했지만, 그는 일언지하에 거절했다.

그동안 자신을 믿고 보증을 서주었던 사람들의 얼굴이 스쳐 지나갔다. 지옥의 마귀가 짓는 얼굴, 독가스처럼 뿜어져 나오는 저주와 욕설. 온몸과 영혼에 지진이 일어나는 것을 감지하며 마음을 접기로 했다.

'내가 죽으면 끝나.'

중학교 2학년 때 수면제를 들고 극락강 둑길을 걸을 때, 하사리 중촌의 사랑방에서 맥주 3병을 마실 때, 도초섬에 호랑이 선생님을 만나러 갔다가 목포로 돌아오는 배의 난간에서, 민수는 항상 그런 생각을 했었다. 그리고 그것은 때로 커다란 용기로 작용했다. 제5사단 ××연대 수색소대장의 자격으로 다른 부대에 배속되었을 때, '박살띠' 작업을 위해 DMZ 철책문을 들어설 때, 뻔히 지뢰밭인 줄 아는데도 권총을 이마에 들이대며 기어이 들어가라고 다그치는 소령 앞에서, 민수는 마음을 비웠었다. 사랑하는 딸이 비명 속에 숨을 거둔 그날 밤, 민수는 브로커 담에 머리를 찧었었다. 죽기로 각오하면 세상에 무서울 것이 없음을 일찍이 체득하고 있었던 것이다.

그 날 이후. 부채와 이자 상환 등, 모든 자구노력을 중단했다. 여기저기서 독촉장이 날아오고, 전화가 빗발쳤다. 하지만 손가락 하나 까딱하지 않았다. 더 이상 보증인 세울 재간도 없었으려니와 세우고 싶지도 않았다. 동료교수로부터 매몰찬 거절과 함께 인격적인 모욕까지 당하고 나니 살고 싶은 생각조차 사라졌다. 인간 자체에 대한 환멸, 그것은 수년 전 주봉팔에게서 받은 아버지 김씨의 심정과 흡사하리라 미루어 짐작했다. 죽는 것보다 끝내 없어지지 않을 빚이 더 무서웠다. 아들에게까지 대물림되지 않을까, 그것이 더욱 두려웠다. 결국 의지할 곳은 교회밖에 없었다. 아니, 의지하기보다 도피하기 위해 그곳을 찾았는지도 몰랐다.

난생처음 새벽기도 40일을 작정하고 눈물로 기도하는 중에 부도가 선언되었다. 금융기관들에서 앞 다투어 압류장을 보내왔고, 서무과로 법원통지서가 날아들었다. 담당직원의 화들짝 놀란 목소리.

"학교에서 이런 일이 첨이라서요. 교수님 봉급에 가압류가 들어왔기 때문에, 반절씩 떼어놓을 수밖에 없거든요."

"…그리고요?"

"어느 정도 모아지면, 채권자에게 액수 비율로 분배되는 거지요."

푸른 초원에 나뒹굴어진 동물의 사체(死體), 그것을 향해 달려드는 하이에나처럼 '채권자'들은 눈을 부릅뜨고 혀를 날름거리며 몰려들기 시작했다. '도피처'인 교회에 나가 눈물 흘리며 기도했다. 하지만 기도만으로, 믿음만으로 부채가 해결되지는 않았다. 끈끈이처럼 매일의 삶에 달라붙었고, 거머리처럼 영혼의 피를 마구 빨아댔다. 어느 날, 다리미질을 하려 콘센트를 꼽다가 텔레비전 뒤에 붙어있는 노란딱지를 발견하였다. 법원에서 발부한 차압딱지는 냉장고, 비디오에도 붙어 있었다.

무엇보다 힘든 것은 대학정문을 통과하는 일. 10년 전인 1988년, 부푼 가슴을 안고 들어섰던 그 문을 도살장에 들어서는 소의 심정으로 지나야 하다니. 참으로 신기한 것은 부도 이후 모든 사람들로부터 연락이 뚝 끊겼다는 사실. 서로 입이라도 맞춘 것 같았다. 따뜻한 전화 한 통화가 아쉬웠다. 위로의 말 한마디가 절실했다. 재정적인 도움은 언감생심, 바라지도 않았다. 그저 그냥 '사람'의 목소리를 듣고 싶었다. 출판기념회 때에 참석한 사람만 5백 명이 넘고 광주시 인구가 100만이 넘는데, 그 누구로부터도 전화 한 통 걸려오지 않았다.

두암동의 한가람 레스토랑. 민수 부부 앞에 세 명의 '채권자'들은 유리한 고지를 점령한 채, 버티고 앉아 있었다. 그들의 요구는 간단했다. 김씨 명의로 되어있는 염산 땅을 자기들 명의로 돌려달라는 것. 얼토당토않은 요구에 김씨 특유의 짜증이 부려질 것으로 각오했다. 그러나 그는 쾌히 승낙했다. 함께 공증사무실로 향하는 동안, 김씨는 아무렇지 않은 듯 행동했다. 하지만 늘어난 흰머리와 주름살, 얼굴에 스쳐가는 비감(悲感)마저 숨기지는 못했다. 교수들은 '못난이 삼형제'처럼 그렇게 앉아 있다가 벌떡 일어섰다. 출판기념회에서 만났을 때와 사뭇 달라진 김씨의 몰골에 놀라는 눈치. 서류를 꾸미는데 막상 민수 자신의 이름을 기록할 곳은 한 군데도 없었다. 한 시간 가까이 끌다가 작성된 공증서의 내용은 다음과 같았다.

'김복동은 아들 김민수의 부채에 대해 연대적인 책임을 지며, 앞으로 3년 안에 그 부채를 청산하지 못할 경우 채권자들의 어떠한 조치에도 이의를 제기하지 않는다.'

하늘을 찌를 듯한 자존감은 땅속을 향한 자학(自虐)으로 변했다. 등을 돌려버린 세상을 한탄하다가 자신의 존재 자체를 저주하기에 이르렀다. 아침에 피었다가 저녁에 시드는 꽃처럼, 하루를 일생으로 사는 하루살이처럼 아무 생각 없이, 흔적도 없이 그렇게 한평생을 보냈더라면 좋았겠구나 하는 생각이 들었다. 인생을 거꾸로 살았을지도 모른다는 생각이 들었다.

'절친했던 친구들의 술자리 안주감이 되어 날마다 씹히고 있는 장면이라니. 초등학교만 졸업하고 농사를 짓기 시작한 친구들은 지금 떵떵거리고 잘들 살고 있는데, 정부 융자자금으로 축사와 창고를 짓고, 트랙터와 콤바인을 사서 논농사, 밭농사 잘 짓고 있는데. 비닐하우스에 딸기나 포도, 토마토 등을 재배하며 여유 있는 생을 영위하고 있는데, 나는… 내 이름으로 돈 한 푼 빌려올 수 없구나. 내 이름과 주민등록번호가 전산망에 뜰 때, 사람들은 비웃는다. 대학교수인 주제에 빚쟁이이고 신용불량자라고….'

새벽기도 40일을 끝냈지만, 믿음은 어림 반 푼어치도 못 되었다. 해가 뜨지 않기를, 날이 새지 않기를 간절히 기원해 보았다. 어김없는 자연법칙이 원망스러웠다. 금융기관 시스템이 정상적으로 돌아간다는 사실이 절망스러웠다.

무작정 집을 나섰다. 동광주 톨게이트를 빠져나온 엘란트라 승용차는 88올림픽 고속도로 위를 힘차게 내달렸다. 죽음으로의 유혹이 악마처럼, 영혼을 사로잡았다. 도로 위에 차가 뜸해지기 시작하더니 조금 후에는 거의 끊기다시피 했다. 순창 인터체인지 표지판을 발견하는 순간, 오른쪽으로 핸들을 꺾었다. 시내는 비교적 한산했다. 한 여관 앞에 차를 세운 다음, 근처의 슈퍼에서 오징어와 땅콩, 그리고 맥주를 샀다. 물 주전자와 수건을 쟁반에 받쳐 2층으로 안내한 주인은 선불을 요구했다. 잠시 후. 거스름돈을 갖고 올라온 그에게 잔을 권했다.

"손님은 광주에서 오셨는 게라우?"

"예. 어떻게 아셨어요?"

"차 남바 보면, 금방 알지라우. 그러고 여그는 광주 사람들이나 오제, 이쪽 근방에서는 잘 안 와라우. 서로 얼굴을 알아버린게, 데이트 헐라면 다른 디로 빠지지라우. 애초부터 난장판에다가 러브호텔을 지었어야 헌디. 그나저나 문 기분 나쁜 일 있었는 게라우?"

"왜요?"

"얼굴이 안 좋아 보여서라우. 혹시 부부싸움이나 했는가 허고라우."

"예. 대판 싸우고 왔습니다. 그러나 여기서 죽지는 않을 테니 염려 마십시오. 하하하…."

"뱰 말씀을 요. 사람 살기가 참, 심들어라우. 이 오막살이 여관이제마는, 영판 심드요이. 어디 세상일 쉬운 일이 있겠소마는…."

그가 내려간 후, 천장을 바라보며 생각에 잠겼다.

'여관주인 말마따나 누군들 사는 것이 좋아서만 사는가? 마지못해, 죽지 못해 사는 것이 인생이거늘…. 지혜를 잃었을 때 나머지 인생은 덤이라 간주하기로 했었지. 그런데 지금의 상황이 그때보다 못한가? 그때보다 더 고통스러운가?'

절체절명의 순간에 늘 그랬듯, 이번에도 호랑이 선생님을 찾았다. 장소는 그가 근무하는 영광 홍농읍 중학교 근방의 어느 허름한 식당이었다.

"선생님. 제가 실은 인생의 가장 큰 위기 앞에 다다른 느낌입니다."

"………."

"며칠 전 텔레비전을 통해 제 출판기념회 장면을 보셨다는 말씀도 하셨습니다만, 저 열심히 살았거든요. 선생님 가르침대로 치열하게, 성실하게 살려 했지요. 하지만 역시 세상은 만만치 않네요. 잘 아시다시피 아버님께서 정치와 사업에 실패하시고 집사람이 뭔가를 해보겠다고 나섰다가…. 제 인생이 왜 이렇게 되었을까요? 선생님께서 저에게 기대하셨던 정치도 더 이상 꿈꿀 수 없는 상탭니다. 어떤 친구는 저더러 진실하면 뭐하고 정직하면 뭐하냐고 비아냥대더라고요. 사실 부정한 돈 먹으려 맘먹었으면, 이렇게까지 비참해지진 않았을 것 같아요."

신세타령 겸 원망(?)이라고 할까. 묵묵히 듣고 있던 그가 입을 열었다.

"자네가 어렵다고 헌게, 첨으로 내 이야기를 헐라네. 우리 선친께서 정치를 헌답시고, 국회의원 선거에 두 번이나 나와 떨어지셔 버렸지 않은가? 한 번만 떨어져도 살림이 간다고 그런 판에 두 번이나 떨어졌으니, 집안 꼴이 어쭈코 되얐겄는가? 아무리 대농이라도 배길 재주가 읎제이. 논 한 평, 밭뙈기 한 평 읎이 싹 넘어가 버렸은게."

"……."

"그래놓고 딱 돌아가셔 버린게, 모든 책임이 나한테 오는 것이여. 그때 내가 대학을 졸업 허고 고시공부헌다고 엎져 있는 판인디, 우게로는 홧병으로 누우신 어머니허고 밑으로는 여섯 명의 동생들이 줄줄이 내 낯바닥만 쳐다보고 있넌디, 사람 미치겄드만이."

"………."

"그래서 내가 이 판에 문 고시공부냐 싶어, 당장에 때래 치와 버렸제이. 그래놓고는 시골로 내래왔어. 빚을 갚을라먼 농사를 짓는 수배키 읎은게. 근디 농사를 질라고 해도 논이 있기를 해, 밭이 있기를 해? 그래서 새경을 주고 빌렸제. 아제 삼춘 헐 것 읎이 꼴마리를 붙잡고 내가 그랬어. 나를 믿고 딱 3년만 빌려주씨요. 새경은 서운찮게 디릴란게, 좌우간 빌려만 주씨요. 참! 인생이란 것이 그러드만. 새경 받어 먹는 입장에서 새경을 줄락헌게, 속도 씨랍고. 그래도 어쩔 것이여? 내 주어진 운명에서 최선을 다해야 쓸 것 아니여? 그래 갖고 1년 농사를 딱 지었넌디, 아 요놈오 것이 새경 주고 빚에 대한 이자 갚고 난게 포도시 식구들 목구먹에 풀칠헐 식량 배키 안 되드란 말이세. 그래서 하도 기가 맥해서 농사가 이런 것이다냐 싶드라고."

"……."

"그래도 내년에는 쪼까 나서 질란다냐 싶어서, 또 지었제. 그래서 도합 3년을 지었넌디 넌장, 다 도로묵 헛빵이여. 써빠지게 농사 지어보았자 짚 몇 뭍 남는다는 말이 딱 맞드만."

"그래서요?"

"그래서 어쭈코 허겄어? 천장만 쳐다 봄시로 담배를 뽀끔뽀끔 피우고 있넌디, 아이, 어느 날 우리 집 앞으로 수로가 난다고 딱 발표가 된 것이여."

"수로…가요?"

"아먼. 그때 함평만 공사가 한창일 땐디, 그 땜이 막어짐시로 수로가 우리 집 앞으로 딱 나 버린게 보상금이 엄청 나와 버렀겄다. 우리 집 앞이 아니먼 수로가 날디가 읎었그든. 그래 갖고 하루아침에 빚을 딱 갚어버리고, 아버지가 잃었던 전답도 찾고 나머지 농사는 집사람허고 동상들한테 맽기고 자네들 가르칠라고 학교로 나갔든 것이여."

"그래요? 저는 선생님께서 그런 고생까지 하신 줄은 몰랐어요."

"말을 안 헌게 모르제에. 사람들이 다 그래. 아무 일 읎이 다 잘 사는 것 같어도 속을 디래다보먼 다 똑같어. 이런 일 저런 일로 고생허고, 참말로 말 못헐 사정도 있고."

"그러시면 저희들 가르치시면서도 속이 편치 않으셨겠네요?"

"고비는 넹겠제마는, 여유가 있는 편은 아니었제. 그런게 밤나 술만 먹고 아무허고나 쌈이나 허고 그랬제. 그러고 세상물정을 알고 난 게, 아이들을 강허게 가르쳐야겄다는 생각이 들었고….

에 그래서 쪼까 독허게 헌 면도 있고. 좌우간 인생이란 것이 곧 죽을 것 같어도, 전디다 보면 은젠가 살날이 오드란 말이제이. 느닷읎이 기회가 오드란게."

"그러니까요."

"생각해 봐. 그 앞으로 수로가 날지 꿈에라도 상상했겄어? 그 우게다가 씨멘트로 포장도로까장 나 버렀어. 차 댕기기 좋게. 그러고 난게 인자 천진한이 망했다고 손구락질허든 사람들, 쳐다보는 눈빛부터 달라지는 것이여. 세상이 다 그런 것이여. 지금 자네가 을마나 어려운지 나는 잘 모르겄네마는, 남자란 이런 세상풍파를 헤쳐 나갈 때 비로소 남잔 것이여. 고냔시 여자 탓 헐 것 읎어. 잘나나 못나나 내 마누란디, 누구한테 탓을 해? 이런 때일수록 부부간에 하나가 되아야 헌다고. 이럴 때 잘 극복해내라고 가르치고 교육시키고 그런 것이제, 밤나 책만 디래다 보라고 헌 것이 아니란게. 이럴 때 그 사람이 인물인지 아닌지 판가름이 난다 이 말이여."

"……아, 예."

"그 뒤로 내 애기들도 무려 일곱 명이나 태어나지 않았는가? 생각해 봐. 읎는 살림에 동생 여섯에다가 새끼들 일곱인디, 보통 사람들 같으면 기절초풍헐 일이제 이. 근디 나는 눈 하나 꿈쩍 안 했어. 아이고, 니가 이기는가 내가 이기는가 보자. 인생이 문밸 것 있간디? 그저 전디고 버티는 것이여. 결국에 동생들 여섯을 전부 대학 졸업시키고, 여동생까지. 그러고 내 자식들도 인자 거의 다 대학을 졸업허고, 거진 다 결혼헐 단계까장 와 있은게 내 인생도 실패헌 인생은 아니제이. 비록 아버지가 원허셨든 정치는 못허고 큰 벼슬은 못했어도 내 헐 바를 다 했은게 나는 만족헌다, 그 말이여 시방. 아까 자네가 맘에 읎는 소리 했제마는, 세상에 공돈은 읎는 법이여. 교수가 돈 받어 먹고 인사에 관여허면 쓰겄는가? 자네 아부지 피를 물려 받었넌디 자네가 부정헌 돈 받을 리는 읎고…. 성실허게, 부지런허게, 절약험시로 살면 은젠가는 다 살아지는 것이여. 내 말 알겄는가?"

순간, 민수는 망치로 얻어맞은 것 같은 충격을 받았다. 무엇보다 '이럴 때를 위해서 가르친 것이여.'라는 말씀이 심장을 후볐다.

'아! 명색이 선생님의 수제자라 자부하는 내가, 장래에 큰 인물이 될 거라고 선생님의 기대를 한 몸에 받았던 내가 이까짓 돈에 무너지다니. 그럴 수는 없다. 바로 이거다! 내가 오늘 이곳까지 와서 선생님을 뵌 것은 바로 이 말씀을 듣기 위함이야. 죽어라 공부한들 인생의 풍파를 만나 그것을 극복해내지 못한다면 무슨 소용이 있겠냐고? 그것은 죽은 공부이고, 죽은 학문이지. 참다운 공부는 삶의 고비에서 진가를 발휘하는 거야. 나도 이 고비를 넘겼을 때 저 선생님처럼 인생의 승리자가 될 수 있어.'

제자 앞에 태산처럼 버티어있는 그가 너무 위대해 보여, 자신의 치졸한 행태가 너무 부끄러워 고개를 들 수 없었다.

14. 은사 장남의 주례와 금의환향

"김교수, 날세."

"예, 아이고 선생님. 그동안 잘 계시고요?"

부도라고 하는 쓰나미가 일상의 삶을 휩쓸고 지나간 다음, 얼마 되지 않아 전화가 걸려왔다. 학교로 그를 찾았던 일이 불과 작년 어느 때인데, 갑자기 웬일이실까?

"다름이 아니고 우리 큰아들을 이참에 여워야 쓰겄넌디, 자네가 주례를 쪼까 서주어야 쓰겄네."

"예? 제가요?"

경제위기가 아니더라도 주례는 서지 않기로 결심한 터. 거기에는 10여 년 전 세상을 떠난, 사랑하는 딸과 관련이 있었다. 주례를 서려면 흔히 하는 말로 팔자가 좋아야 하는데, 아무리 보아도 자신의 경우는 아니었다. 그러나 초등학교 때의 별명 '호랑이'는 타고난 천성대로 그냥 포기하지 않았다. 그가 직접 학교를 찾은 것이다.

"아이고, 선생님. 여기까지 오셨어요?"

"선생이 제자 근무허는 디도 와 봐야제이. 아따, 넓네?"

민수는 난생 처음 보직이란 걸 하고 있었다. 학생생활연구소 소장.

"아, 선생님. 여기는 소장실이고요. 제 연구실은 저 위쪽 건물에 있습니다. 차 한 잔 드시고 한번 올라가 보시지요."

대학교수 임명장을 받았을 때, 누구보다 먼저 그에게 연구실을 보여주고 싶었다. 어렸을 적 큰 꿈을 심어주고 자신에 대한 기대를 끝까지 접지 않은 은사였기에 무척이나 좋아할 것 같아서였다. '미국유학까지 다녀와 박사가 될랍니다!'라는 약속이 충실히 이행되었음을 증명해보이고 싶었다. 미국유학을 다녀오지는 못했으되, 박사를 넘어 박사보다 되기 어렵다는 대학교수까지 되었으니 엉겁결에 내뱉은 약속은 거의 다 지킨 셈이 아닌가?

"여그가 자네 연구실이구만. 아따, 깨끗허고 넓네. 세면대도 있고…."

"총장실에는 화장실도 있는 데요?"

"그래? 자네도 총장 한번 해야제?"

"하하하…. 선생님은. 그보다도 선생님 교감승진 문제는 어떻게 잘 되어갑니까? 제가 도와드려야 하는데 죄송합니다."

"응. 아니. 염려 말어. 얼마 안 있으면 좋은 소식이 있을 것 같은게. 승진문제는 대통령 빽이 있어도 안 돼야. 점수가 뻔헌게 모다들 눈을 대고 있어 갖고, 부정을 헐라고 해도 헐 수가 읎게 되야 있단게."

"그러고 보면 우리 사회도 많이 맑아졌는가 봐요. 선생님께서는 의지가 강하시니까 반드시 해내실 거여요."

"남자가 세상에 한번 태어나, 허고 싶은 일은 허고 죽어야제이. 안 그런가?"

"그렇지요."

"오늘 내가 여그까지 온 것은 지난번에 전화로 말했다시피, 내 아들 주례를 부탁허러 온 것인게 그리 알소."

"아이고, 선생님. 저는 안 된다니까요. 제가 어떻게…."

"자네가 어째서? 대학교수고 박사고. 이만허면 말제. 아이, 이럴 때 나도 제자자랑 쪼까 허세."

"선생님은…."

"딸내미들이사 암찌끼나(아무렇게나) 그럭저럭 여윘네마는, 큰 아들은 또 다르지 않은가? 그래서 특별히 자네한테 부탁헐라는 것이여."

"그렇게 중요한 혼사를 제가 어떻게…."

"고로코 중헌게, 자네한테 맽길락 허제. 나는 자네를 너무너무 자랑스럽게 생각허네. 자네가 빼는 이유도 알아. 그동안 집안에 좋지 않은 일이 있기는 했제마는, 그것이사 사람 힘으로 안 되는 일 아닌가? 그런디 문 흠이여? 좌우간 허락을 안 해 주먼 안 갈란게 그리 알소."

"선생님…."

"여러 소리 헐 것 읎어. 진작 일가친척들한테 말도 다 해놓고 청첩장도 찍어 버렸어. 매칠 안 남었넌디 인자 와서 다른 사람으로 바꾸도 못헌게, 그리 알고. 나 가네이."

"선생님…."

"아이, 나도 자네 주례 서 주었은게, 인자 빚을 받어야 헐 것 아닌가?"

참, 그렇구나.

'아! 세상에서 이렇게도 기분 좋은 빚이 또 있을까? 초등학교 은사님이 나의 주례를 서 주시고, 많은 세월이 흘러 이제 내가 그분의 장남 주례를 서게 되다니. 이보다 더 극적이고 아름다운 광경이 또 있을까 말이다.'

사실 자신의 인생역정이 '팔자 좋은 주례선생님'과는 너무 거리가 멀어 보여, 제자들이 부탁할 때마다 이런저런 이유를 대며 거절해왔었다. 그러나 사랑하고 존경하는 은사님이 직접 방문하여 간곡히 부탁하는 바에야 더 이상 빼고 자시고 할 까닭이 없었다.

그 날 이후 자나 깨나 주례사에 대한 궁리뿐이었다. 하루하루 다가오는 날짜를 계산할 때마다 가슴이 두근거렸다. 초등학교 5학년으로 돌아가 담임선생님으로부터 테스트를 받는 기분이

들었다.

“당신, 요새 왜 잠을 못 자고 그래요? 주례 때문에요?”

“어느 정도 각오는 했지만, 이렇게 떨릴 줄은 몰랐어. 주례사도 주례사지만, 무슨 일이 있어도 시간 펑크를 내서는 안 된다는 강박관념이 사람을 긴장하게 만드네. 강의라든가 세미나, 그 밖의 약속은 형편에 따라 연기하거나 불참할 수 있거든. 그런데 이 주례만큼은 어떠한 핑계도 용납하지 않으니까.”

“호호호…. 선생님께서도 당신 주례 부탁을 받고 고시공부 하시듯 하셨다잖아요?”

“그때는 농담반 진담반으로 들었는데, 그 말씀이 영락없는 사실이었구나 싶어. 아버지도 수없이 주례를 서셨는데, 한 번은 본인이 주례를 선 사람에게 ‘너 은제 장가 안 가냐?’고 물으셔 갖고…. 하하하….”

“그러셨대요? 호호호….”

당일 오전. 30여 분 일찍 나가 사회자와 식순 진행과 관련한 협의를 하였다. 이윽고 개식이 선언되었고, 소개 멘트를 들으며 단상 앞으로 걸어 나갔다. 초등학교 5학년, 웅변을 하러 학예회 무대에 오를 때 생각이 났다. 그때도 지금처럼 많이 떨렸었다. 눈에 보이는 게 없었고, 귀에 들려오는 소리도 없었다. 세월의 간극을 뛰어넘어 오늘 다시 그 앞에 선다고 생각하니 감개가 무량했다. 신랑과 신부가 다가와 앞에 설 때까지, 혼인선언문 낭독을 할 때까지 흥분은 쉬이 가라앉지 않았다.

'이때쯤 나는 선생님을 닮아야 한다. 하객들을 초등학생들로 간주하셨다는, 그 지혜를 배워야 한다.'

마침내 주례사 순서.

"이렇게 좋은 날씨에, 이 복된 자리에 서게 된 것을 무한한 영광으로 생각합니다. 저는 오늘 신랑의 혼주 되시는 천진한 선생님의 초등학교 제자입니다. 제가 5학년 때 저의 담임이셨던 선생님은 저를 끔찍이도 사랑하셨고, 저에게 전폭적인 믿음과 신뢰를 보내주셨습니다. 그리하여 저는 숱한 좌절과 역경 속에서도 그 기대에 어긋나지 않도록 하기 위해 일어서고, 또 일어섰습니다. 그리하여 오늘날 부족하나마 교육자로서, 제2세 교육을 위해 봉사할 수 있게 되었던 바…. 이 모든 것이 선생님의 은혜라 믿어 의심치 않습니다. 더구나 선생님께서는 지금으로부터 정확히 18년 전에 저의 주례를 기꺼이 서 주셨던 바, 저는 오늘 그 빚을 갚고 있는 셈이 됩니다. 또한 오늘은 제가 10년 전에 대학교수 발령장을 받은 날이기도 하기 때문에 여러 모로 의미 있고 축복받은 날이라 아니할 수 없습니다. 여러분! 초등학교 담임선생님께서 제자의 주례를 서 주시고, 이제 그 제자가 성장하여 선생님의 장남 주례를 서주는 이런 일이… 얼마나 귀하고 감격스러운 장면입니까?"

"……."

기대했던 대로, 장내에서는 우레와 같은 박수가 터졌다.

'아! 맞다. 이럴 때에는 잠깐 시간을 주어야 한다. 박수가 끝날 때까지 기다려야 한다. 5학년 당시 웅변할 때처럼. 30년의 시간을 건너 오늘, 나는 다시 사람들 앞에, 아니 그 앞에 서 있다.'

주례사를 마치고 단상에서 내려올 때. 그는 악수를 청하며 이렇게 말했다.

"역시… 자네는 역시야."

그 한 마디 말속에 모든 것이 담겨있었다. 학예회 웅변이 끝나고 단상에서 내려왔을 때처럼, 그는 그렇게 제자에 대한 무한한 신뢰와 뜨거운 애정을 표현하고 있었다.

"아이, 주례 선생님을 잘 모셔야제, 모다들 어디 갔디야?"

"아이고, 선생님. 됐습니다. 저 혼자 가도 돼요."

"그래도 그것이 아닌 것이여. 아이, 누구 읎냐? 빨리 교수님 모시고 내래 가란 마다."

아래층에서 아내와 함께 식사하는 중에 그가 내려왔다.

"많이 들제, 어쨌어?"

"많이 들고 있습니다. 선생님도 식사하셔야죠?"

"나는 멍허니, 아무 밥 생각도 읎네."

"그러실 테죠. 저절로 배부르실 텐데요 뭐."

"허허허…. 그나저나 고상했네. 사람들이 난리네. 제자 하나 잘 두었다고. 허허허…."

"별 말씀을요."

"사람은 우접이 무섭다*고 그러그든. 암 것도 아닌 것 같어도 그것이 아닌 것이여. 인자는 자네가 내 심이 되고, 그런 것 아닌가? 어째 밸 일 읎제?"

"그럼요. 지난번 괜히 선생님께 걱정만 끼쳐드린 것 같아 죄송합니다."

"뭇을? 아, 사람은 누구에게나 고비가 있는 법이여. 큰 인물이 될라면 산전수전 다 겪어야 헌게, 그리 알고."

"예. 이 나이 먹어서도, 선생님의 가르침을 받습니다."

"한 번 스승은 영원한 스승인 법이여. 허허허…."

* 우접이 무섭다: 주변을 둘러싼 인맥이 중요하다는 뜻.

15. 에필로그

2012년 10월, 함평으로 가는 길.

“최근 들어 거의 매년 가을마다 가긴 했지만, 이번에는 느낌이 좀 다르네?”

“당연하지요. 10여 년 만에 우리 부채도 다 벗었고, 고급승용차도 뺐고, 또 당신도 출세했잖아요?”

“출세라고까지야. 하기야 이런저런 모습으로 나라 일에 참여하게 되었으니, 이제 선생님 마음이 좀 흡족하시려나?”

“아직은 어림도 없지요. 바다 같은 그분 욕심을 어떻게 채워요?”

“하하하…. 그건 그래. 이 못난 제자에 대한 욕심이 끝도 없으시니까. 김지수, 너 초등학교 때 이 길 갔던 거 생각나?"

"나지요. 그때 사관가, 복숭안가 따주시고 그랬잖아요?"

"맞아. 우리 식구가 갈 때마다 가장 귀한 과일을 주시곤 했지. 작년에는 그 석류 엑기스도 주시고, 또 그 전에는 품질이 좋다고 단감을 두어 박스씩 따주시고. 전기 고등학교 시험에 떨어지고 이 길을 혼자 터벅터벅 걸어가는데, 내 인생에 무슨 낙이 있을꼬 싶더라고. 그때에는 길도 비포장도로인데다 눈도 많이 오고 그랬는데, 지금은 포장이 되어 길 형편도 좋아지고, 또 내 형편도 좋아지고. 그러고 보면, 우리나라 정말 많이 발전했어. 살다보면 이런 날도 있는 것을……."

절망과 분노에 찬 까까머리 중학생이 40여 년이 훌쩍 지난 오늘날, 대학교수와 철학박사가 되어, 그리고 한 나라의 경영에 참여하는 고위공직자가 되어 사랑하고 존경하는 은사님을 뵙기 위해 이 길을 간다. 경제적 위기를 맞이하여 그 앞에서 괜스레 앙탈하고 불평을 늘어놓았던 이 못난 제자가 이제 아들이 운전하는 고급승용차를 타고 손불면의 한 마을로 향하고 있다. 딸을 잃고 몸부림치던 그 비극의 주인공이 딸보다 더 예쁜 손녀를 가슴에 안고 스승의 얼굴을 뵙기 위해 이 길을 가고 있다.

'선생님! 당신이 우리 두 사람의 결혼을 축복해주셔서 그 험한 세월 잘 이겨내고, 우리 둘 사이에서 태어난 아들 또한 남부럽지 않게 자라 세칭 일류대학을 나와 독일에서 박사과정을 밟고 있습니다. 거기에 또 이렇게 예쁜 손녀까지 얻었으니, 이젠 더 이상

바랄 것이 없네요.'

"그럼 오늘은 우리 며느리하고 손녀가 초행길인가?"

"예. 지수씨 한테서, 아니 애기아빠한테서 이야기 많이 들었어요. 저도 가슴이 설레요."

"평생 존경할 수 있는 선생님을 갖는다는 것은 큰 복이야. 너희들도 항상 윗사람에게 공손하고, 특히 선생님들의 은혜를 잊으면 안 돼. 사람이 다른 동물과 다르다는 것이 무엇이겠냐? 결국 이 세대에서 다음 세대로 지식과 경험이 전달된다는 점인데, 그 일을 선생님들이 담당하는 것 아니냐? 더욱이 지수도 앞으로 교육자가 될 터인데, 내 말 명심하고. 아빠의 일생을 지도하신 천진한 선생님에 대해서는 더 각별해야 하고……."

뒷산을 배경으로 한 그의 저택은 새롭게 단장되어 있었다.

"아이고, 이것이 누구여? 김교수, 어서 오고…. 카마이 있자. 지수허고 새색시네? 작년인가, 그 작년인가 결혼식장에서 보고 첨이네?"

"예. 선생님. 그새 손녀까지 얻었습니다."

"하이고, 빵긋빵긋 웃기까장 허네? 아따, 그 교회를 결혼식장으로 꾸매 논게, 좋기는 허드만이. 문 교회가 고로코 큰지…. 나는 뒤로 나자빠질 빤 봤네."

"예. 그때 선생님께서 제 어머니랑 앞에 나란히 앉아 계시니까 감개가 무량하더라고요."

"그런 게. 세월이 많이 지냈는디도 자네 어무니는 아직 정정허

시데야."

"고향에 계실 때에는 원불교에 다니시다가 광주에 올라오셔서는 교회에 나가고 계십니다. 새벽기도까지 나가시는데요 뭐."

"그 날 본게, 자네가 그도막(그동안) 잘 살았다는 것이 느껴지대야. 하객들을 보면 그 혼주를 알 수 있그든. 아따! 대통령부터 시작해서 무슨무슨 장관까지 보내온 화환도 고로코 많고, 손님들도 엄청나드만. 내 어깨가 들썩들썩 허데야. 아니, 사람이 우접이 무섭다고 내가 여러 번 안 그러든가? 자네 같은 제자가 있은게, 누가 나한테도 함부로 못허는 것이여."

"아이고, 선생님이야 지역에서 신망도 높고 그러시는데요 뭘. 아무튼 감사합니다. 사모님은 더 젊어지셨네요?"

"허허허…. 내가 정년허고 집에 깍 붙어 있은게, 삼시 시끼 밥 해줄라, 중간 중간 참거리 내올라 죽을 맛일 거여."

"인자 선생님이 젤 아끼시는 제자분 오셨은게, 내 말 쪼까 헐라요. 중학교 교장선생님으로 정년까장 허신 분이 날마다 과수원에 나가 일을 허고 계시니 놈(남) 보기도 쪼까 그런다고, 동생들이나 자식들이나 다 말리지라우. 그래도 소용 읎단게는."

"차말로. 깝깝허시. 정년해 갖고 우두거이 안거 있으면 더 빨리 늙는단게는. 을마나 좋아? 맑은 공기 마시고, 땀 흘리고, 그러고 끼니 때 되면 양씬 밥 먹고…."

"물론 과수원이 집 주변으로 삥 둘러 있어 갖고는 누구한테 팔기도 그렇고, 또 그런다고 맨땅으로 놀리기도 그래서 그러시기는 허제마는….”

“말씀을 듣고 보니, 그러시겠네요.”

“부지런히 농사지어서 가을 되면 이웃들에게도 나놔주고, 새끼들한테도 주고, 오늘같이 반가운 손님 오면 또 주기도 허고. 생활비야 연금에서 다 나온게 살아가는 데 애로사항은 읎제마는, 아직 씽씽헌 내 삭신 놀래서 일허는 것이 을마나 보람 있는 일이냔 말이여. 김교수, 안 그런가?”

“그렇지요. 아무튼 선생님께서는 평생을 치열하게 사십니다. 하하하….”

“바로 그것이여. 사람이 숨이 끊어질 때까장은 열심히 살아야 허는 것이그든. 솔직히 우리 아그들도 지 밥벌이는 다 허고, 동생들도 이쪽에서는 잘 나간다고, 또 특히나 우리 집안이 형제간 우애가 좋다고 소문이 났그든. 내가 비록 큰 출세는 못했어도 나에게 주어진 운명을 거역허지 않고 열심히 살다 본게, 오날날 남부럽지 않게 살게 되었지 않았는가 싶네. 그나저나 자네는 어쩐가? 얼굴은 좋아 보이네마는….”

“예. 다 좋습니다. 선생님께서 항상 염려해주시고 응원해주시는 덕분에 다 잘되고 있습니다. 경제적으로도 다 회복이 되었고요, 그동안 보내드린 대로 저서도 철학책, 장편소설을 합쳐 20여 권 가까이 냈고요.”

“응, 참. 자네가 매번 보내준 책들을 내가 한 자도 안 빼먹고 다 읽고, 내 아그들한테도 꼭 읽어보라고 주고 그러네. 신문에도 많이 나고 그러드만."

"예. 문광부 장관 추천도서나 한국연구재단 후원도서로도 선정되고요, 어떻든 나오는 책들마다 매스컴에서 크게 보도해주고 독자들 호응도 좋습니다. 그리고 이런저런 활동을 하다 보니 대통령상부터 시작해서 상들도 많이 받았고요."

"그래그래. 좌우간 내 보는 눈이 틀림 읎어. 자네는 은젠가 꼭 성공헐 줄 알았은게."

"이 사람도 목사안수 받아 큰 교회에서 교역자 되었고요. 저도 장로 아닙니까? 어려운 시절 신앙으로 극복하기 위해 부지런히 교회 다녔더니, 한 사람은 교역자가 되고 또 한 사람은 장로가 되었습니다. 모두가 하나님의 은혜지요."

"맞어. 아이, 우리 아그덜도 나보고 차코 교회 나가락 해쌌고, 저 사람 잔소리 땜에 교회는 간혹 한 번씩 나가는디, 자리에 안거 있으면 잠이 오고, 그 담배가 피고 싶어서 못 참겄드란게. 건강에도 안 좋고 헌게, 끊기는 끊어야 쓰겄넌디."

"교회가 아니더라도 담배는 끊으시는 게 좋지요. 사모님이 권사님이시라면서요? 그러면 사모님 체면도 있으시고요."

"그러긴 헌디, 자네는 너머 교회에 빠지지 말소. 천국이 있는지 읎는지는 죽어봐야 알 일이고, 자네는 이 땅에서 헐 일이 많지 않은가?"

"하하하…. 그러잖아도 그 말씀 나오실 줄 알았습니다. 성경에도 보면 '복의 근원, 축복의 통로, 생명의 부양자, 왕 같은 제사장이 되어 이 땅을 통치하며 다스리라'고 하였거든요. 아버지께서 이루지 못한 꿈을 한시도 잊지 않고 있습니다. 적어도 아버님의 명예는 회복시켜놓고 떠나야지요."

"하모 하모. 자네 같은 사람이 제대로 된 신앙인이여. 저 세상도 물론 있기야 있겄제마는, 일단은 이 세상이 더 중요헌 것 아닌가? 이 대목에서 자네보고 어디 당에 들어가서 밑바닥부텅 시작허란 소리는 아니고, 좌우간 중앙으로 올라가서 우게서부텅 내리꽂아야 헌단게. 가령 중앙당에서 공천을 딱 내래주먼, 자네 같은 인물은 단박에 되야 버리제에."

"하하하… 선생님께서 워낙에 저를 좋게 보셔서 그렇지, 저 같은 인물이야 대한민국에 많지요. 좌우간 하나님께서 뜻이 있으시면 언젠가 기회가 오겠지요. 그때까지는 조용히 기도하면서 저에게 주어진 일에 충실하려고요. 부지런히 책 쓰고, 이번에 또 문학회를 창설해서 제가 회장을 맡았습니다. 철학으로 풀어내지 못한 것들을 문학을 통해 표현할 수도 있겠다 싶어서요. 원래 제 꿈 중에 하나가 노벨문학상 타는 것 아니었습니까? 하하하…."

"자네는 뭇을 해도 잘헐 것이여. 지수랔 했든가?"

"아, 예. K대 대학원까지 마치고 독일 베를린대학에서 박사과정 밟고 있는데요. 잠깐 귀국했습니다."

"야! 왕대밭에 왕대 난다드니, 부자간에 박사라. 기가 막히네. 참말로 잘했네, 잘했어…. 아이고, 시방 본게 참말로 이쁘게 생겼네. 그런디 꼭 지 한아씨 타겠는 것 같어?"

"하하하…. 그러잖아도 보는 사람마다 저를 닮았다고 그러네요?"

"어쭈코 보먼, 지 증조 한아씨 타겠는 것 같기도 허고…."

"제가 아버지를 닮았으니 그렇기도 하겠지요. 돌아가신지 벌써 7년째네요. 그동안 아버지가 지신 부채까지 다 해결했고요, 간혹 고향에 가서 어르신들 뵐 때마다 아버지 말씀들을 많이 하세요. 때를 잘못 만나 그렇지, 참 대단한 분이셨다고요."

"하모, 그 말은 틀림 읎어. 자네 어르신은 차말로 1세기에 한 분 날까말까 허신 분이제. 청렴허시고 양심 바르시고…. 대쪽 같은 분이셨어. 그런게 그 밑에서 자네 같은 사람도 안 나오고 그런가?"

"저는 절반도 못 따라가지요. 아버지께서 실패하신 끝이라 그런지, 정치에 뛰어들기가 겁도 나고 그렇더라고요, 요즘에도 서울은 자주 가는 편입니다만, 가령 정부에서 임명하는 자리는 사양하지 않고 받되, 절대로 선출직에는 나서지 않을 생각입니다. 사실 대학에서도 총장선거에 나와 보라는 사람들이 있어요. 그런데 선거를 하면 꼭 적이 생기고, 그러면 서로 상처를 받고 그렇더라고요."

"그건 그래. 그래서 내가 말 안 헌가? 밑에서 아무리 해봤자 안 되는 것이그든. 힘 있는 중앙에서 딱 임명을 받는 것이여. 가령 장관이나 차관급 직책을 맡으면 그것이 경력이 되야 갖고,

선거에서도 유리허그든. 그런 식으로 되아야 뒤탈도 읎고 그래."
아, 제자에 대한 스승의 무한한 신뢰, 맹목적인 사랑…… 그것은 무죄다!

2018년 12월 초의 어느 날 저녁. 민수는 수진과 함께 광주 상무지구의 홀리데이 호텔 로비를 들어서고 있었다. 3층에서 엘리베이터 문을 나서는데, 정면에 '경축! 천진한 선생 팔순 잔치'라 쓰인 플래카드가 눈에 띄었다. 외부 하객들은 거의 다 돌아가고, 50여 명의 가족들만 남아 노래자랑이 벌어지고 있었다. 여섯 명의 동생들 가운데에는 군청 과장 출신과 현직 농협 단위조합장, 함평군의원, 사업가 등이 끼여 있고, 일곱 명의 자녀 가운데에는 중고등학교 교사, 광주시청 공무원, 연극인, 체육인 등이 들어있다는 말을 들어 알고 있었다. 한쪽 테이블에 앉아 있는데, 민수의 대학원생 제자이자 '호랑이 선생님'의 조카가 쪼르르 달려왔다.
"교수님, 서울에서 오신 거예요?"
"그래. 진아로구나. 지금 막 KTX로 송정역에 내려 달려오는 길이다. 어제 서울에서 초등학교 동창회가 있었고, 오늘은 인천에서 집안 조카의 결혼식 주례가 있어서…."
귀띔을 들었는지 '백발의 노인'이 멀리서 손짓을 했고, 둘이 무대에 올라서자 카랑카랑한 목소리가 장내에 울려 퍼졌다.
"에… 오늘같이 좋은 날, 바로 이 순간 나의 수제자이자 평생 동안 나와 변함읎이 사제지간의 정을 나눠온 한 사람이 이곳에 왔습니다. 지금으로부터 52년 전, 내가 백수남초등학교에 처음 발령을 받고 처음 만난 제자, 52년 동안 한 번도 거르지 않고 크리스마스카드를 보내준 제자, 내가 주례를 서주고 그 제자가 대학교수가 되어 또 내 장남의 주례를 서주고, 또 내 조카 진아가 그의 대학 제자가 되는 이 기가 막힌 이야기를 어디에서 들을 수 있겠습니까? 자, 그럼… 김민수 박사 앞으로 모시겠습니다. 박수!!!"

아무런 망설임도 없이, 민수는 앞으로 나가 마이크를 잡았다.

"오늘 존경하는 은사, 사랑하는 선생님 앞에 서고 보니, 실로 감개가 무량합니다. 부끄럼 많이 타는 농촌의 한 소년에게 웅변 연습을 시키고, 1등 할 때까지 달리기시합을 시키시던 선생님, 그 제자가 죽고 싶을 때마다 찾아뵈어 힘을 얻곤 했던 선생님, 모든 것을 포기해버릴까 하는 순간마다 힘과 용기를 불어넣어주셨던 저의 은사님 앞에 오늘 제가 섰습니다. 대학교수가 되고 철학박사가 되고 고위공직자가 되었건만, 여전히 양에 차지 않는다고 말씀하시는 분, 너는 내 기대의 절반밖에 채우지 못했다고 하시는 욕심쟁이 선생님 앞에 제가 섰습니다. 제가 선생님을 뵌 지 반백년의 세월이 지났고, 그 사이에 세상도 많이 변했습니다. 20대 후반 검었던 선생님의 머리칼이 백발로 변하고 얼굴에 주름살이 많이 패였습니다. 하지만 저에 대한 선생님의 사랑은 변함이 없다고 믿습니다. 열한 살짜리 소년에서 이제 회갑을 넘기고 정년을 눈앞에 두고 있지만, 저 역시 선생님에 대한 존경심은 변하지 않았습니다. 옆에 서있는 제 아내와 저, 선생님의 주례사를 잊지 않고 열심히 살았습니다. 저희 아들은 독일에서 문학박사 학위를 받고, 서울의 K대 교수로 임용이 되었고요. 저는 20여 권의 저서를 내며 한국 철학계에서는 제법 알아주는 인사가 되었고, 5권의 장편소설을 내며 소설가로도 등단했습니다. 하지만 선생님께서는 여전히 배가 고프다고 하시네요. …하하하. 아무튼 남은 생애 선생님의 기대에 어긋나지 않게, 열심히 치열하게 살아서 우리나라 철학과 문학의 발전에 조금이나마 이바지하는 사람이 되겠습니다. 마지막으로 제가 노래 한 곡 부르겠습니다. 곡명은 '고향무정'인데요. 저 5학년 때 선생님 앞에서 매일처럼 불렀던 노래입니다."

반주가 흘러나오는 동안 호랑이가 다가왔고, 민수는 그의 어깨를 부드럽게 감쌌다. 5학년 때 사진을 함께 찍으며 뒤에서 웃고 있던 그 호랑이가 이제는 제자 앞에 '순한 양'이 되어 있었다. 부부합창의 노래가 끝나자 박수가 쏟아졌고, 한 여성이 민수 옆으로 다가왔다.

"오메이, 귀에 닳도록 들었던 김민수 박사로구만. 오빠가 어찌나 말씀을 많이 허시든지, 인제 내가 다 외워 버렸구만."

달 밝은 밤 광주로 '유학'을 떠나는 여대생과 함평의 어느 다리 위에서 '슬픈 이별'을 했다고 '소설'을 써대시더니, 바로 선생님의 하나뿐인 여동생이었다. 큰오빠 덕에 대학을 졸업하고 중학교에서 교편을 잡다가 몇 년 전 퇴임을 했단다. 그러는 사이, 호랑이 선생님의 남동생 하나가 마이크를 잡았다.

"오늘 형님의 팔순잔치를 맞이하고 보니, 눈물이 다 납니다. 부모님 다 돌아가셔 버리고 그 어렵던 시절, 우리 여섯 동생들 뒷바라지하시느라 형님과 형수님, 정말 고생 많으셨습니다. 우리 동생들 모두 나와 큰절을 올리도록 하겠습니다."

호랑이는 '사모님'과 함께 의자에 앉아 여섯 명의 절을 받았다. 그 다음으로 일곱 명의 자녀들로부터도.

'세상풍파, 아니 태풍이 불어와도 눈 하나 깜짝하지 않는 그 용기와 배짱으로 험한 세월을 이겨 오셨구나. 제자에게 입으로만이 아닌 몸으로, 말로만이 아닌 실천으로 모범을 보여주신 선생님, 앞으로도 만수무강하셔서 이 제자의 가는 길을 끝까지 지켜봐주십시오.'

작가 저서 목록

『철학의 세계』, 한울출판사(형설출판사 개정판) 대학교재, 1994년.

『2500년간의 고독과 자유』(1996년 인문과학분야 베스트셀러 -2015년 개정판), 형설출판사, 2015년.

『청소년을 위한 서양철학사』(2009년 아침독서운동 추천도서, 포털사이트 '네이버'에 주요 문헌으로 등재), 평단문화사, 2008년.

『청소년을 위한 동양철학사』(2009년 문화체육관광부 선정 우수도서, 2015년 베트남 언어로 출판, 포털사이트 '네이버'에 주요 문헌으로 등재), 평단문화사, 2009년.

『한 권으로 읽는 서양철학사 산책』, 평단문화사, 2009년.

『한 권으로 읽는 동양철학사 산책』, 평단문화사, 2009년.

『철학 스캔들』(한국간행물 윤리위원회 선정 '2010년 청소년을 위한 좋은 책'). 평단문화사, 2010년.

『위대한 철학자들은 철학적으로 살았을까』(포털사이트 '다음'에 주요 문헌으로 등재), 평단문화사, 2011년.

『청소년이 꼭 읽어야 할 동양고전』, 아주좋은 날, 2013년.

『청소년이 꼭 읽어야 할 서양고전』, 아주좋은 날, 2013년.

『이야기 동양철학사』(한국연구재단 사후우수도서 선정), 살림출판사, 2014년.

『이야기 서양철학사』, 살림출판사, 2014년.

자서전적 성장소설 『땅콩집 이야기』(인터넷 소설 '인터파크 도서'에 연재), 작가와비평, 2014년.

『동양 철학사를 보다』(한국출판문화산업진흥원의 '2014년 우수출판콘텐츠 제작지원' 당선도서), 리베르스쿨, 2014년.

『서양 철학사를 보다』, 리베르스쿨, 2015년.

장편소설 『땅콩집 이야기 7080』(인터넷소설 인터파크 도서에 연재함), 작가와비평, 2015년.

『칸트, 근세철학을 완성하다』(한국출판협회 선정 '2017년 청소년을 위한 좋은 책'), 글라이더 출판사, 2017년.

단편소설 모음집 『딸콩이』, 작가와비평, 2017년.

장편소설 『땅콩집 이야기8899』, 작가와비평, 2018년.

『14살에 처음 만나는 동양철학자들』, 북멘토 출판사, 2019년.